EL ÚLTIMO UNICORNIO

PETER S. BEAGLE

EL ÚLTIMO UNICORNIO

Traducción de
Francisco Jota-Pérez

GRANTRAVESÍA

El último unicornio

Título original: *The Last Unicorn*

Traducción: Francisco Jota-Pérez

Diseño de portada: Liz Dresner
Fotografías de portada: © 2018, Shutterstock

D.R. © 2025, Editorial Océano, S.L.U.
C/ Calabria, 168-174 - Escalera B - Entlo. 2ª
08015 Barcelona, España
www.oceano.com

D.R. © Editorial Océano de México, S.A. de C.V.
Guillermo Barroso 17-5, Col. Industrial Las Armas
Tlalnepantla de Baz, 54080, Estado de México

Primera edición: abril de 2025

ISBN: 978-607-584-054-3
Depósito legal: B 6687-2025

IMPRESO EN ESPAÑA / *PRINTED IN SPAIN*

9005916010425

En recuerdo del Dr. Olfert Dapper,
quien avistó un unicornio salvaje en los bosques de Maine en 1673,
y para Robert Nathan, que ha visto uno o dos en Los Ángeles

PRÓLOGO

Amo este libro.

Es lo único realmente importante que puedo decir al respecto. Lo que escriba a continuación es secundario: adorno, floritura, variaciones sobre el mismo tema.

Así pues..., si estás en una librería leyendo este prólogo, te preguntas si comprar el libro y dudas si darle una oportunidad..., la respuesta es sí.

Si alguien te regaló este libro, andas en busca de una nueva lectura y estás tratando de decidir si ésta es merecedora de tu tiempo, la respuesta también es que sí.

Si leíste este libro cuando eras más joven y te encantó, y te preocupa que no sea tan bueno como lo recuerdas, o que de algún modo haya perdido su efecto, tranquilo, no lo ha hecho.

Si lo que te preocupa es que quizá has sido tú quien ha cambiado demasiado, te preocupa estar agotado, que el mundo te haya endurecido el corazón, que relatos menos sutiles que éste te hayan atrofiado el paladar, permite que te reconforte. Esta historia es una joya. Es tan preciosa como aquel beso instalado en una esquina de tu alma y que recuerdas con tanto cariño.

He prestado este libro a seres queridos, lo he recomendado en librerías a gente a la que no conocía de nada y se lo he leído a mis hijos. Siempre tengo a mano varios ejemplares, para así poder regalarlo. Lo ensalzo ante cualquiera, sin importar quién sea, independientemente de su edad, el género que prefieran o si le interesen o no los unicornios.

Y ahora te lo recomiendo a ti. Hazte un favor a ti mismo. Léelo. Por favor.

No es sólo un libro que ame. Es mi libro favorito y lo ha sido durante treinta años. Mi preferido.

Aquéllos que no lo hayáis leído aún no temáis. No pienso incurrir en el peor pecado de los prólogos y destriparlo comentando aquí los que me parecen los mejores fragmentos, ni voy a robarle los mejores chistes para incluirlos en mi texto y así parecer más listo, desvelar giros de la trama o dejar caer referencias que no entenderíais porque, en fin, aún no lo habéis leído.

Sin embargo, en un par de párrafos voy a hacer referencia a dos personajes que resultarán familiares a quien sí lo haya hecho. Si queréis evitar incluso ese mínimo adelanto, podéis saltar a la siguiente sección del prólogo.

Leí *El león, la bruja y el armario* siendo muy niño. Es por ello que pasé gran parte de mi infancia deseando encontrar Narnia. Era lo bastante mayor como para saber que no era un lugar real, pero aún lo suficientemente joven como para hacerme ilusiones. Así pues, pasé años buscando puertas ocultas y caminos secretos.

Ahora estoy rozando la cincuentena. Algunos dirán que no es ser tan viejo, pero sí lo es. Como mínimo, es lo más viejo que he sido jamás. Ahora necesito gafas. Ya no me río tanto como solía. Siento que cada día soy menos Schmendrick y más Haggard. Soy lo bastante mayor para saber que los unicornios no son reales, pero aún lo suficientemente joven como para creer que quizá podría encontrar uno. Y cuando eso suceda, espero estar a la altura de las circunstancias y ser mejor de lo que soy, esto es, menos como el rey Haggard y más como Molly Grue.

Odio los prólogos.

Sí, soy consciente de que éste no es lugar para esa clase de declaraciones. A fin de que esto último tenga algún sentido, debería poneros en antecedentes.

Crecí en el campo. No era un entorno especialmente rústico, ni estoy tratando de sugerir algún tipo de dificultad implícita. Sólo quiero decir que no me crie en los suburbios, rodeado de otros niños con los que jugar y sitios a los que ir. A falta de esto, mis compañeros fueron los libros.

No sabría echar la vista atrás y precisar un cálculo de cuánto leía, pero era muchísimo. Recuerdo releer cada verano, tumbado en la cama, el enorme ejemplar de tapa dura y cubiertas rojas de *El señor de los anillos* que había pertenecido a mi madre.

Recuerdo estar en quinto curso y preparar la mochila antes de emprender el largo trayecto en autobús hasta la escuela. Me aseguraba de llevar conmigo dos libros de bolsillo. Ninguno era el libro que estaba leyendo; ÉSE estaba siempre en mis manos o en el bolsillo de mi abrigo. Los que metía en la mochila eran para cuando acabase el otro. Así, contaba con uno de respaldo... Y uno más de reserva. Podía olvidarme de la fiambrera del almuerzo, pero *nunca* de llevar unos cuantos libros.

Curiosamente, durante aquella época no llegué a leer *El último unicornio*. Lo sé porque, cuando vi la película de dibujos animados basada en el libro, ésta me resultó algo totalmente nuevo.

El hábito siguió durante la secundaria. Leía durante la hora del almuerzo. Leía cuando mi madre me llevaba a la playa. ¿Sabíais que hay un límite en el número de libros que puedes tomar en préstamo de la biblioteca? Lo hay. Me gastaba prácticamente toda la paga en libros y llenaba la maleta de ejemplares de bolsillo cuando íbamos de vacaciones en familia.

La mayoría eran obras de fantasía, y casi todas podían calificarse de lo que mi madre llamaba «libros palomiteros», queriendo decir con ello que resultaban divertidos, pero carecían de sustancia. Libros estúpidos, placenteros, deliciosos y llenos de elfos y espadas mágicas. Debí leer al menos doscientos o trescientos de ellos antes de empezar la carrera.

(Cabe mencionar aquí, a modo de descargo, que no recuerdo que ninguno de ellos incluyese un prólogo.)

En la universidad descubrí los besos y las humanidades. A resultas de ello, antes del final del primer curso ya había renunciado tanto a obtener una licenciatura en ingeniería química como al hábito de leer uno o dos libros al día. Fue entonces cuando encontré una edición de *El señor de los anillos* que incluía un preámbulo escrito por alguien llamado Peter S. Beagle. Es el primer prólogo del que recuerdo haber tenido noticia, y no digamos haber leído.

Me invadió una rara indignación. «¿Quién se cree este tipo que es?», me pregunté con la arrogancia típica de un veinteañero. «¿Qué necesidad hay de escribir un prólogo al mejor libro de fantasía de todos los tiempos?».

A pesar de ello, leí aquella introducción y me resultó de lo más reconfortante. Me habían inculcado que la fantasía era un género menor y una pérdida de tiempo. Pero Peter hablaba maravillas de Tolkien y la Tierra Media, declarando cosas como: «Se nos enseña a honrar a los peores exploradores y descubridores: ladrones que plantan banderas y asesinos que portan cruces. Permitámonos al menos rendir culto a aquellos que colonizan los sueños».

(Disculpadme que pase por alto aquí la palabra «colonizadores», que en aquel entonces carecía de las muy merecidas connotaciones negativas con la que cuenta a día de hoy.)

El motivo por el que recuerdo con tanta claridad esa frase es que fue la primera vez que vi a alguien reivindicar la fantasía como algo bello y digno. Fue entonces cuando empecé a pensar que quizá no debería sentirme mal porque me gustase el género. Quizá no tenía por qué ser un placer oculto.

Me hice con el libro sobre unicornios de aquel tal Beagle y me impresionó su uso del lenguaje y cuán distinto era de lo que había leído hasta entonces. No trataba sobre ejércitos en liza, espadas mágicas ni grandes aventuras. Qué extraño. Qué maravillosamente extraño.

A pesar de que ya no leía un libro al día, seguía leyendo constantemente. Raro era el semestre en el que no cursase al menos una asignatura centrada en alguna clase de lectura (una novela, una obra de teatro, poesía, textos filosóficos o religiosos...). Luego comentaba lo leído con profesores, compañeros de clase y amigos. Esto siguió siendo así durante unos diez años. Una increíble experiencia educativa y de las épocas más felices de mi vida.

Entonces cometí un terrible error: me licencié y fui a por mi máster en literatura inglesa. Durante el posgrado, la dinámica se invirtió: se hablaba de los libros *antes* de leerlos. O *en lugar de* leerlos.

Me tomó mucho tiempo darme cuenta de por qué aquello me molestaba tanto y me hacía sentir infeliz e insatisfecho. Hasta que di con ello. La estructura del curso y la esencia de aquellos ensayos y prólogos que nos obligaban a leer dejaban algo totalmente claro: lo que otros pensasen y opinasen sobre un libro es más importante que lo que tú puedas pensar u opinar.

Personalmente, creo que eso no es cierto.

En parte se debe a que estoy sesgado y soy testarudo. El mejor amor es el primero, y me crie leyendo libros por mí mismo y teniendo mis propias ideas al respecto. En la universidad aprendí a disfrutar de la lectura y el pensamiento, para luego compartirlos con otros. El orden es importante: lo *primero* es leer y forjar las propias ideas.

He leído demasiados prólogos que olvidan que sólo sirven como presentación. ¿Deseo que leas este libro que tienes en las manos? Por supuesto. Del mismo modo que desearía presentarte a alguien a quien quiera mucho. Alguien interesante y divertido. Alguien con quien creo que podrías trabar una buena amistad. A eso me refiero. Estimado lector, aquí el libro. Estimado libro, aquí tu lector.

En mi experiencia, sin embargo, un prólogo rara vez se detiene en ese punto. A menudo está escrito por alguien empeñado en asegurarse de que lees como cree que debe leerse. Lo que viene a ser cómo el autor del prólogo leyó el libro en cuestión. Y, en nada, uno se ve hundido hasta las rodillas en una disertación sobre lo *obvio* que resulta el hecho de que la obra es un intento de volver a contextualizar la fenomenología de Heidegger desde una perspectiva marxista o algo por el estilo.

Me parece algo tan atractivo como que alguien me mastique la comida antes de metérmela en la boca.

Incluso peor.

Un libro no es nada en sí mismo. Arcilla sin vida. Una vez oí a alguien decir que un libro es como un relámpago embotellado y que necesita de un lector que retire el tapón; una imagen, si bien evocadora, que creo de plano incorrecta. Implica que cualquiera que sea la magia propia de la historia ésta reside en el interior del libro. Lo cual es simple y llanamente falso.

Un libro no es un paquete de ramen.

Dios..., espero que no pongan eso en la portada. Parece una locura, pero seguidme la corriente. Estoy tratando de expresar algo que nunca antes me había preocupado en desarrollar.

Un libro no es como el ramen. O como un sobre de cacao en polvo. Uno interactúa con esos elementos, pero son algo diferenciado. Externo. Independiente. Cualquiera puede verter líquido en ellos y obtener el mismo resultado.

Los libros son otra cosa. Más como un beso. Un baile.

Un relato puede tener su origen en un libro, pero no reside en él. El relato existe en ti. Y esa versión es distinta de cualquier otra en el mundo por aquello que tú le aportas. Por lo que piensas y lo que sientes. Es algo único. Raro y precioso.

Así pues: los libros no son como el ramen. Ahora ya lo sabéis. Son bailes. O, mejor aún, son un *bailar con* el libro en sí. Ambos os coordináis y el relato resultante es la danza. Es algo exclusivo, pues no estás simplemente añadiendo agua, sino implicando tu propio ser.

Es posible que esto se aplique a todas las artes, pero me parece especialmente cierto en el caso de los libros. Es más, la experiencia compartida que un libro proporciona puede variar en intensidad. Algunos te sorprenden con nuevos pasos y coreografías cada vez que los retomas. Otros nos ayudan a sorprendernos a nosotros mismos.

Entonces... Estimado lector, aquí el libro. Estimado libro, aquí tu lector.

Aunque me encantaría quedarme y asegurarme de que ambos os llevéis bien, debo marcharme. Por supuesto que tengo muchísimas opiniones al respecto del volumen que estás sosteniendo en estos momentos. Podría pasarme el día hablando de cuánto me apasiona el uso del lenguaje aquí, de su arco narrativo, de Schmendrick el mago, de Molly Grue...

Pero si quieres conocer mis pareceres sobre Haggard y el Toro Rojo, siempre puedes leer sobre ello en mi blog. Éste no es el lugar ni el momento. Tienes un baile pendiente.

PATRICK ROTHFUSS
Febrero de 2022

I

La unicornia[*] vivía sola en un bosque de lilas. Era muy vieja, aunque no lo supiese, y su color ya no se asemejaba al de la desvaída espuma del mar, sino al de la nieve al caer a la luz de la luna. Sin embargo, sus ojos seguían siendo claros, despreocupados, y sus movimientos aún eran como los de una sombra sobre la superficie del océano.

No se parecía en nada a un caballo cornudo, que es como se suele representar a los unicornios. Ella era más pequeña, biungulada y de un porte antiguo y salvaje del que los caballos carecen, del que los venados conservan una tímida imitación, y las cabras una rampante parodia. Su cuello era largo y esbelto, y hacía que la cabeza pareciese más pequeña de lo que era; y su crin, que se prolongaba hasta casi el centro del lomo, era suave como la pelusa de un diente de león y liviana como un cirro.

---

[*] Independientemente de las convenciones lingüísticas, ésta es una obra literaria y de fantasía, de ahí que para facilitar su lectura y ser fieles a la representación femenina del personaje principal por parte del autor, nos hemos permitido la licencia de transformar el sustantivo epiceno *unicornio* en *unicornia. N. del Ed.*

Tenía orejas puntiagudas y finas patas, con penachos de pelo blanco en las cuartillas, y el largo cuerno sobre sus ojos brillaba con su propia luz, temblorosa y nacarada, incluso en las horas más densas de la medianoche. Con él había matado dragones, curado a un rey de una herida infectada imposible de cerrar y cosechado castañas maduras para los oseznos.

Los unicornios son inmortales. Y forma parte de su naturaleza el vivir solos en un único lugar, por lo general un bosque en el que haya una charca lo bastante límpida como para poder verse reflejados en ella, pues los unicornios son algo vanidosos y se saben las criaturas más bellas del mundo, además de mágicas. En raras ocasiones procrean, y no existe paraje más encantado que aquel en el que ha nacido uno de ellos. La última vez que vio a un semejante, las jóvenes vírgenes que aún la buscaban de vez en cuando la llamaron en un idioma distinto; pero, claro, ella no era consciente del discurrir de los meses, los años y los siglos, ni siquiera de las estaciones. En su bosque siempre era primavera por el solo hecho de que ella vivía allí y pasaba el día deambulando entre las enormes hayas y velando por los animales que poblaban el suelo y los arbustos, que habitaban nidos y cuevas, madrigueras y copas de los árboles. Generación tras generación, tanto los lobos como los conejos cazaban y se amaban y tenían descendencia y morían, y aunque la unicornia no hacía ninguna de aquellas cosas, jamás se cansó de contemplar tal espectáculo.

Sucedió que un día dos hombres con largos arcos cruzaron su bosque a caballo, a la caza de venados. La unicornia los siguió; se movió con tanta cautela que ni los caballos se percataron de su presencia. La contemplación de aquellos hombres le despertó una antigua, lenta y extraña mezcla de ternura y terror. Siempre que podía, evitaba que la viesen, pero le gustaba observarlos cabalgar y escucharlos hablar.

—No me gusta este bosque —gruñó el más viejo de la pareja de cazadores—. Las criaturas que viven donde un unicornio, acaban por aprender a hacer magia, la clase de magia que tiene que ver con desaparecer. Aquí no encontraremos presas.

—Los unicornios dejaron de existir hace tiempo —dijo el otro—. Si acaso existieron alguna vez. Este bosque es como cualquier otro.

—Entonces, ¿por qué aquí los árboles nunca mudan las hojas? ¿Por qué nunca nieva? Te aseguro que en el mundo queda al menos un unicornio... Y ojalá tenga suerte la pobre criatura solitaria. Mientras viva en este bosque, no va a haber cazador capaz de regresar a casa con siquiera un herrerillo en el zurrón. Ya verás, ya. Sé cómo se las gastan esos unicornios.

—Lo sabes por los libros —replicó el otro—. Por los libros y los cuentos y las canciones. En todo el reino de los tres reyes no ha habido ni el mínimo rumor sobre que se haya visto nunca un unicornio. Ni en este país ni en ningún otro. No sabes de ellos más que yo, que he leído los mismos relatos y oído las mismas historias y jamás me he encontrado con uno.

El primer cazador quedó en silencio durante un rato mientras el segundo, malhumorado, silbaba para sí mismo. Pasado un tiempo, el primero dijo:

—Mi bisabuela vio una vez un unicornio. Solía hablar de ello cuando era niño.

—Ah, ¿sí? ¿Y lo capturó con una brida de oro?

—No. No se necesita una brida de oro para atrapar a un unicornio; eso sólo pasa en los cuentos de hadas. Basta con ser puro de corazón.

—Claro, claro... —se burló el más joven—. ¿Lo montó, entonces? ¿A pelo, bajo los árboles, como una ninfa de los albores del mundo?

—A mi bisabuela le daban miedo los animales grandes —dijo el primer cazador—. No lo montó, pero se quedó muy quieta y el unicornio le apoyó la cabeza en el regazo y se quedó dormido. Mi abuela no se movió hasta que el animal despertó.

—¿Qué aspecto tenía? Plinio los describe como muy feroces, con cuerpo de caballo y cabeza de ciervo, pezuñas de elefante y cola de oso, con voz profunda y atronadora y un solo cuerno negro de dos codos de largo. Sin embargo, los chinos...

—Mi bisabuela sólo dijo que el unicornio olía bien. Nunca soportó el hedor de cualquier otro animal, ya fuesen gatos o vacas, y aún menos de uno salvaje, pero adoraba el olor del unicornio. Una vez rompió a llorar mientras me lo contaba. Claro que, por aquel entonces, ya era una mujer muy mayor y lloraba por cualquier cosa que le hiciese recordar su juventud.

—Demos la vuelta y vayamos a cazar a otra parte —dijo de pronto el segundo cazador.

La unicornia se escondió en silencio entre unos matorrales mientras los hombres daban la vuelta a sus caballos, y no volvió a seguir su rastro hasta tenerlos a una buena distancia.

—¿Por qué crees que desaparecieron, suponiendo que alguna vez hayan existido?

—¿Quién sabe? Los tiempos cambian. ¿Dirías que ésta es una buena época para los unicornios?

—No, pero me pregunto si alguien habrá pensado alguna vez que la suya era una buena época para los unicornios.

Ahora que lo pienso, creo que he oído algunas historias... Pero estaba amodorrado por el vino o pensando en cualquier otra cosa. Bueno, da igual. Aún hay suficiente luz para cazar, si nos apresuramos. ¡Vamos!

Salieron del bosque, espolearon a sus caballos al galope y se alejaron. Pero antes de perderse de vista, el primer cazador volvió la mirada por encima del hombro y rogó, como si pudiese ver a la unicornia entre las sombras:

—Quédate donde estás, pobre bestia. Este mundo no es para ti. Quédate en tu bosque, mantén lozanas tus plantas y longevos a tus amigos. No hagas caso a las jóvenes, pues todas acaban convirtiéndose en necias mujeres mayores. Te deseo buena suerte.

La unicornia se quedó quieta en la linde del hayedo y dijo en voz baja:

—Soy el único unicornio que queda.

Eran las primeras palabras que pronunciaba, incluso para sí misma, en más de cien años.

«No puede ser», pensó. Nunca le había importado estar sola y no ver a ningún otro unicornio, porque daba por hecho que había otros como ella y a un unicornio le basta con eso para sentirse acompañado.

—Si todos hubiesen desaparecido, lo sabría. Yo también hubiese desaparecido. Nada puede sucederles que no me suceda a mí también.

Se asustó de su propia voz y quiso echar a correr. Resiguió los oscuros senderos de su bosque, rápida y resplandeciente, atravesó súbitos claros de hierba de un brillo insoportable y sombras tenues, consciente de cuanto la rodeaba, desde la maleza que le rozaba las cuartillas a los rápidos destellos de azul y plata del viento al soplar entre las hojas.

—Nunca podría abandonar todo esto, jamás, menos aún si soy el único unicornio en el mundo. Sé cómo vivir aquí, a qué huele y a qué sabe y qué es cada cosa. ¿En busca de qué podría ir sino de esto mismo?

Pero cuando dejó de correr y oyó a los cuervos y el alboroto de las ardillas por encima de su cabeza, reflexionó: «Supongamos que están todos escondidos en algún lugar lejos de aquí. ¿Y si se mantienen ocultos, esperándome?».

A partir de ese momento de duda, ya no pudo estar en paz; desde que por primera vez se imaginó marchándose del bosque, ya no fue capaz de estar en un sitio sin desear hallarse en otro. Trotó alrededor de su charca, inquieta e infeliz. Los unicornios no están hechos para tomar decisiones. Negó, luego afirmó y volvió a negar, día y noche, y empezó a sentir, por primera vez en su vida, cómo los minutos se arrastraban sobre ella como gusanos.

—No me iré. Que nadie haya visto un unicornio en mucho tiempo no significa que se hayan desvanecido. Y aunque así fuese, no me marcharé. Vivo aquí.

Sin embargo, durante una noche cálida se despertó de repente y dijo:

—Sí, pero ahora mismo.

Cruzó su bosque a toda prisa, tratando de no fijarse en nada, de no oler nada ni sentir la tierra bajo las pezuñas hendidas. Los animales que moraban en la oscuridad, los búhos y los zorros y los ciervos, alzaron la cabeza a su paso, pero ella no los miró. «Debo partir cuanto antes», pensó, «y regresar lo más pronto posible. Quizá no sea necesario ir muy lejos. Pero, encuentre a los otros o no, regresaré pronto, lo antes posible.»

A la luz de la luna, el camino que partía de la linde del bosque centelleaba como agua, pero en cuanto la unicornia lo embocó, alejándose de los árboles, notó lo duro y largo que era. Estuvo a punto de echarse atrás, pero tomó una honda bocanada de aire del bosque, que aún le llegaba, y lo mantuvo en la boca como si de una flor se tratase, tanto tiempo como pudo.

El largo camino conducía a ninguna parte y no tenía final. Atravesaba aldeas y pequeños pueblos, llanuras y montañas, pedregales y prados a los que daba paso la roca, pero no pertenecía a ninguno de aquellos terrenos ni se detenía jamás. Apresuraba a la unicornia, tiraba de sus cascos como la marea, la inquietaba y no le permitía prestar atención a su alrededor como solía hacerlo. Le llenaba los ojos de polvo y le dejaba la crin tiesa y pesada por la suciedad.

En su bosque, el tiempo la atravesaba, pero ahora era ella la que atravesaba el tiempo conforme avanzaba. El color de los árboles cambiaba y a los animales con los que se encontraba les crecía un pelaje grueso que luego perdían; las nubes derivaban sigilosas o aceleraban raudas según el viento cambiante, y eran de color rosa y oro al sol o se volvían lívidas cuando amenazaba tormenta. Allá donde fuese, buscaba a los suyos, pero no encontró ni rastro de ellos, y ni siquiera quedaba ya una palabra que los definiese en ninguna de las lenguas que oyó hablar durante el viaje.

Una mañana temprano, cuando estaba a punto de detenerse para dormir un rato, vio a un hombre que escardaba su jardín. Aun siendo consciente de que debería esconderse, la unicornia se mantuvo en el sitio y lo observó trabajar hasta que se enderezó y se percató de su presencia. Era gordo y sus mejillas se sacudían con cada paso que daba.

—¡Oh! —exclamó—. ¡Oh, qué hermosa!

Cuando el hombre se despojó del cinturón, hizo un lazo con él y se aproximó a ella tambaleándose con torpeza, la unicornia se sintió más complacida que asustada. El hombre sabía qué era ella y conocía su lugar, el de él, en tal situación: era el hombre que arrancaba nabos y que, de repente, tenía la oportunidad de emprender la persecución de algo que brillaba y que corría más que él. La unicornia esquivó la primera arremetida del hombre como si una brisa la hubiese hecho a un lado.

—Antaño salían a cazarme con campanas y estandartes —dijo—. Los hombres sabían que el único modo de atraparme era hacer de la persecución algo tan maravilloso que alimentase mi curiosidad. Y ni aun así lograron capturarme jamás.

—Debo haber tropezado —dijo el hombre—. Quédate quieta, preciosa.

—Nunca he llegado a entender qué esperáis hacer conmigo una vez me atrapéis —caviló la unicornia mientras el hombre se levantaba del suelo—. Creo que ni vosotros mismos lo sabéis.

—Vale, quieta, tranquila... —El sudor y la suciedad recorrían el rostro del hombre, al que le costaba recuperar el aliento—. Preciosa... —Jadeó—. Yegua preciosa.

—¡¿Yegua?! —La unicornia bramó aquella palabra en un tono tan alto que el hombre tuvo que cubrirse las orejas con las manos—. ¿Yegua? —preguntó—. ¿Me has confundido con una yegua? ¿De verdad eso es lo que ves cuando me miras?

—Caballito bueno —resolló el hombre mientras se apoyaba en la verja del jardín y se limpiaba la cara—. Una vez te almohace y te lave a fondo, vas a ser la yegua más hermosa del lugar. —Volvió a acercarse a la unicornia blandiendo el cinturón—. Te llevaré a la feria —dijo—. Vamos, caballito.

—Un caballo —dijo la unicornia—. Eso es lo que intentabas atrapar. Una yegua blanca y con las crines llenas de abrojos.

Cuando el hombre se le acercó un poco más, ella enganchó el cuerno al cinturón y se lo arrancó de las manos, arrojándolo al otro lado del camino, sobre una parcela de margaritas.

—¿Así que soy un caballo? —resopló—. ¡Un caballo!

Con un solo movimiento se encaró con el hombre y clavó sus grandes ojos en los de él, que eran pequeños y parecían cansados y fascinados. A continuación, se dio la vuelta y embocó de nuevo el camino. Corrió tan rápido que quienes la vieron exclamaron:

—¡Eso sí es un buen caballo! ¡Un verdadero caballo!

Un anciano dijo en voz baja a su mujer:

—Es un caballo de Ayrab. Una vez estuve en un barco que transportaba uno de esos.

Desde aquel momento, la unicornia evitó los pueblos, incluso durante la noche, a no ser que no hubiese vía alguna por la que dar un rodeo. A pesar de sus precauciones, unos cuantos hombres intentaron darle caza, aunque siempre pensando que se trataba de una yegua blanca, en absoluto con la alegría y reverencia propias de la persecución de un unicornio. Se acercaban a ella con cuerdas y redes, usaban terrones de azúcar como cebo y le silbaban y la llamaban «Bess» y «Nellie». En ocasiones, aminoraba la marcha lo suficiente como para que los caballos captasen su aroma y entonces observaba cómo se encabritaban y reculaban y huían al galope, para horror de sus jinetes. Los caballos la reconocían.

—¿Cómo puede ser? —se preguntó—. Podría entender que los hombres simplemente hubiesen olvidado a los unicornios o cambiado tanto que ahora los odiasen y tratasen de matarlos en cuanto los viesen. Pero no percibirlos siquiera, que vean uno y lo confundan con otra cosa... ¿Cómo deben percibirse, pues, entre ellos? ¿Qué aspecto creen que tienen los árboles, las casas, los caballos de verdad o incluso sus propios hijos?

Llegó a pensar que, si los hombres ya ni siquiera reconocían lo que estaban mirando, bien podría haber aún unicornios en el mundo, desapercibidos y satisfechos con ello. Pero sabía, más allá tanto de la esperanza como de la vanidad, que los hombres habían cambiado, como lo había hecho el mundo, a causa de la desaparición de los que eran como ella. De todos modos, siguió recorriendo el arduo camino, aunque cada día deseaba un poco más no haber salido de su bosque.

Una tarde, una mariposa se despegó tambaleante de una racha de viento y se posó en la punta de su cuerno. Se trataba de un macho aterciopelado, oscuro y terroso, con topos dorados en unas alas tan finas como los pétalos de una flor. Mientras bailaba a lo largo del cuerno, la saludó con sus rizadas antenas:

—Soy un apostador itinerante. ¿Cómo te va?

La unicornia rio por primera vez desde que emprendiese el viaje.

—Mariposa, ¿qué haces fuera en un día tan ventoso? —preguntó—. Te resfriarás y morirás antes de tiempo.

—La muerte se lleva lo que el hombre querría conservar —dijo la mariposa— y deja aquello de lo que el hombre querría deshacerse. Sopla, viento, sopla y agrieta las mejillas. Por mi parte, me caliento las manos con el fuego de la vida y obtengo un alivio multiplicado por cuatro.

Brilló como una mota de crepúsculo en el cuerno de la unicornia.

—¿Sabes qué soy, mariposa? —preguntó la unicornia, esperanzada.

A lo que la mariposa respondió:

—Bien lo sé. Eres una pescadera. Lo eres todo para mí, mi rayo de sol, eres vieja y gris, la que carga con el sueño, eres mi Mary Jane escabechada y tuberculosa. —Se detuvo un instante, aleteó contra el viento y añadió—: Eres la campanilla dorada que pende de mi corazón. Me haría pedazos con tal de poder llamarte por tu nombre una sola vez.

—Dilo, pues. Di mi nombre —suplicó la unicornia—. Si sabes mi nombre, dilo.

—Rumpelstiltskin —replicó la mariposa con alegría—. ¡Te pillé! Te quedas sin medalla. —Bailoteó y titiló sobre el cuerno mientras cantaba—. Regresa a tu hogar, Bill Bailey, regresa a tu hogar, al lugar al que antes no se podía ir. Manos a la obra, Winsocki, vamos a por una estrella fugaz. La arcilla yace queda, pero la sangre es errante, así que deberán llamarme «matadiablos» de ahora en adelante.*

Sus ojos lanzaban destellos rojizos con el brillo del cuerno.

La unicornia suspiró y siguió al paso, a la vez divertida y decepcionada. «Te está bien empleado», se dijo a sí misma. «¿Cómo se te ocurre esperar que una mariposa conozca tu nombre? Sólo saben de poesía, canciones y cualquier cosa que les llegue de oídas. No tienen mala intención, pero son inca-

---

* La canción de la mariposa es una amalgama de versos extraídos de las canciones *Bill Bailey Won't You Please Come Home*, de Hughie Cannon y popularizada por Ella Fitzerald, *Buckle Down, Winsocki*, tema de la película musical *La reina de corazones* (dir. Edward Buzzell, 1943), y de la escena IV del primer acto de la obra *La trágica historia del doctor Fausto*, de Christopher Marlowe. Las tres referencias hacen alusión, en mayor o menor medida, al consumo de alcohol, la diversión despreocupada y la fanfarronería. *N. del T.*

paces de hacer nada a derechas. ¿Y por qué deberían, con lo poco que viven?».

La mariposa se pavoneó ante sus ojos y siguió cantando:

—Un, dos, tres, al escondite inglés —entonó mientras giraba y giraba—. No, vampiro de mi mente, no pienso contemplar la posibilidad de tomar ese camino solitario. Pues, oh, qué minutos malditos cuenta aquel que dice adorar, pero aun así duda. Apúrate, ninfa del júbilo, y trae contigo una hueste de alegorías furiosas que pueda comandar, esas que sólo estarán disponibles a precio reducido durante los próximos tres días. Te quiero, te quiero, oh, el horror, el horror, y atrás, bruja, atrás, en verdad has escogido un mal lugar en el que quedar lisiada, oh, sauce, sauce, sauce.

Su voz tintineó en la cabeza de la unicornia como monedas de plata.

Ambas viajaron juntas durante los restos menguantes del día, pero cuando el sol se puso y el cielo se pobló de peces rosáceos, la mariposa emprendió el vuelo desde el cuerno y flotó en el aire ante la unicornia.

—Debo tomar la línea A del metro —dijo con educación.

Sobreimpresas a las nubes, sus aterciopeladas alas se mostraban surcadas de delicadas vetas negras.

—Adiós —dijo la unicornia—. Ojalá escuches muchas más canciones. —Que era, para ella, el mejor modo de despedirse de una mariposa.

Pero, en lugar de alejarse, el insecto aleteó sobre su cabeza, de repente menos elegante y algo alterado al flotar en el melancólico aire nocturno.

—Vete —apremió la unicornia—. Hace demasiado frío para que estés aquí afuera.

Pero la mariposa seguía remoloneando y tarareaba para sí.

—Montan aquel caballo al que llaman Macedonai. —Entonó con desconcierto; luego dijo, muy claro—: Unicornio. Del francés antiguo *unicorne*. A su vez, del latín, *unicornis*. Literalmente, «de un solo cuerno»: *unus*, uno, y *cornu*, cuerno. Animal fantástico similar a un caballo y que luce un cuerno en la frente. Oh, soy cocinero y el valiente capitán y segundo de abordo del bergantín Nancy. ¿Alguien sabe dónde está Kelly?

Bailoteó con alegría en el aire y las primeras luciérnagas parpadearon a su alrededor, maravilladas y dubitativas. La unicornia estaba tan sorprendida y feliz por la mención a su especie que pasó por alto la referencia a los caballos.

—¡Me conoces! —exclamó. El soplido de su agitado aliento alejó a la mariposa un par de metros—. Mariposa, si de verdad sabes qué soy, dime que has visto a otros como yo, dime dónde encontrarlos. ¿Dónde han ido?

—Mariposa, mariposa, dime alguna cosa —cantó el insecto, envuelto en penumbra—. El loco agridulce está a punto de hacer acto de presencia. ¡Dios! Ojalá tuviese de nuevo a mi amor entre mis brazos y de vuelta en mi cama.

Volvió a posarse en el cuerno de la unicornia, que sintió cómo la mariposa se encogía en un escalofrío.

—Por favor —pidió—, sólo quiero saber si quedan otros unicornios en el mundo. Mariposa, dime que hay más como yo y te creeré y regresaré a mi bosque. He estado fuera mucho tiempo y me prometí a mí misma que volvería pronto.

—Pasadas las montañas de la luna —dijo la mariposa—, bajando por el valle de las sombras, cabalga, cabalga sin temer nada ni a nadie. —Se detuvo abruptamente y, a continuación, con voz extraña, dijo—: No, no, escucha, no me hagas caso, escucha... Darás con los tuyos si eres valiente. Recorrieron todos los caminos hace ya mucho y el Toro Rojo fue tras ellos y borró sus huellas. No te desanimes, pero ten cuidado.

Sus alas acariciaron el pelaje de la unicornia.

—¿El Toro Rojo? —preguntó ella—. ¿Qué es el Toro Rojo?

La mariposa cantó una vez más:

—Sígueme, sígueme, sígueme, sígueme... —Pero entonces sacudió la cabeza con fuerza y recitó—: Su majestad, el toro primogénito; sus cuernos son los de un buey salvaje. Con ellos empujará a las gentes, todas las gentes, hasta los confines de la Tierra. Escucha, escucha con atención.

—Te estoy escuchando —replicó la unicornia—. ¿Dónde están los míos y qué es el Toro Rojo?

La mariposa descendió en picado hasta su oreja y rio.

—Tengo pesadillas en las que me arrastro por el suelo —canturreó—. Los perritos, Tray y Blanche y Sue, me ladran, las pequeñas serpientes me sisean, vienen los mendigos. Y, al fin, aquí llegan las almejas.

Bailó un poco más contra el anochecer y ante ella, y luego se sumió entre las sombras violáceas que flanqueaban el camino y entonó, insolente:

—¡O tú o yo, polilla! ¡Mano a mano a mano a mano!

Lo último que la unicornia pudo ver fue un liviano aleteo entre los árboles, aunque podría ser que la vista la engañase, pues en aquel momento la noche ya estaba plagada de alas.

«Al menos me ha reconocido», pensó con tristeza. «Algo es algo». Pero inmediatamente se respondió a sí misma: «No, no es nada, no significa más que el hecho de que alguien compuso una vez una canción sobre los unicornios, o un poema. Lo del Toro Rojo, sin embargo... ¿Qué querrá decir? Supongo que formará parte de otra canción».

Avanzó despacio y la noche se cerró a su alrededor. El cielo era bajo y casi de un negro puro salvo por una mancha de plata amarillenta allí donde la luna pacía tras las gruesas nubes. La unicornia entonó en voz baja una canción que hace tiempo, en su bosque, oyó cantar a una muchacha.

Gorriones y gatos se harán amigos
y aun así no vendrás a vivir conmigo.
Los peces saldrán andando del mar
y aun así conmigo no regresarás.

No entendía las palabras, pero la canción le hacía recordar su hogar con añoranza. Pensó en cómo le había parecido escuchar al otoño sacudir las hayas en cuanto inició su viaje.

Se tumbó en la fría hierba y se quedó dormida. Los unicornios son las más cautelosas de las criaturas salvajes, pero duermen profundamente. Sea como fuere, de no haber estado soñando con su hogar, seguro que la hubiese despertado el sonido de ruedas y cascabeles atravesando la noche en su dirección, a pesar de que dichas ruedas estaban amortiguadas por trapos y dichos cascabeles iban envueltos en lana. Pero la unicornia se hallaba muy lejos, más allá del alcance de las campanillas, y ni se inmutó.

Nueve carros componían la caravana; cada uno de ellos cubierto por una lona negra y tirado por un caballo del mismo color, todos con barrotes laterales que parecían dientes cuando el viento sacudía los toldos que los cubrían. El carromato en cabeza, conducido por una anciana achaparrada, lucía en los laterales unos carteles en los que se podía leer: FERIA DE MEDIANOCHE DE MAMÁ FORTUNA. Y, debajo del mensaje, en letra más pequeña: «Criaturas de la oscuridad expuestas a la luz».

Cuando ese primer vagón llegó al lugar en el que la unicornia dormía, la mujer detuvo de pronto su caballo. Los demás carros también frenaron y esperaron en silencio mientras la anciana se apeaba torciendo el gesto. Se acercó a la unicornia, la observó un buen rato y, finalmente, dijo:

—Vaya... Bendita sea mi estampa. Y yo que pensaba que ya no volvería a ver uno de éstos jamás.

Su voz dejó en el aire un regusto a pólvora y miel.

—Si él supiese... —dijo, con una sonrisa de dientes como guijarros—. Pero no seré yo quien se lo cuente.

Giró la cabeza hacia los carromatos negros y chasqueó los dedos dos veces. Los conductores del segundo y tercer carromato se bajaron y se acercaron a ella. Uno era bajo, moreno y se mostraba tan impasible como la anciana. El otro era alto, delgado y daba la impresión de hallarse del todo perplejo; lucía una vieja capa negra y tenía los ojos verdes.

—¿Qué ves ahí? —preguntó la mujer al más bajo—. Dime, Rukh, ¿qué ves ahí tumbado?

—Un caballo muerto —respondió el hombre—. Ah, no, no está muerto. Dáselo a la mantícora o al dragón.

A continuación, dejó escapar una risita que sonó como rascar una cerilla.

—Eres idiota —dijo Mamá Fortuna. Luego, se dirigió al otro hombre—. ¿Tú qué dices mago, vidente, taumaturgo? ¿Qué ves con tu mirada de hechicero?

Tanto la anciana como el tal Rukh lanzaron una risotada que cesó cuando la primera se dio cuenta de que el tipo alto seguía con la mirada clavada en la unicornia.

—¡Responde, malabarista! —gruñó la mujer.

Pero el hombre ni siquiera la miró. La anciana alargó hacia él una de las manos como pinzas de cangrejo, lo agarró por la barbilla y lo obligó a encararla. Los ojos amarillos de la mujer hicieron que el otro agachase la cabeza.

—Un caballo —musitó el hombre—. Una yegua blanca.

Mamá Fortuna se lo quedó mirando un rato largo.

—Tú también eres un necio, mago —dijo con desdén—, uno aún peor que Rukh y mucho más peligroso. Él miente por codicia, pero tú lo haces por miedo. ¿O quizá por amabilidad?

El hombre no dijo nada y Mamá Fortuna rio para sí.

—Está bien —dijo—. Es una yegua blanca. La quiero para la feria. Metedla en la novena jaula.

—Necesitaré una cuerda —dijo Rukh.

Estaba a punto de darse la vuelta cuando la anciana lo detuvo.

—La única cuerda que serviría con ella es aquella con la que los viejos dioses sujetaron al lobo Fenris —le dijo al hombre—, hecha de hálito de pez, saliva de pájaro, la barba de una mujer, el maullido de un gato, los ligamentos de un oso y... Algo más... Ah, sí, ya recuerdo: las raíces de una montaña. Ya que no contamos con ninguno de esos elementos, ni con enanos que nos los fabriquen, tendremos que apañarnos con unos cuantos barrotes de hierro. Así pues, la sumiré en un sueño aún más profundo.

Las manos de Mamá Fortuna tejieron el aire nocturno mientras una serie de palabras desagradables le retumbaban en la garganta. Después de que la mujer finalizase el encantamiento, flotaba sobre la unicornia un peculiar olor a electricidad.

—Ahora, metedla en la jaula —ordenó la anciana a los dos hombres—. No despertará hasta el amanecer, por mucho jaleo que arméis. A no ser que, con la estupidez que os caracteriza, la toquéis. Desmontad la novena jaula y volved a montarla a su alrededor. ¡Pero cuidado! Si una mano siquiera le roza la crin, se convertirá en la pezuña de burro que merece ser.

Volvió a dirigirse con sorna al más delgado y alto.

—Eso haría que tus truquitos te resultasen aún más difíciles, mago —le dijo—. A trabajar. No nos queda mucha noche por delante.

Cuando la mujer regresó a la oscuridad de su carro, como si sólo lo hubiese dejado un momento para dar testimonio, y ya no podía oírlos, el tal Rukh escupió en el suelo y dijo:

—Me pregunto qué será lo que preocupa tanto a la vieja. ¿Qué más dará si tocamos o no al bicho?

El mago le respondió con una voz suave, casi inaudible.

—El roce de una mano humana la despertaría del más profundo de los sueños que podría haberle inducido el mismísimo diablo. Y Mamá Fortuna no es siquiera un demonio.

—A ella le gustaría que creyésemos que sí lo es —replicó el otro—. Pezuñas de burro... ¡Venga ya! —Y, a pesar de lo dicho, hundió ambas manos en los bolsillos—. ¿Por qué iba a romperse el hechizo? No es más que una vetusta yegua blanca.

Pero el mago ya había echado a andar hacia el último de los carros negros.

—Date prisa —llamó por encima del hombro—. Pronto se hará de día.

Les llevó el resto de la noche desmontar los barrotes, el techo y el suelo de la novena jaula y luego montarlos de nuevo alrededor de la unicornia dormida. Rukh estaba comprobando que la puerta quedaba bien cerrada cuando los grises árboles al este prendieron y el animal abrió los ojos. Los dos hombres se escabulleron lo más rápido que pudieron, pero el mago echó una mirada a su espalda justo en el momento en que la unicornia se alzaba sobre sus patas, observaba los barrotes de hierro y sacudía la cabeza como haría un anciano caballo blanco.

II

Los nueve carromatos de la Feria de Medianoche parecían mucho más pequeños a la luz del día, en absoluto amenazantes, más bien endebles y frágiles como hojas caídas. Despojados de los toldos, los adornaban unos tristes estandartes negros hechos de recortes de mantas y gruesas cintas oscuras que se agitaban con la brisa. Se distribuían de forma peculiar por un campo tomado por la maleza: un pentáculo de jaulas alrededor de un triángulo, con el carro de Mamá Fortuna destacado en el centro. Este último era el único que conservaba su velo negro, ocultando así su contenido, fuese cual fuese. A Mamá no se la veía por ninguna parte.

El tal Rukh guiaba a una desordenada multitud de campesinos de una jaula a la siguiente y ofrecía sombrías explicaciones sobre las bestias que éstas contenían.

—Esto de aquí es la mantícora. Cabeza de hombre, cuerpo de león y cola de escorpión. Fue capturada a medianoche, cuando devoraba hombres lobo con los que endulzarse el aliento. ¡Criaturas de la oscuridad expuestas a la luz! He aquí el dragón. De vez en cuando escupe fuego. Por lo general, cuando alguien le molesta, muchacho. Sus entrañas contienen un infierno, pero su piel es tan fría que quema. El dragón habla, peor que mejor, diecisiete lenguas y sufre de gota. Aquí el sátiro. Señoras, manténganse alejadas. Es un verdadero alborotador. Fue capturado en circunstancias ciertamente curiosas, que sólo se revelarán a los caballeros que paguen una moneda extra al finalizar el espectáculo. ¡Criaturas de la oscuridad!

De pie junto a la jaula de la unicornia, que era una de las que formaban el triángulo, el mago observaba la procesión que tenía lugar en el pentáculo.

—No debería estar aquí —le dijo—. La anciana me advirtió sobre acercarme a ti. —Rio entre dientes—. Se ha estado burlando de mí desde que me uní a ella, pero siempre la he puesto nerviosa.

La unicornia apenas lo oía. Daba vueltas y vueltas en la jaula y su cuerpo se encogía al contacto con los barrotes. A ninguna de las criaturas que pueblan la noche del hombre le gusta el hierro y, si bien la unicornia podía soportar el contacto con él, su peste a asesinato le hacía polvo los huesos y le aceleraba el pulso. Aquellos barrotes debían estar encantados de algún modo, pues no dejaban de susurrarse el uno al otro una retahíla de palabras malévolas en un coro de voces afiladas y batientes. El pesado candado de la cerradura reía y plañía como un simio desquiciado.

—¿Que ves ahí? —preguntó, tal como le había preguntado Mamá Fortuna a él—. Mira a esos otros seres legendarios y dime qué ves.

La ferrosa voz de Rukh repicó en la tarde descolorida:

—Guardián del inframundo. Como pueden observar, con tres cabezas y su pelo son víboras. La última vez que se le vio en la superficie eran los tiempos de Hércules, quien se lo trajo de los infiernos bajo el brazo. Pero hemos logrado atraerlo de nuevo arriba con promesas de una vida mejor. Cerbero. Contemplen la decepción en esos seis ojos rojos. Cualquier día volverán a verlos. Pasemos ahora a la serpiente de Midgard. Por aquí, por favor.

La unicornia miró al animal a través de los barrotes, con expresión de incredulidad.

—No es más que un perro —susurró—. Un perro infeliz, hambriento, con sólo una cabeza y apenas pelaje. Pobrecillo. ¿Cómo pueden confundirlo con Cerbero? ¿Acaso están todos ciegos?

—Vuelve a mirar —dijo el mago.

—Y el sátiro… —prosiguió la unicornia—. El sátiro es un mono. Un mono viejo con un pie deformado. El dragón es un cocodrilo. Es más probable que escupa peces y no llamas. Y la gran mantícora es un león. Un buen ejemplar, pero no más mostruoso que cualquier otro. No lo entiendo.

—¡Se enrosca alrededor del mundo entero! —pregonaba Rukh.

Y una vez más, el mago dijo:

—Vuelve a mirar.

Entonces, como si sus ojos se estuviesen habituando a cierta oscuridad, la unicornia percibió la presencia de una segunda figura en cada jaula; algo que se cernía sobre los cautivos de la Feria de Medianoche y, al tiempo, estaba unido a ellos: violentos sueños que emanaban de una veta de realidad. Así pues, allí había una mantícora —de ojos voraces y que lanzaba esputos por la boca, rugía, encorvaba la letal cola y hacía balancear el venenoso aguijón en su extremo justo sobre las orejas— y también un león, minúsculo y absurdo en comparación. Y sin embargo ambos eran la misma criatura. La unicornia piafó, extrañada.

Lo mismo sucedía en el resto de las jaulas. El dragón de la sombra abrió las fauces y lanzó una andanada de fuego inerme que hizo que quienes los observaban boquiabiertos se encogiesen y contuviesen la respiración, mientras el perro guardián del averno, de pelaje compuesto de serpientes, aullaba triples maldiciones y deseos de devastación hacia aquellos que le habían traicionado, y el sátiro cojeaba hacia los barrotes y prometía a las muchachas placeres imposibles sin pudor alguno. El cocodrilo, el perro y el mono se desvanecieron tras sus portentosos fantasmas hasta volverse meras siluetas, incluso a los sagaces ojos de la unicornia.

—Qué brujería tan extraña —dijo—. Es más sensorial que mágica.

El mago rio, complacido y aliviado.

—Bien dicho, sí señora. Sabía que la vieja asquerosa no podría engañarte con sus hechizos baratos. —Su voz se endureció y se volvió conspiratoria—. Acaba de cometer su tercer error. Y eso son dos más de los que una anciana tramposa puede permitirse. Se acerca el momento.

—¡Se acerca el momento! —informaba Rukh a la multitud, como si hubiese oído al mago—. Ragnarok. El día en que los dioses caerán y la serpiente de Midgard escupirá una tormenta de veneno sobre el mismísimo Thor, hasta que se tambalee como una mosca derrotada por el insecticida. Así pues, la bestia espera el juicio final y sueña con el papel que habrá de representar en él. Quizá... Nadie puede asegurarlo. ¡Criaturas de la oscuridad expuestas a la luz!

Aquella jaula apenas contenía a una gigantesca serpiente. No se discernía una cabeza o una cola, sólo una ondulación oscura que iba y venía de una pared de barrotes a la otra y no dejaba espacio para más que su atronadora respiración. Sólo la unicornia podía ver allí a una boa de aspecto maléfico, que posiblemente estaba pensando en la propia versión del juicio final al que iba a someter a la Feria de Medianoche. Pero, a la sombra de la serpiente del Ragnarok, resultaba tan insignificante y difusa como el recuerdo de una oruga.

Uno entre los boquiabiertos miembros del público alzó la mano y preguntó a Rukh:

—Si, como dices, la serpiente se enrosca alrededor del mundo entero, ¿cómo es posible que tengáis un pedazo de ella ahí, en esa jaula? Y, si puede dividir mares con sólo estirarse, ¿qué le impide marcharse de aquí y llevarse la feria entera por delante?

Se alzaron algunos murmullos de aprobación y algunos, precavidos, empezaron a alejarse de la jaula.

—Me alegra que lo preguntes, amigo —dijo Rukh, mientras fruncía el ceño—. Resulta que la serpiente de Midgard existe en un espacio distinto al nuestro, en otra dimensión. Por tanto, normalmente es invisible. Pero cuando la arrastran a nuestro mundo, como Thor hizo una vez, aparece clara como el relámpago, que también nos visita desde otra parte, donde muy probablemente tendrá un aspecto muy distinto. Por supuesto, la serpiente se enfadaría mucho si supiese que una porción de su abdomen se exhibe a diario, también los domingos, en la Feria de Medianoche de Mamá Fortuna. Pero no es consciente de ello. Tiene otros asuntos más importantes en los que pensar, que van más allá de dónde está o deja de estar su ombligo; y así confiamos, como deben confiar ustedes, en que seguirá distraída.

Alargó y amasó la última palabra y su público rio temeroso.

—Hechizos de apariencia —dijo la unicornia—. No puede crear algo de la nada.

—Ni tampoco provocar cambios absolutos —añadió el mago—. Sus escasas habilidades dependen del engaño. E incluso un truco tan burdo quedaría fuera de su alcance si no fuese por las ansias de esos bobos, esas víctimas, de creer en explicaciones sencillas. No es capaz siquiera de convertir la nata en mantequilla, pero puede hacer que un león parezca una mantícora a ojos de quien quiera ver una, de quien, a su vez, confundiría una mantícora real con un león, un dragón con un lagarto y a la serpiente de Midgard con un terremoto. O, ya puestos, a una unicornia con una yegua blanca.

La unicornia dejó de dar vueltas por la jaula cuando cayó en la cuenta de que el mago comprendía lo que estaba diciendo. El hombre sonrió y la criatura advirtió que su rostro era terriblemente joven para un adulto, que ni el tiempo, ni el pesar, ni la sabiduría habían hecho aún mella en él.

—Sé qué eres —dijo el mago.

Los barrotes susurraron con maldad entre ellos. Rukh acompañaba a la multitud hacia los carromatos del triángulo interior. La unicornia preguntó:

—¿Quién eres?

—Me llaman Schmendrick el mago. No creo que hayas oído hablar de mí.

La unicornia estuvo a punto de decir que resultaba ciertamente difícil que hubiese oído hablar de él o de cualquier otro mago, pero un matiz triste y animoso en la voz de él la hizo contenerse. El mago dijo:

—Distraigo a los visitantes mientras se congregan. Hago pequeños trucos de magia y prestidigitación: transformo flores en banderas, banderas en peces... Todo con mucha labia y sugiriendo que podría obrar maravillas mucho más ominosas si me lo propusiese. No es un gran trabajo, pero los he tenido peores y, algún día, tendré uno mejor. Esto no es definitivo.

Pero su voz hacía sentir a la unicornia como si fuese a quedar allí atrapada para siempre. Se puso a recorrer la jaula de un lado a otro de nuevo, a moverse para que el corazón no le estallase a causa del terror por estar encerrada. Rukh se encontraba ante una jaula que no contenía más que una pequeña araña reclusa que tejía su modesta tela entre dos barrotes.

—Aracne de Lidia —informó el hombre—. Considerada la mejor tejedora del mundo, como su destino atestigua. Tuvo la mala suerte de vencer a la diosa Atenea en un concurso de tejeduría. Y ésta es una mala perdedora, por lo que convirtió a la pobre Aracne en una araña que, gracias a un acuerdo especial, ahora cede en exclusiva sus creaciones a la Feria de Medianoche de Mamá Fortuna. Urdimbres celestiales y tramas infernales, ¡nunca dos iguales! ¡Aracne!

Tensa sobre el telar de barrotes de hierro, la telaraña parecía muy simple y prácticamente incolora, salvo por algún que otro destello tornasolado que dejaba escapar cuando la araña se paseaba por ella para enderezar un hilo. Pero atraía la mirada de los espectadores —también la de la unicornia—, la llevaba de un lado a otro y la sumía gradualmente en mayores profundidades, hasta que les parecía estar contemplando las grandes grietas del mundo, negras hendiduras que se ensanchaban inexorables y aun así no se harían pedazos mientras la red de Aracne mantuviese el mundo unido. La unicornia se liberó de aquella ilusión con un suspiro y volvió a ver la telaraña tal como era: muy simple y prácticamente incolora.

—No es como las otras —dijo.

—No —reconoció Schmendrick a disgusto—. Pero no es mérito de Mamá Fortuna. La araña cree. Puede ver la maraña de embustes y cree que la ha urdido ella misma. La creencia es esencial para la magia de Mamá. En definitiva, que si ese hatajo de paletos dejase de maravillarse ante lo que creen ver, de esa brujería no quedaría más que el sonido del llanto de una araña. Y nadie podría oírlo.

La unicornia no quería volver sobre la telaraña. Echó un vistazo a la jaula más cercana a la suya y, de repente, sintió cómo el aliento en sus pulmones se volvía tan frío como el hierro de los barrotes. Posada en una percha de roble se encontraba una criatura con el cuerpo de un gran pájaro de bronce y el rostro de una bruja, tan tenso y de aspecto tan letal como las garras con las que se aferraba a la madera. Tenía orejas redondas y lanudas como las de un oso, pero sobre sus hombros escamosos, entreverada con las brillantes cuchillas del plumaje, caía una cabellera del color de la luz de la luna, abundante y jovial, que rodeaba aquella odiosa de cara humana. Resplandecía, pero observarla era como sentir que la luz se borraba del cielo. Al ver a la unicornia, emitió un sonido singular, mezcla de bufido y cloqueo.

—Esta es real. Es la arpía Celeno —dijo la unicornia.

El rostro de Schmendrick palideció.

—La vieja la capturó de pura casualidad —susurró—. Mientras dormía, como hizo contigo. Pero ambas son conscientes de que fue una mala idea. Las artes de Mamá Fortuna apenas logran contener al monstruo, pero su sola presencia debilita los hechizos hasta el punto de que pronto sus poderes no le van a alcanzar ni para freír un huevo. No debería haberse metido con una arpía de verdad; ni con un unicornio de verdad. Eso tampoco. La verdad disuelve su magia, pero la vieja no puede evitar la tentación de tratar de usarla en su favor. Esta vez, sin embargo...

—¡Hermana del arcoíris, lo crean o no! —oyeron rebuznar a Rukh ante sus sobrecogidos espectadores—. Su nombre significa «La Oscura», aquella cuyas alas oscurecen el cielo antes de la tormenta. Ella y sus dos hermanas casi matan de hambre al rey Fineo, al que robaban y ensuciaban la comida cuando iba a comerla. Pero los hijos del Viento del Norte la hicieron desistir. ¿No es así, querida?

La arpía siguió en silencio y Rukh dejó escapar una risa tan chirriante como la puerta de cualquiera de las jaulas.

—Se resistió más que todas las otras criaturas juntas —prosiguió—. Fue como tratar de atar el infierno entero con sólo un cabello, pero los poderes de Mamá Fortuna pueden con eso y con mucho más. ¡Criaturas de la oscuridad expuestas a la luz! ¿El lorito quiere una galleta?

Algunos entre la multitud rieron. Los espolones de la arpía se tensaron aún más, haciendo que la madera gruñese.

—Debes liberarte antes de que ella escape —dijo el mago—. No puede pillarte enjaulada.

—No me atrevo a tocar el hierro —replicó la unicornia—. Podría abrir el candado con el cuerno, pero no lo alcanzo. No puedo salir de aquí.

Temblaba aterrada por la presencia de la arpía, pero su voz reflejaba calma. Schmendrick el mago se irguió algunos centímetros más de los que la unicornia hubiese creído posible.

—No temas —dijo—. Pese a mi halo de misterio, poseo un corazón sensible.

Le interrumpió la llegada de Rukh y sus seguidores, mucho más silenciosos ahora de lo que se habían mostrado cuando se burlaban de la mantícora. Antes de marcharse, el mago añadió suavemente:

—No tengas miedo. Schmendrick está de tu parte. No hagas nada hasta que yo te lo diga.

Su voz flotó hacia la unicornia, tan tenue y solitaria que ella no podía asegurar si la había oído o había apenas sentido su roce.

Estaba oscureciendo. La muchedumbre se detuvo ante su jaula, mirándola con curiosa timidez.

—¡La unicornia! —anunció Rukh.

Pudo oír cómo algunos de sus corazones se saltaban un latido, cómo algunas lágrimas empezaban a formarse y cómo se contenían algunas respiraciones, pero nadie pronunció una sola palabra. Por las expresiones de pesar, pérdida y dulzura en los rostros de aquellas personas, la unicornia supo que la habían reconocido e interpretó su ansia como reverencia. Recordó a la bisabuela de aquel cazador y se preguntó cómo sería envejecer, cómo sería llorar.

—La mayoría de las visitas acabarían aquí —dijo Rukh—. Pues ¿qué podría mostrarse después de un genuino unicornio? Sin embargo, la Feria de Medianoche de Mamá Fortuna aún cuenta con un misterio más: un demonio más destructivo que el dragón, más monstruoso que la mantícora, más grotesco que la arpía y, desde luego, más universal que la unicornia.

Señaló hacia el último carromato, cuyos toldos negros empezaban a separarse a pesar de que nadie tirase de ellos.

—¡Contemplen! —gritó Rukh—. ¡El ultimísimo final! ¡Elli!

El interior de la jaula estaba más oscuro que la noche más oscura y el frío se escapaba entre los barrotes como si estuviese vivo. Algo se movió entre la gélida negrura y la unicornia vio a Elli: una mujer anciana, huesuda y vestida con harapos, agachada y meciéndose como si se calentase ante un fuego que no estaba ahí. Parecía tan frágil que se diría que el peso de la oscuridad iba a aplastarla, y tan indefensa y sola que los espectadores deberían haber corrido a liberarla. Sin embargo, retrocedieron en silencio, como si Elli los estuviese embrujando, aunque ni siquiera les había dedicado una mirada. Simplemente estaba sentada en la oscuridad y cantaba una canción para sí, en un tono que parecía el de la hoja de una sierra atravesando el tronco de un árbol a punto, a puntísimo, de caer.

Lo que se arranca volverá a crecer,
lo sacrificado sigue siendo vivido,
lo que se robó volverá a pertenecer,
lo desaparecido sigue desaparecido.

—No parece gran cosa, ¿verdad? —preguntó Rukh—. Pero no hay héroe capaz de hacerle frente, ningún dios podría luchar contra ella, ni hay magia que la impida cernirse sobre cualquiera de nosotros... O huir, pues no es nuestra prisionera. Aunque la exhibamos aquí, pasea entre ustedes a voluntad, los toca y los toma. Pues Elli no es sino La Vejez.

El frío de la jaula llegó hasta la unicornia y cualquier parte de su anatomía que éste tocase quedaba rígida y débil. Sintió que se marchitaba, que se aflojaba, que su belleza escapaba de ella con cada respiración. La fealdad le colgó de las crines, le hizo agachar la cabeza, le peló la cola, le enjutó el cuerpo, le consumió el pelo y asaltó su mente con recuerdos de lo que una vez había sido. Cerca, la arpía profirió un chillido ávido y grave, y la unicornia se hubiese acurrucado de buen grado bajo la sombra de las alas de aquel monstruo si ello le permitía esconderse del demonio en la última jaula. La canción de Elli le talaba el corazón.

Lo que nace en el mar acaba enterrado
lo blando acaba siendo comprimido,
el regalo acaba quemando en las manos
lo desaparecido sigue desaparecido.

El espectáculo había acabado. La multitud se disolvió a hurtadillas, en parejas o en grupos grandes o pequeños, nadie iba solo; desconocidos se tomaban de la mano y miraban por encima del hombro para cerciorarse de que Elli no les seguía. Rukh exageró un lamento:

—¿No desean, caballeros, escuchar la historia del sátiro? —Y soltó una risotada que persiguió al público en su lenta huida—. ¡Criaturas de la oscuridad expuestas a la luz!

La gente siguió su camino a través del aire enrarecido, alejándose de la jaula de la unicornia mientras Rukh les conminaba a regresar a sus casas y Elli seguía cantando.

«Es una ilusión», se dijo la unicornia. «Es sólo una ilusión». Logró erguir la cabeza, ahora pesadísima por el amontonamiento de visiones de muerte, oteó hacia lo más profundo de la oscuridad en la última jaula y vio allí, no a La Vejez, sino a la mismísima Mamá Fortuna, que se desperezó, sonrió y se levantó del suelo con inquietante facilidad. Y la unicornia supo entonces que en ningún momento se había hecho mortal y fea, pero tampoco volvió enseguida a sentirse hermosa. Quizá aquello también se tratase de una ilusión.

—La verdad es que lo he disfrutado —dijo la mujer a Rukh—. Bueno, siempre lo hago. Debo llevar dentro la vocación por el teatro.

—Será mejor que controle usted a esa maldita arpía —dijo Rukh—. Esta vez he podido sentir cómo se soltaba. Como si yo fuese una cuerda sujetándola y ella me estuviese desatando. —Dio un respingo y agravó la voz—. Deshágase de ella —dijo—. Antes de que nos haga trizas en el cielo como si trinchase nubes. Esa cosa piensa en ello todo el rato. Puedo captar cómo piensa en ello.

—¡Silencio, estúpido! —La voz de la bruja también estaba cargada de miedo—. Puedo transformarla en viento antes de que escape. O en nieve. O en siete notas musicales. Pero prefiero conservarla. Ninguna otra bruja en el mundo tiene una arpía en cautividad, ni la tendrá jamás. La conservaría, aunque para ello tuviese que darle de comer cada día un trozo de tu hígado.

—Ah, estupendo... —Rukh se apartó de la mujer—. ¿Y si es su hígado el que quiere comerse? —preguntó—. ¿Qué haría usted, entonces?

—Igualmente le daría el tuyo —dijo Mamá Fortuna—. No notará la diferencia. Las arpías no se caracterizan por su inteligencia.

A solas bajo la luz de la luna, la anciana se paseó de jaula en jaula, sacudió los candados y comprobó el estado de sus hechizos como un ama de casa sopesaría melones en el mercado antes de escoger uno. Al llegar al carromato de la arpía, el monstruo emitió un sonido punzante como una lanza y mostró las alas extendidas en toda su horrible gloria. Por un instante, a la unicornia le pareció que los barrotes de la jaula se soltaban y se derramaban como agua de lluvia, pero Mamá Fortuna chasqueó sus enjutos dedos y las barras volvieron a ser de hierro. La arpía se recogió sobre su percha, a la espera.

—Aún no —dijo la bruja—. Aún no.

Se miraron una a la otra con idéntica expresión.

—Eres mía. Si me matas, eres mía.

La arpía no reaccionó, pero una nube cubrió súbitamente la luna.

—Aún no. —repitió Mamá Fortuna, volviéndose hacia la jaula de la unicornia—. Bueno, bueno... —dijo con voz dulce y vaporosa—. Te he hecho pasar un mal rato, ¿eh?

Rio con un ruido como de serpientes reptando a toda prisa por el barro y se acercó un poco más.

—Sea lo que fuere lo que tu amigo el mago te haya dicho —prosiguió—, parece que alguna habilidad debo tener, ¿no? Engañar a una unicornia hasta que se crea vieja y marchita... Eso requiere cierta maestría, diría yo. ¿Bastaría con un hechizo cualquiera para aprisionar a La Oscura? Sólo yo...

—No presumas tanto, bruja —interrumpió la unicornia—. Tu muerte espera en esa jaula y te está oyendo.

—En efecto —dijo Mamá Fortuna con calma—. Pero al menos sé dónde se encuentra. Tú saliste de viaje en busca de tu propia muerte. —Rio de nuevo—. Y también sé dónde se encuentra ésta, pero he evitado que des con ella. Deberías estarme agradecida.

Olvidando sus circunstancias, la unicornia arremetió contra los barrotes. La hirieron, pero no retrocedió.

—El Toro Rojo —dijo—. ¿Dónde está el Toro Rojo?

Mamá Fortuna dio otro paso en dirección a la jaula.

—El Toro Rojo del rey Haggard —musitó—. Así que has oído hablar de él. —Mostró a la unicornia sus únicos dos dientes—. Pues no te tendrá. Ahora me perteneces.

La unicornia sacudió la cabeza.

—Tú sabrás... —dijo con fingida gentileza—. Libera a la arpía mientras aún estés a tiempo. Y suéltame a mí también. Quédate con tus pobres sombras, si lo deseas, pero déjanos ir.

Los ojos de la bruja centellearon con un brillo tan salvaje que un grupo de mariposas luna, que había salido de juerga nocturna, se precipitó hacia ellos y luego chisporroteó hasta hacerse cenizas.

—Antes dejaría el negocio —gruñó—. ¿Crees que cuando era joven y astuta soñaba con pasar la eternidad arrastrando a mis monstruos de fabricación casera de acá para allá? ¿Crees que opté por esta magia miserable, que necesita de la estupidez, porque nunca llegué a aprender verdadera brujería? Hago trucos con perros y monos porque no puedo dedicarme a otra cosa, pero sé reconocer algo como lo que sois en cuanto lo veo. Y ahora me pides que renuncie a vosotras, a estar en presencia de vuestro poder. Antes le he dicho a Rukh que daría de comer su hígado a la arpía si me viese obligada a ello, y lo haría. Y, con tal de conservarte a ti, agarraría a tu amigo Schmendrick y lo... —Dejó ir una retahíla de balbuceos y, finalmente, calló.

—Hablando de hígados... —dijo la unicornia—. La verdadera magia no puede realizarse ofreciendo las entrañas de otra persona. Deben arrancarse las propias y no esperar recuperarlas. Una bruja auténtica lo sabría.

Algunos granos de arena recorrieron las mejillas de Mamá Fortuna mientras clavaba la mirada en la unicornia. Así es como lloran las brujas. Luego se dio la vuelta y caminó despacio hacia su carromato, pero de repente se volvió de nuevo y sonrió.

—Y aun así, ya te he engañado dos veces —dijo—. ¿O crees que esos que te miraban con los ojos como platos te hubiesen reconocido de no ser por mi ayuda? No, en absoluto. Te he dado una apariencia que ellos pudiesen entender. Te he puesto un cuerno que pudiesen ver. A día de hoy, se necesita la intercesión de una bruja de medio pelo para que la gente reconozca un unicornio. Te irá mejor si te quedas aquí, conmigo, y te conformas con ser una fantasía. El Toro Rojo es el único en todo el mundo capaz de saber qué eres.

La anciana se metió en su carro y sólo entonces la arpía permitió que la luna volviese a asomar.

III

Schmendrick regresó un poco antes del amanecer, escurriéndose entre las jaulas tan silenciosamente como el agua. Sólo la arpía hizo ruido cuando el mago pasó a su lado.

—No he podido escaparme antes —le explicó a la unicornia—. La vieja ha encargado a Rukh que me vigile, ya que él casi nunca duerme. Pero le he planteado un acertijo y siempre tarda una noche entera en resolverlo. La próxima vez le contaré un chiste y así lo tendré ocupado durante una semana.

La unicornia estaba triste y apática.

—Me ha hechizado —musitó—. ¿Por qué no me lo dijiste?

—Pensé que ya lo sabías —respondió amablemente el mago—. ¿No te extrañó que los visitantes te reconociesen? —Sonrió, lo que le hizo parecer algo más maduro—. No, por supuesto que no. Nunca te harías una pregunta como esa.

—Porque nunca me habían hechizado antes —dijo la unicornia, y dejó escapar un suspiro largo y profundo—. Nunca ha existido un mundo en el que no se me reconociese.

—Sé perfectamente cómo te sientes —dijo Schmendrick con vehemencia.

La unicornia lo miró con esos ojos suyos, oscuros y sin fondo, y él esbozó una risita nerviosa y agachó la cabeza.

—Rara vez se toma a alguien por lo que es —dijo el mago—. Demasiados errores de juicio. Pero supe que eras una unicornia en cuanto te vi, y también que era tu amigo. Aun así, me tomas por un payaso, un desgraciado o un traidor, y eso debo ser, si es así como me ves. El hechizo que te somete no es más que eso, magia, y desaparecerá en cuanto seas libre, pero el encantamiento de prejuicio que me has lanzado tú estará ahí, sobre mí, cada vez que me mires. No siempre somos quienes parecemos, y casi nunca somos quienes queremos ser; aun así, he leído y escuchado en canciones que los unicornios de los tiempos antiguos sabían diferenciar «entre los elementos de distinta condición: lo que brilla en falso y lo que brilla con razón, lo ladino en los labios y el honesto dolor del corazón».

Su calmada voz se volvía más vivaz conforme el cielo se aclaraba, y durante un instante la unicornia dejó de oír el quejido de los barrotes y el suave roce de las alas de la arpía.

—Creo que eres mi amigo —dijo—. ¿Me ayudarás?

—Si no te ayudo a ti, no ayudaré a nadie. Eres mi última oportunidad.

Las tristes bestias de la Feria de Medianoche fueron despertando entre lagrimeos, estornudos y estremecimientos. Una de ellas había soñado con rocas, insectos y hojas tiernas; otra, con dar brincos entre la hierba alta y cálida; otra, con sangre y barro. Y una había soñado que una mano le rascaba en ese punto solitario y gustoso que hay tras las orejas. La arpía era la única que no había dormido. Ahora estaba posada en su percha y miraba fijamente al sol sin parpadear. Schmendrick dijo:

—Si es la primera en liberarse, estamos perdidos.

Oyeron cerca la voz de Rukh —aquella voz siempre sonaba cerca—, que gritaba:

—¡Schmendrick! ¡Eh, Schmendrick, ya lo tengo! ¡Es una cafetera! ¿Verdad?

El mago se alejó lentamente de la jaula.

—Esta noche —murmuró a la unicornia—. Dame tiempo hasta el amanecer.

Y desapareció en un parpadeo, dejando tras de sí la impresión de que parte de él se quedaba atrás. Poco después, Rukh se aproximó a la jaula como un pájaro del peor agüero. Refugiada en su carromato negro, Mamá Fortuna murmuraba la canción de Elli.

Aquí es allí y arriba es abajo;
todo está destinado a acabar perdido.
A la verdad no hay ningún atajo:
lo desaparecido sigue desaparecido.

No tardó en llegar una nueva tanda de espectadores a ver la función. Rukh les dio la bienvenida chillando «¡Criaturas de la oscuridad!» como un loro metálico, y Schmendrick se encaramó a una caja para realizar algunos trucos de manos. La unicornia lo observó con interés y creciente incertidumbre no hacia sus intenciones, sino hacia sus habilidades. El mago materializó una cerda entera a partir de una oreja*; transformó un sermón en una piedra, un vaso de agua en un chorro de agua, un cinco de picas en un doce de picas y un conejo en un

* Juego referencial con la frase hecha, atribuida a Jonathan Swift, *Can't make a silk purse out of a sow's ear,* que se traduciría como «No se puede hacer un bolso de seda con la oreja de una cerda» y suele usarse para expresar que no se puede sacar nada bueno de una situación que parte de unas circunstancias penosas. Los trucos que realiza aquí Schmendrick el mago reflejan dicha expresión. *N. del T.*

pez dorado que se ahogó. Cada vez que generaba confusión con alguno de los conjuros, dirigía una mirada a la unicornia con la que parecía decir: «Pero tú sí sabes qué he hecho en realidad, ¿no?». En determinado momento, convirtió una rosa marchita en una semilla. A la unicornia le gustó aquello, aunque la semilla resultó ser de rábano.

Dio comienzo el recorrido por las jaulas. Rukh condujo a los visitantes de una de las penosas fábulas de Mamá Fortuna a la siguiente. El dragón escupió fuego, Cerbero aulló pidiendo ayuda a los infiernos y el sátiro tentó a las mujeres hasta que éstas se echaron a llorar. El público señaló los colmillos amarillentos y el aguijón hinchado de la mantícora, quedó petrificado al pensar en la serpiente de Midgard y se maravilló ante las formas de la nueva telaraña de Aracne, que parecía una red de pesca de la que goteaba luz de luna. Todos y cada uno de los presentes la tomaron por una tela real, pero sólo la araña creía estar de verdad sujetando el astro con sus hilos.

En esta ocasión Rukh no contó la historia del rey Fineo y los argonautas, sino que azuzó a los visitantes para que pasasen rápido ante la jaula de la arpía, informando sólo de su nombre y del significado de éste. La arpía sonrió. Nadie la vio hacerlo, salvo la unicornia, que deseó haber estado mirando hacia otro lado en ese momento.

Cuando la multitud llegó hasta su jaula y le dirigió furibundos vistazos, la unicornia pensó con amargura: «Sus ojos son demasiado tristes. Y me pregunto cuán más tristes resultarían si se disolviese el hechizo que me disfraza y no contemplasen más que a una yegua blanca. La bruja tiene razón; ninguno de ellos sabría qué soy». Pero entonces una voz liviana, muy parecida a la de Schmendrick el mago, dijo para sus adentros: «Pero sus ojos son tan y tan tristes...».

Y cuando Rukh gruñó: «¡Contemplen el ultimísimo final!», y los toldos negros se retiraron para revelar a Elli, que murmuraba sumida en el frío y la oscuridad, la unicornia sintió el mismo terror desesperado a envejecer que provocó la desbandada del público, a pesar de que sabía que lo único que aquella jaula contenía era a Mamá Fortuna. Pensó: «La bruja sabe más incluso de lo que cree saber».

La noche llegó rauda, quizá apresurada por la arpía. El sol se hundió entre las sucias nubes como una piedra en el mar y con las mismas posibilidades de volver a salir a flote. No hubo luna ni estrellas. Mamá Fortuna hizo su ronda de comprobación por las jaulas. La arpía ni siquiera se movió cuando la anciana pasó cerca, lo que provocó que la mujer se plantase ante ella y la observase durante un largo rato.

—Aún no —farfulló la bruja—. Aún no.

Su voz, sin embargo, sonaba cansada y dubitativa. Miró a la unicornia con unos ojos que eran apenas un trazo amarillo en la grasienta penumbra.

—Bueno, un día más —dijo, seguido de un suspiro burlón mientras le volvía a dar la espalda.

Tras su marcha, la feria quedó en completo silencio. Las bestias dormían, a excepción de la araña, que seguía tejiendo, y la arpía, que esperaba. Y la noche chirrió y chirrió, de tal modo que la unicornia llegó a pensar que ésta se partiría por la mitad, dejando un roto en el cielo que mostraría... «otros barrotes», pensó.

«¿Dónde está el mago?».

Finalmente llegó, atravesando el silencio aprisa, dando vueltas y danzando como un gato cuando aprieta el frío, tropezando con las sombras. Cuando llegó a la jaula de la unicornia, ejecutó una burlona reverencia y dijo, orgulloso:

—Schmendrick a tu servicio.

La unicornia oyó el afilado estremecimiento del bronce en la jaula contigua.

—Creo que nos queda poco tiempo —dijo—. ¿De verdad puedes liberarme?

El hombre sonrió e incluso sus pálidos y solemnes dedos parecían ahora más felices.

—Te dije que la bruja había cometido tres grandes errores. Tu captura fue el último de ellos y quedarse con la arpía el segundo, porque ambas sois reales y Mamá Fortuna no puede apropiarse de vosotras como no puede hacer que el invierno dure un día más. Pero tomarme por un embaucador como lo es ella..., esa fue su primera imprudencia fatal. Pues yo también soy real. Soy Schmendrick el mago, el último de los maestros *swamis**, y soy más viejo de lo que aparento.

—¿Dónde está el otro? —preguntó la unicornia.

Schmendrick había empezado a arremangarse.

---

* *Swami* es un vocablo derivado del sánscrito que, en el contexto de la espiritualidad hindú, es usado para referirse a quien ha alcanzado una cierta maestría en la práctica del ascetismo, hasta el punto de lograr poderes mágicos o sobrenaturales. La frase de Schmendrick en el original (*the last of the red-hot swamis*), a su vez, es un juego de palabras con el título de la popular obra de teatro cómico *Last of the Red-Hot Lovers*, de Neil Simon. En la época en la que Peter S. Beagle escribió *El último unicornio*, era habitual encontrar en el lenguaje coloquial estadounidense frases hechas en las que se sustituía el «Lovers» de dicho título por cualquier bisílabo con el que generar un nuevo título a modo de parodia y del que apropiarse; por ejemplo: *Last of the Red-Hot Mamas* («La última de las más atractivas mamaítas») o *Last of the Red-Hot Dunkers* («El último de los maestros machacadores de canastas»). Como casualidad curiosa, cabe señalar que el actor Alan Arkin, que puso la voz al personaje de Schmendrick en la película de animación basada en la novela, también había interpretado, una década antes, el papel protagonista en la adaptación cinematográfica de *Last of the Red-Hot Lovers*. *N. del T.*

—No te preocupes por Rukh. Le he planteado un acertijo que no tiene respuesta. Es posible que no vuelva a moverse jamás en la vida.

Pronunció tres palabras incomprensibles y chasqueó los dedos. La jaula desapareció. La unicornia se encontró de pronto en un bosquecillo de árboles frutales: naranjos, limoneros, perales, granados, almendros y acacias, blanda tierra primaveral bajo los cascos y un cielo ilimitado sobre su cabeza. Su corazón se volvió tan ligero como el humo y sintió cómo toda la potencia del cuerpo se concentraba, lista para salir brincando hacia la dulce noche y perderse en ella. Pero se contuvo, ya que sabía que, aunque no pudiese verlos, los barrotes seguían allí. Era demasiado vieja como para desconocer esa clase de cosas.

—Lo siento —dijo Schmendrick desde algún lugar entre la tiniebla—. Ojalá este hubiese sido el hechizo que te liberase.

Entonó a continuación una cantinela grave y gélida, y los árboles frutales se desvanecieron flotando como vilanos de diente de león.

—Este otro hechizo es un poco más fiable —dijo—. Con él los barrotes se vuelven quebradizos como el queso viejo, que ahora puedo desmenuzar.

El mago profirió un súbito grito y retiró las manos. Cada uno de sus largos dedos goteaba sangre.

—Debo haber imitado mal el acento —dijo, casi afónico. Escondió las manos bajo su capa y trató de sonar despreocupado —. A veces me sale y otras no.

Pronunció otra andanada de frases extrañas y gesticuló en el aire con las manos ensangrentadas. Algo gris y furioso, algo parecido a un oso, pero mucho más grande, algo que reía entre dientes con un chirrido turbio, salió cojeando de ninguna parte y dispuesto a aplastar la jaula como una nuez y recoger los pedazos de carne de la unicornia con sus garras. Schmendrick le ordenó que regresase a la oscuridad, pero la cosa no obedeció.

La unicornia retrocedió hasta el rincón más alejado y agachó la cabeza. En su jaula, la arpía se sacudió levemente, zumbó, y la silueta gris giró lo que debía ser la cabeza y la vio. Dejó escapar un vaporoso y confuso suspiro de terror y desapareció.

El mago maldijo a la nada. Dijo:

—Ya lo había invocado antes, hace un tiempo. Tampoco entonces pude controlarlo. Ahora le debemos la vida a la arpía y bien podría reclamarnos la deuda antes de que salga el sol.

Se mantuvo un rato en silencio, retorció los dedos heridos y esperó a que la unicornia se pronunciase.

—Probaré de nuevo, ¿de acuerdo? —dijo finalmente—. ¿Pruebo una vez más?

La unicornia aún podía notar cómo la noche burbujeaba allí donde aquella cosa gris se había materializado.

—Sí —respondió.

Schmendrick respiró hondo, escupió al suelo tres veces y pronunció una nueva serie de palabras que sonaron como campanas tañendo en el fondo del mar. Echó un puñado de polvo sobre los escupitajos y sonrió, triunfal, mientras el polvo provocaba un súbito destello verde. Cuando la luz se extinguió, el mago dijo tres palabras más, que fueron como abejas zumbándole a la luna.

La jaula se encogió y se encogió. La unicornia no apreció que los barrotes se moviesen, pero cada vez que Schmendrick decía «¡Oh, no!», ella contaba con menos espacio en el que moverse. Ya ni siquiera podía girar sobre sí misma. Los barrotes se cernían sobre ella, implacables como la marea o la mañana, y pronto la atravesarían y le cercarían el mismísimo corazón, al que harían prisionero por toda la eternidad. No había llorado cuando la criatura que Schmendrick invocase se le había acercado con intención letal, pero ahora gimió. Fue un sollozo nimio y desesperado, pero aún no de rendición.

Schmendrick detuvo los barrotes, aunque la unicornia no llegó a saber cómo. Si el hombre había articulado alguna clase de encantamiento, ella no lo había oído. La jaula dejó de encogerse un suspiro antes de que el hierro le rozase el pelaje. Aun así, la unicornia podía sentir cómo los barrotes, cada uno de ellos un hálito gélido, maullaban hambrientos. Pero no llegaron a tocarla.

El mago dejó caer los brazos.

—No me atrevo a probar nada más —dijo, apesadumbrado—. La próxima vez quizá no sea capaz de...

Su voz se apagó y sus ojos parecían tan derrotados como sus manos.

—Resulta que la bruja tenía razón en lo de que soy un farsante —dijo.

—Inténtalo de nuevo —dijo la unicornia—. Inténtalo. Eres mi amigo.

Pero Schmendrick sonrió con amargura y rebuscó en los bolsillos hasta dar con algo que chasqueaba y tintineaba.

—Sabía que acabaríamos teniendo que recurrir a esto —murmuró—. Deseaba que no fuese así, pero sabía que pasaría. —Mostró un anillo del que pendían unas cuantas llaves oxidadas—. Mereces los servicios de un gran mago, pero me temo que tendrás que conformarte con la ayuda de un ratero de segunda. Los unicornios no sabéis nada sobre la necesidad, la vergüenza, la duda o la deuda, pero los mortales, como ya debes haber descubierto, se conforman con lo que haya. Y Rukh sólo puede concentrarse en una cosa a la vez.

La unicornia se dio cuenta entonces de que todos y cada uno de los animales de la Feria de Medianoche estaban despiertos, callados pero atentos. En la jaula contigua, la arpía piafó despacio, moviendo el peso del cuerpo de una pata a la otra.

—Date prisa —dijo la unicornia—. Rápido.

Schmendrick ya estaba metiendo una de las llaves en la cerradura del burlón candado de la jaula. Con el primer intento, errado, el cierre no dijo nada, pero cuando el mago fue a probar otra llave, el candado animado gritó:

—¡Jo, jo! ¡Menudo mago! ¡Menudo mago!

El cerrojo tenía la voz de Mamá Fortuna.

—Déjame en paz —farfulló Schmendrick. Pero la unicornia pudo ver cómo el hombre se ruborizaba.

El mago giró la llave y el cerrojo se aflojó con un gruñido de desprecio. Schmendrick abrió de par en par la puerta de la jaula y dijo:

—Adelante, señora. Es usted libre.

La unicornia salió y pisó el suelo con delicadeza. El mago retrocedió de repente, maravillado.

—Oh... —susurró—. Parecías distinta cuando esos barrotes se interponían entre nosotros. Más pequeña y no tan... Oh... Oh, dios mío...

La unicornia estaba de nuevo en su bosque, que ahora había ennegrecido y lucía húmedo y ruinoso por haber pasado ella tanto tiempo descuidándolo. Alguien la llamaba desde la lejanía, pero ella estaba en casa y daba nuevo calor a los árboles y despertaba la hierba.

Entonces oyó la voz de Rukh, como la quilla de una barca al rascar guijarros.

—Está bien, Schmendrick, me rindo. ¿En qué se parecen un cuervo y un escritorio?

La unicornia fue a refugiarse entre las sombras más oscuras y Rukh sólo vio al mago y la jaula abierta y vacía. Hundió una mano en un bolsillo y volvió a sacarla rápido.

—Vaya con el ladronzuelo —dijo, sosteniendo algo metálico frente a él—. La vieja va a engarzarte en alambre de espino para hacerle un collar a la arpía.

Giró sobre sus talones y fue hacia el carromato de Mamá Fortuna.

—¡Corre! —Apremió el mago a la unicornia.

Luego dio un gran salto a la desesperada, torpe e inconsciente, se montó a la espalda de Rukh y lo abrazó, inmovilizándolo. Ambos cayeron al suelo, pero Schmendrick se recuperó primero y le clavó los hombros al suelo con las rodillas.

—Alambre de espino... —jadeó—. No eres más que un montón de piedras, un desperdicio, una ruina. Voy a provocarte tanto sufrimiento que te acabará saliendo por los ojos. Voy a transformar tu corazón en pasto y a todos a quienes amas en ovejas. Te voy a transformar en un mal poeta con demasiadas ínfulas. Voy a hacer que se te encarnen las uñas de todos los dedos de los pies. No juegues conmigo.

Rukh sacudió la cabeza, se incorporó y arrojó a Schmendrick a tres metros de distancia.

—¿Qué dices? —rio—. Si ni siquiera puedes convertir la nata en mantequilla. —El mago se estaba poniendo de pie, pero Rukh le empujó y se sentó sobre él—. Nunca me has caído bien —dijo—. Te das muchos aires, pero eres un debilucho.

Tan pesada como la misma noche, la mano del hombre se cerró en torno a la garganta del mago.

La unicornia no pudo ver aquello. Se encontraba junto a la jaula más alejada, en la que la mantícora gruñía y gimoteaba tendida en un lateral. Tocó el candado con la punta del cuerno y se fue hacia la jaula del dragón sin mirar atrás. Uno tras otro fue liberando a todos los cautivos: el sátiro, Cerbero, la serpiente de Midgard... Sus respectivos hechizos se desvanecieron en cuanto los animales se supieron libres y se internaron brincando y renqueando y reptando en la noche, y fueron una vez más un león, un mono, una culebra, un cocodrilo y un perro. Ninguno se lo agradeció y ella no se detuvo a observar cómo se marchaban.

La única que no hizo ningún caso cuando la unicornia la llamó desde la puerta abierta fue la araña. Aracne estaba ocupada tejiendo una tela que, a sus ojos, replicaba la Vía Láctea precipitándose a copos en el vacío del espacio exterior. La unicornia susurró:

—Es mejor la libertad, tejedora, es mejor la libertad.

Pero la araña siguió yendo arriba y abajo en su telar de hierro. No se detuvo siquiera cuando la unicornia dijo:

—Es muy bonita, Aracne, pero no es arte.

La telaraña se deslizó por los barrotes como nieve.

Entonces sopló una fuerte ráfaga de viento, que hizo que la obra de la araña se esfumase ante los ojos de la unicornia. La arpía estaba batiendo las alas, reuniendo todo su poder como una ola rugiente congrega arena y agua en la playa. Una luna inyectada en sangre salió de entre las nubes y la unicornia pudo ver a la criatura en todo su esplendor: henchida y dorada, con el ondulado cabello encendido, las frías alas sacudiendo la jaula. La arpía estaba exultante.

Rukh y Schmendrick estaban arrodillados a la sombra de la jaula de la unicornia. El mago apretaba en un puño el pesado llavero y Rukh parpadeaba y se frotaba la cabeza. Ambos palidecieron de puro terror al ver a la arpía y se apoyaron el uno contra el otro mientras el viento soplaba cada vez con más fuerza. A ambos les castañetearon los huesos.

La unicornia fue hacia la jaula de la arpía. Schmendrick el mago, empequeñecido y pálido, abría y cerraba la boca y señalaba en su dirección, y ella sabía que estaba chillándole, pero no podía oír qué.

—¡Te matará! ¡Te matará! ¡Corre, insensata, mientras aún esté enjaulada! ¡Te matará si la liberas!

Pero la unicornia no se detuvo y siguió el foco de luz que emitía su cuerno, hasta quedar delante de Celeno, la Oscura. Por un instante, las gélidas alas quedaron paralizadas en el aire, como densas nubes, y los ancianos ojos de la arpía hendieron el alma de la unicornia y la conminaron a acercarse.

—Te mataré si me liberas —decían aquellos ojos—. Libérame.

La unicornia agachó la cabeza hasta que la punta del cuerno tocó el candado que cerraba la jaula de la arpía. La puerta no se abrió de golpe y los barrotes no se fundieron en forma de luz estelar, sino que la arpía desplegó las alas y los cuatro lados de la jaula se abrieron como pétalos de una gran flor que despertase en mitad de la noche. Entre aquel desbarajuste se alzó la criatura, terrible y liberada; gritó y sacudió el cabello como la hoja de una espada. La luna palideció y volvió a desaparecer.

La unicornia gritó, más admirada que presa del terror:

—¡Eres como yo!

La unicornia se encabritó con alegría para ponerse a la altura de la arpía y su cuerno se irguió ante el furioso viento.

La arpía lanzó un golpe, falló y se dio la vuelta; sus alas repicaban y su aliento era cálido y fétido. Planeó sobre la unicornia, que pudo ver su reflejo en el pecho de bronce de la criatura y notó que ésta brillaba desde las entrañas. Rotaron una con la otra como estrellas gemelas y bajo el estrecho cielo no hubo entonces nada más real que ellas dos. La arpía reía con deleite y sus ojos se volvieron del color de la miel. La unicornia supo que estaba a punto de golpear de nuevo.

La arpía plegó las alas y salió disparada como un cometa. No hacia la unicornia, sino más allá, pasando tan cerca de ella que una de las plumas del monstruo le hirió el costado; un par de garras refulgentes iban lanzadas hacia el pecho de Mamá Fortuna, que estiraba las manos como para recibir de buen grado a su atacante.

—¡Pero no lo habéis conseguido por vosotras mismas! —bramó la bruja, triunfal—. ¡Nunca os habríais liberado por vosotras mismas! ¡Os tenía bien atrapadas!

La arpía la alcanzó de lleno y la partió en dos como si la anciana no fuese más que una rama seca, luego se agachó sobre el cuerpo destrozado, ocultándolo, y sus alas de bronce se tiñeron de rojo.

La unicornia se dio la vuelta. Cerca, oyó la voz de un niño que la apremiaba a huir, y le pedía que echase a correr. Se trataba del mago. Sus ojos eran ahora enormes y parecían vacíos, y su rostro, que siempre había parecido un poco demasiado joven, se desvanecía rápido hasta adquirir rasgos infantiles cuanto más lo observaba la unicornia.

—No —dijo ella—. Ven conmigo.

La arpía emitió un hondo sonido de satisfacción que hizo que al mago le fallasen las piernas. Pero la unicornia repitió:

—Ven conmigo.

Y juntos se alejaron de la Feria de Medianoche. No había luna, pero para el mago ésta había sido sustituida por la unicornia, aquella criatura blanca y fría que iluminaba su camino hacia la seguridad. O hacia la locura. La siguió sin mirar atrás una sola vez, ni siquiera cuando oyó el resbalar y patalear desesperado de unos pies pesados, luego el estallido de unas alas de bronce y, finalmente, el grito de Rukh interrumpido de forma abrupta.

—Salió corriendo —dijo la unicornia—. Nunca debes salir corriendo cuando estás frente a algo inmortal. Hacerlo llama su atención. —Su voz era amable, pero no había rastro de clemencia en ella—. Nunca corras. Camina despacio y finge estar pensando en otra cosa. Canta una canción, recita un poema o haz algún juego de manos, pero camina despacio y quizá no te siga. Camina muy, muy despacio, mago.

Y así se internaron en la noche, juntos, paso a paso, el hombre alto y vestido de negro de pies a cabeza y la bestia blanca con un cuerno en la frente. El mago se mantuvo tan cerca de la luz de la unicornia como fue capaz, pues más allá de ella se agitaban hambrientas las sombras de los ruidos de la arpía al acabar de destruir lo poco que quedaba de la Feria de Medianoche. Pero cuando esos sonidos cesaron, otro los siguió hasta que, por la mañana, la pareja llegó a un extraño camino: el sonido seco y diminuto de los sollozos de una araña.

IV

El mago lloró como un recién nacido antes de poder pronunciar una sola palabra.

—La pobre vieja... —susurró finalmente.

La unicornia no dijo nada y Schmendrick le dirigió una mirada extraña. Una gris llovizna mañanera empezaba a caer y la criatura brillaba en ella como un delfín.

—No —respondió a la mirada del mago—. No me arrepiento de nada.

Schmendrick no dijo más. Se agachó a un lado del camino y se envolvió en la capa empapada, que le hacía parecer un paraguas roto. La unicornia esperó y sintió cómo cada uno de los días de su larga vida se precipitaban sobe ella como la misma lluvia.

—Puedo sentir lástima por esa mujer —concedió—. Pero no es lo mismo.

Cuando el mago volvió a mirarla, pareció que había recuperado el control de su rostro, aunque aún luchaba contra una expresión descontrolada.

—¿Y ahora dónde irás? —preguntó el hombre—. ¿Dónde te dirigías cuando te atrapamos?

—Estaba buscando a los míos. ¿Los has visto en alguna parte, mago? Son salvajes y blancos como la espuma del mar. Igual que yo.

Schmendrick negó con la cabeza.

—Nunca he visto nada como tú. No estando despierto, al menos. Se supone que, cuando era niño, aún quedaban algunos unicornios, pero sólo sé de una persona que se haya cruzado con ellos. Ya han desaparecido todos, mi señora. Menos tú. A tu paso se alzan los ecos de lo que fueseis antaño.

—No —replicó la unicornia—. Otros los han visto.

Le complacía saber que aún había unicornios en una época tan reciente como la infancia del mago.

—Una mariposa me habló del Toro Rojo, y la bruja mencionó al rey Haggard —dijo—. Así que voy a dar con ellos para averiguar qué saben. ¿Podrías decirme dónde reina Haggard?

Schmendrick casi perdió la compostura, pero se reprimió y esbozó lentamente una sonrisa que daba la impresión de que su boca se había vuelto de hierro; una mueca con forma de sonrisa, pero dura y cortante.

—Puedo recitarte un poema al respecto.

Donde las montañas son afiladas como cuchillas
y nada prospera, ni las plantas ni las vidas,
donde los corazones como la cerveza se amargan:
ahí es donde reina Haggard.

—Lo reconoceré en cuanto llegue, pues —dijo la unicornia, que creía que el mago se burlaba de ella—. ¿Sabes algún poema sobre el Toro Rojo?

—No existe ninguno. —respondió Schmendrick. Se puso en pie, pálido y sin cambiar la sonrisa—. Al rey Haggard sólo lo conozco de oídas —dijo—. Es un anciano tan tacaño como finales de noviembre y gobierna un país árido a orillas del mar. Hay quien asegura que aquella tierra fue verde y fecunda una vez, antes de su llegada, pero que quedó yerma en cuando él puso un pie en ella. Los campesinos tienen un dicho para referirse al estado en el que queda un campo arrasado por el fuego, las langostas o los tornados: «Más marchito que el corazón de Haggard». También se cuenta que en su castillo no hay luces ni hogueras, y que manda a sus hombres a robar pollos, sábanas y tartas de los alféizares de las ventanas. Cuenta la leyenda que la última vez que el rey Haggard rio...

La unicornia pateó el suelo. Schmendrick dijo:

—En cuanto al Toro Rojo, sé menos aún, ya que se cuentan demasiadas historias al respecto, y cada una contradice a las demás. Que si el Toro es real, que si el Toro es un fantasma, que si el Toro es Haggard al transformarse tras la puesta de sol... Puede que el Toro anduviese por aquel reino antes de los tiempos de Haggard, puede que llegase con él o puede que acudiese allí en su busca. Protege al rey de ataques y revoluciones, y le ahorra el gasto de mantener un ejército. O puede que en realidad el Toro tenga prisionero al rey en su castillo. O quizá es el demonio al que el rey vendió su alma. O quizá es aquello por lo que intercambió su alma. El Toro pertenece a Haggard. O quizá Haggard pertenece al Toro.

Un escalofrío de pura certeza recorrió como una onda a la unicornia, ensanchándose desde el mismo centro de su ser. Le vino a la cabeza la cantinela de la mariposa: «Recorrieron todos los caminos hace ya mucho y el Toro Rojo fue tras ellos y borró sus huellas». Vio siluetas blancas siendo arrastradas por un viento salvaje y cuernos amarillos sacudiéndose.

—Iré a ese lugar —dijo—. Mago, te debo un favor por haberme liberado. ¿Qué quieres de mí antes de que me marche?

Los ojos de Schmendrick brillaban como hojas al sol.

—Llévame contigo —dijo.

La unicornia se separó del hombre sin contestarle, con un bailecito desdeñoso. El mago insistió:

—Podría serte útil. Sé cómo llegar al reino de Haggard y conozco los idiomas de los territorios que debemos cruzar para llegar allí.

La unicornia parecía a punto de esfumarse entre la pegajosa niebla y Schmendrick apretó el paso para seguirla.

—Además, a ningún viajero, aunque se trate de una unicornia, le viene mal ir acompañado de un mago. Recuerda la historia del gran hechicero Nikos. Una vez se encontró en mitad de un bosque con un unicornio que dormía con la cabeza apoyada en el regazo de una sonriente virgen, mientras tres cazadores cargaban sus arcos para matarlo y arrancarle el cuerno. Nikos tuvo que actuar deprisa. Con una sola palabra y un solo gesto, transformó al unicornio en un atractivo joven que justo después despertó, vio a aquellos arqueros boquiabiertos ante él, cargó contra ellos y los mató. Su espada era ahusada y retorcida y, tras matar a aquellos hombres, el muchacho pisoteó los cadáveres.

—¿Y qué fue de la chica? —preguntó la unicornia—. ¿También la mató?

—No, se casó con ella. El muchacho dijo que no era más que una niña perdida y enfadada con su familia, y que lo único que necesitaba era un buen hombre a su lado. Algo que él mismo era y fue siempre, ya que Nikos no pudo devolverlo a su forma original. Murió a una edad avanzada y siendo un hombre muy respetado; según algunos, a causa de un atracón de violetas. Parece que no podía parar de comer flores. No dejó descendencia.

El eco de la historia se mezcló con el aliento de la unicornia.

—El mago no le hizo ningún bien a aquel unicornio —dijo—. Qué terrible sería si todos los míos hubiesen sido transformados en humanos por magos bienintencionados; exiliados, atrapados sin posibilidad de escape, sujetos al paso del tiempo... Preferiría que el Toro Rojo los hubiese matado a todos.

—Allí donde te diriges, encontrarás a pocas personas sin malas intenciones —anunció el mago—. Y un amigo, por tonto que sea, te puede un día venir tan bien como un trago de agua. Llévame contigo, aunque sólo sea para hacerte reír, darte suerte o por conocerme. Llévame contigo.

La lluvia cesó mientras hablaban, el cielo clareó y la hierba húmeda brilló como el interior de una concha marina. La unicornia miró al infinito, en busca de un rey en concreto entre una neblina de reyes; y entre el brillo níveo de multitud de castillos, intentó localizar aquél que había sido erigido sobre el lomo de un toro.

—Nunca nadie ha viajado conmigo —dijo—, pero tampoco me habían encerrado en una jaula antes, ni me habían confundido con una yegua blanca, ni me habían disfrazado de mí misma. Parece que estoy destinada a que me ocurran muchas cosas por primera vez y, desde luego, tu compañía no parece que vaya a ser la más extraña ni la última de ellas. Así que puedes venir conmigo, si quieres, aunque ojalá me hubieses pedido que te concediese cualquier otro deseo.

Schmendrick sonrió con tristeza.

—Lo he pensado. —Se miró los dedos y mostró a la unicornia las marcas en forma de media luna de las heridas que le habían causado los barrotes—. Pero no hubieses podido darme lo que quiero.

«Ahí está», pensó la unicornia cuando sintió un primer cosquilleo de pena bajo la piel. «Así va a ser viajar con un mortal».

—No —dijo—. No puedo convertirte en algo que no seas ya. Como tampoco podía hacerlo la bruja. No puedo hacer que seas un verdadero mago.

—No se trata de eso —dijo Schmendrick—. Da igual. No te preocupes.

—No estoy preocupada.

Durante la primera jornada de viaje, un arrendajo les sobrevoló cerca y graznó:

—Bueno, bueno... ¡Que me horneen como un pichón confitado!

Luego fue directo a casa para contárselo a su esposa, que estaba tranquila en el nido y les cantaba a sus polluelos en tono uniforme.

Arañas y cochinillas y escarabajos y grillos,
babosas de los rosales y garrapatas del montecillo,
saltamontes, caracoles y uno o dos huevos de codorniz,
todo eso, mi precioso, regurgitaré para ti.
Escucha mi nana, escucha esta nana: estafa y
malversa,
que volar no es ni la mitad de divertido de lo que
piensas.

—He visto un unicornio —dijo el arrendajo al posarse.

—Y supongo que no habrás visto nada para comer —respondió con desdén la esposa—. No me gustan los machos que hablan con la boca vacía.

—¡Un unicornio, cariño! —El arrendajo renunció a sus aires desenfadados y se puso a brincar rama arriba y rama abajo—. No había visto uno de esos desde aquella vez que...

—Nunca has visto uno —interrumpió la esposa—. Estás hablando conmigo, ¿vale? Sé perfectamente qué has visto en toda tu vida y qué no.

El arrendajo ignoró el comentario.

—Lo acompañaba un tipo de lo más extraño, vestido de negro —dijo—. Estaban subiendo la montaña del gato. Me preguntó si irán hacia el reino de Haggard. —Ladeó la cabeza en la misma pose con la que conquistase a su esposa—. Menudo regalo de desayuno para Haggard. Que llegue un unicornio, descarado como él solo, a llamar a la puerta, toc, toc, toc. Daría lo que fuese por ver cómo...

La esposa lo interrumpió con un chasquido del pico.

—Espero que no os hayáis pasado los dos todo el día viendo unicornios. A diferencia de ti, a ella solían considerarla muy original en cuanto a formas de pasar el tiempo libre —dijo mientras se acercaba a su marido hinchando el plumaje del cuello.

—Cariño..., no he estado con ella... —empezó a decir el arrendajo, y su esposa supo al instante que, en efecto, no había estado con otra, ni se atrevería, pero aun así se encaró con él. Era una hembra que sabía perfectamente qué hacer ante el mínimo desliz moral.

La unicornia y el mago pasaron por un manantial, ascendieron la suave pendiente de la montaña del gato y descendieron por la otra cara hacia un valle de violetas en el que crecían manzanos. Pasado el valle, encontraron colinas bajas, orondas y dóciles como ovejas que se inclinasen a olisquear maravilladas a la unicornia a su paso entre ellas. A éstas les siguió el lento arribo del verano y las achicharradas llanuras en las que el aire brillaba como caramelo. Juntos, la unicornia y el mago, vadearon ríos, treparon y se descolgaron con dificultad por peñascos y terraplenes escarpados y llenos de zarzas, y vagaron por bosques que recordaban al hogar de ella, aunque nunca serían iguales, ya que habían conocido el paso del tiempo. «Ahora también lo ha hecho mi bosque», pensó, pero inmediatamente se dijo a sí misma que no importaba, que todo volvería a ser como antes en cuanto regresase.

Durante la noche, mientras Schmendrick dormía como duermen los magos hambrientos y con los pies ampollados, la unicornia se mantenía despierta, hecha un ovillo y atenta a la aparición de la vasta figura del Toro Rojo cargando contra ella desde la luna. En ocasiones le llegaba un olor que, estaba segura, provenía del monstruo: un hedor oscuro y siniestro que se abría paso hasta ella. Entonces se levantaba y emitía un grito de alerta, y descubría que se trataba de dos o tres ciervos que la observaban desde una distancia respetuosa. Los ciervos aman y envidian a los unicornios. Una vez, un macho de dos veranos de edad, empujado por sus amigos, que reían tras él, se le había acercado más de lo habitual y había farfullado, sin atreverse a mirarla a los ojos:

—Eres muy hermosa. Tan hermosa como dicen nuestras madres.

La unicornia lo había mirado en silencio, sabiendo que él no esperaría respuesta alguna. Los otros ciervos contuvieron la risa y susurraron: «Venga, adelante». Entonces el cervatillo había alzado la cabeza y gritado, a toda prisa y con burla:

—¡Pero sé de alguien más bella que tú!

Para, a continuación, retroceder y salir disparado, seguido por sus amigos. La unicornia había vuelto a acostarse sin dar mayor importancia al incidente.

De vez en cuando atravesaban algún pueblo y Schmendrick se presentaba como un mago itinerante que se ofrecía, tal como pregonaba por las calles, a «actuar a cambio de una cena, molestar sólo un poco, apenas perturbar el sueño, antes de seguir viajando». Raro era el pueblo en el que no lo invitasen a estabular su hermosísima yegua blanca para que pasase la noche bajo techo y, antes de la hora de que los niños se fuesen a la cama, actuase en la plaza del mercado a la luz de una lámpara. En ningún momento intentó ningún truco mayor que hacer hablar a unas muñecas y convertir el jabón en caramelos, e incluso esa magia menor se le iba de las manos en ocasiones. Pero a los niños les gustaba, sus padres eran generosos con las cenas a las que invitaban al mago, y las noches de verano fueron templadas y agradables. Años después, la unicornia aún recordaría el raro aroma a chocolate de los establos y la sombra de Schmendrick bailando sobre las paredes y las puertas y las chimeneas a la luz menguante.

Llegada la mañana, retomaban el camino. Schmendrick iba con los bolsillos llenos de pan, queso y naranjas, y la unicornia trotaba a su lado, blanca como la espuma de mar al sol y verdemar al cobijo de los árboles. Los lugareños olvidaban los trucos realizados por el mago justo después de que los hubiese hecho, pero aquella yegua blanca asediaba las mentes de muchos de ellos noche tras noche, e incluso algunas mujeres despertaron llorando tras haber soñado con ella.

Una tarde, la pareja de viajeros se detuvo en un pueblo tan acomodado que incluso los mendigos lucían dobles papadas y los ratones se movían arrastrando la panza. De inmediato se solicitó a Schmendrick que cenase con el alcalde y varios de sus concejales, y se soltó a la unicornia, siempre irreconocible, en un prado de hierba dulce como la leche. La cena se celebró al aire libre, servida en una mesa dispuesta en la plaza mayor, ya que la noche era agradable y el alcalde quería presumir ante su invitado. La comida era excelente.

Durante la velada, Schmendrick contó historias sobre su vida como hechicero errante, que decoró con reyes, dragones y nobles damas. No mintió; simplemente, ordenó los hechos de forma prudente para que así sus relatos pasasen por verídicos incluso ante los astutos concejales. Y no sólo éstos, sino también un buen número de transeúntes se quedaron prendados de su explicación sobre la naturaleza del hechizo que, usado con propiedad, era capaz de abrir cualquier cerradura. Y no hubo uno solo que no contuviese la respiración cuando el mago les mostró las cicatrices de los dedos.

—Recuerdo de mi encuentro con una arpía —les explicó con parsimonia—. Muerden, ¿eh?

—¿Y no tuvo usted miedo? —preguntó con timidez una muchacha.

El alcalde le chistó para que se callase, pero Schmendrick se encendió un cigarro y sonrió a la chica tras una cortina de humo.

—El miedo y el hambre me han conservado joven —respondió.

Miró a los concejales que lo rodeaban, amodorrados y gruñendo, y guiñó un ojo a la muchacha.

El alcalde no lo tomó como un insulto. Suspiró.

—Es cierto —dijo, acariciando la comida en su plato—. Vivimos bien aquí. Vaya, si esto no es vivir bien, desde luego no sé qué lo sería. Y sí, a veces considero que una pizca de miedo y una pizca de hambre no nos vendrían mal. Nos afilarían el alma, por así decir. Por eso recibimos con los brazos abiertos a los visitantes con historias que contar y canciones que cantar. Eso amplía nuestros horizontes... Evita que nos ensimismemos... —Bostezó y se desperezó con un gorgoteo.

De repente, uno de los concejales exclamó:

—¡Dios santo! ¡Mirad el prado!

Cada una de aquellas pesadas cabezas que sesteaban sobre cuellos laxos se volvió en la dirección que señalaba el hombre y se encontró con que las vacas y las ovejas y los caballos del pueblo se hallaban apelotonados en una esquina del prado y miraban fijamente a la yegua blanca del mago, la cual pacía tranquilamente. Los animales no hacían un solo ruido. Incluso los cerdos y los gansos estaban callados como fantasmas. Un cuervo graznó una vez en la lejanía y el grito se perdió en dirección a la puesta de sol.

—Extraordinario —murmuró el alcalde—. Completamente extraordinario.

—¿Verdad que sí? —dijo el mago—. Si le contase la de ofertas que me han hecho por ella...

—Lo más curioso es que no le tienen miedo —dijo el concejal que llamase la atención sobre la unicornia—. Parecen impresionados. Es como si, de algún modo, la reverenciasen.

—Eso es porque pueden ver aquello que ustedes han olvidado. —Schmendrick había dado buena cuenta del vino tinto durante la cena y la muchacha lo miraba con unos ojos aún más dulces, pero también más superficiales, que los de la unicornia. Golpeó en la mesa con el vaso y dijo al sonriente alcalde—: Es una criatura más excepcional de lo que seáis capaces de imaginar. Es un mito, un recuerdo, es un deseo fugaz a una estrella suplicante. Si la recordaseis... Si hubieseis pasado hambre...

Su voz quedó difuminada por el estruendo de unos cascos y el clamor de los niños. Una docena de jinetes vestidos con harapos irrumpió al galope en la plaza, gritando y lanzando risotadas y dispersando a los lugareños como canicas. Marcharon en fila y rodearon la plaza armando un gran estrépito y atropellando a cuantos les salían al paso; gritaron fanfarronadas en un idioma incomprensible y lanzaron desafíos a nadie en concreto. Uno de ellos se irguió en su silla, tensó su arco y disparó una flecha que arrancó la veleta que coronaba la aguja de la iglesia. Otro se hizo con el sombrero de Schmendrick, se lo puso y se alejó bramando. Unos agarraron a algunos niños y los alzaron hasta el arzón de las sillas de montar, otros se conformaron con robar botas de vino y bocadillos. Sus ojos brillaban desquiciados en los rostros barbudos y sus risotadas sonaban como tambores de guerra.

El alcalde permaneció impasible hasta que logró llamar la atención del líder de los jinetes. Enarcó una ceja, chasqueó los dedos y, de inmediato, los caballos se detuvieron y los hombres quedaron tan en silencio, como los animales del pueblo ante la unicornia. Volvieron a dejar a los niños en tierra con suavidad y devolvieron la mayor parte de las botas de vino.

—Jack Jingly, por favor —dijo el alcalde, con calma.

El líder de los jinetes desmontó y se acercó despacio a la mesa en la que los concejales habían estado cenando con su invitado. Era un hombre enorme, de más de dos metros, y tintineaba y resonaba a cada paso por la cantidad de anillos, cascabeles y brazaletes cosidos en su jubón de retales.

—A las buenas noches, señoría —dijo con una risita burlona.

—Acabemos con esto —dijo el alcalde—. No sé por qué no podéis venir cabalgando tranquilamente, como personas civilizadas.

—Bah, los muchachos no tienen ninguna mala intención, señoría —gruñó el gigante—. Pero es que se pasan todo el día en el bosque y, de vez en cuando, necesitan relajarse, una pequeña catarsis, diríamos. Pero bueno, vamos a ello, ¿no? —Suspiró y se sacó de la cintura un saquito de monedas que depositó en la mano que le tendía el alcalde—. Ahí tiene, señoría. No es mucho, pero no podemos darle más.

El alcalde vació el saquito en la palma de la otra mano y las contó con uno de los orondos dedos, disgustado.

—Desde luego, no es mucho —protestó—. Ni siquiera llega a lo del mes pasado, que ya fue bastante escaso. Sois una panda de filibusteros.

—Son tiempos difíciles —respondió Jack Jingly—. Nosotros no tenemos la culpa de que los viajeros no tengan más oro. De donde no hay no se puede sacar.

—Claro que se puede. Yo puedo —dijo el alcalde. Frunció el ceño al gigante, le mostró un puño y rezongó—. Y si me entero de que me estás engañando, de que os estáis llenando los bolsillos a mi costa, vaya si te voy a exprimir, amigo mío. Te voy a exprimir hasta que sólo quede pulpa y piel, y luego dejaré que se te lleve el viento. Ahora, largo de aquí. Y transmite lo que te acabo de decir a tu andrajoso capitán. ¡Venga, marchaos!

Mientras Jack Jingly regresaba murmurando hacia su montura, Schmendrick carraspeó y dijo, vacilante:

—Mi sombrero, por favor...

El gigante lo miró con ojos inyectados en sangre y sin decir una palabra.

—Mi sombrero —pidió el mago, ahora en tono más firme—. Uno de tus hombres me ha quitado el sombrero y lo más sensato sería que me lo devolviese.

—Sensato, ¿eh? —bufó Jack Jingly—. ¿Y quién eres tú, que sabes tanto de la sensatez?

Aún se notaba el brillo del vino en los ojos de Schmendrick.

—Soy Schmendrick el mago y no te conviene tenerme como enemigo —declaró—. Soy mayor de lo que aparento, y mucho menos amigable. Mi sombrero, por favor.

Jack Jingly se lo quedó mirando un poco más; luego fue hacia su caballo y se encaramó a su silla de montar. Hizo que el caballo se aproximase hasta quedar a un pelo de barba de distancia de Schmendrick, que aún esperaba una respuesta.

—¡Bah! —bramó el gigante—. Si de verdad eres un mago, hazme un truquillo, ¿no? Yo qué sé... Ponme verde la nariz o lléname de nieve las alforjas o pélame la barba. Lo que sea. Hazme algún truco o desaparece de mi vista.

Extrajo del cinturón una daga oxidada y la sujetó por la punta mientras silbaba con malicia.

—El mago es mi invitado —advirtió el alcalde.

Pero Schmendrick anunció con solemnidad:

—Está bien. Lo que pase será responsabilidad tuya.

Asegurándose de que la muchacha lo estaba mirando, señaló hacia la pandilla de desarrapados que sonreía a la espalda de su líder y musitó un par de rimas. Al instante, su sombrero negro se liberó por sí solo de entre los dedos del jinete que lo sujetaba y flotó en dirección a su legítimo dueño, sostenido únicamente por la brisa nocturna. Dos mujeres se desmayaron. El alcalde se dejó caer en su asiento. Los forajidos chillaron como niños.

El sombrero surcó la plaza hasta un abrevadero en el que se hundió para llenarse de agua. Entonces, casi invisible entre las sombras, dio la vuelta y regresó, aparentemente en dirección a la sucia cabeza de Jack Jingly, que se cubrió con ambas manos y pidió:

—No, no, basta, páralo.

Incluso sus hombres rieron anticipándose a lo que vendría a continuación. Schmendrick se hinchió de orgullo y chasqueó los dedos para acelerar el desenlace. Sin embargo, al aproximarse al líder de los jinetes, el sombrero alteró su trayectoria, primero levemente y luego con brusquedad, hacia la mesa de los concejales. El alcalde apenas tuvo tiempo de ponerse en pie antes de que el gorro del mago se acomodase en su cabeza. Schmendrick se hizo a un lado al instante, pero algunos concejales quedaron ligeramente empapados.

Entre las sonoras carcajadas —más o menos voluntarias— que siguieron, Jack Jingly se inclinó sobre su montura y agarró a Schmendrick, que trataba de secar al alcalde con un extremo del mantel.

—No creo que te pidan un bis —le susurró el gigante al oído—. Así que será mejor que vengas con nosotros.

Tendió al mago bocabajo sobre el arzón de su silla y se marchó al galope, seguido por su cohorte de desarrapados. Sus resoplidos, eructos y risotadas aún resonaban en la plaza mucho después de que el ruido de los cascos se hubiese alejado.

Algunos hombres acudieron corriendo al alcalde y le preguntaron si deberían perseguir a los jinetes y rescatar al mago, pero éste negó con la cabeza empapada y dijo:

—No creo que vaya a ser necesario. Si nuestro invitado es quien dice ser, debería poder cuidarse solo sin problema. Y si no lo es... Un impostor que se ha aprovechado de nuestra hospitalidad no tiene ningún derecho a reclamarnos ayuda. No, no nos preocupemos por él.

Le corrían riachuelos por los carrillos que desembocaban en los arroyos de su cuello y, éstos, en el río de su camisa, pero el hombre dirigió una plácida mirada al prado en el que la yegua blanca del mago resplandecía en la oscuridad. El animal trotaba adelante y atrás frente a una de las vallas, en silencio. El alcalde dijo:

—Sería conveniente que nos ocupásemos de la montura de nuestro amigo en su ausencia, ya que evidentemente la tenía en alta estima.

Envió a dos hombres al prado con instrucciones de atar a la yegua y encerrarla en el pesebre más resistente de su propia caballeriza. Sin embargo, aún no habían llegado éstos a las puertas del cercado cuando la yegua saltó la valla y desapareció en la noche como un cometa. Los dos hombres quedaron paralizados un buen rato, sin prestar atención al alcalde, que les ordenaba regresar; y ninguno de los dos fue capaz de explicar, siquiera a sí mismos, por qué se habían quedado tiesos contemplando cómo se alejaba la yegua del mago. Pero tras aquel episodio, de vez en cuando sonreían maravillados en mitad de algún acontecimiento muy serio y, a causa de esto, desde entonces adquirieron fama de frívolos.

V

Lo único que Schmendrick recordó después de aquella cabalgada salvaje con los forajidos fue el fragor del viento, el borde de la silla de montar y el sonido de la risa del gigante. Estaba demasiado ocupado repasando en su cabeza el final del truco con el sombrero como para prestar atención a nada más. Se había pasado de efectista. Sobrecompensación. Pero sacudió la cabeza, algo ciertamente costoso estando en la posición en la que se encontraba. «La magia sabe qué quiere hacer», pensó, dando bandazos mientras el caballo vadeaba un riachuelo. «Pero yo no sé qué sabe ella. No en el momento exacto, al menos. Le escribiría una carta, si supiese dónde vive».

Los arbustos y ramas bajas le arañaban el rostro y los búhos ululaban a sus oídos. Los caballos aminoraron la marcha hasta el trote y, luego, al paso. Una voz aguda y temblorosa chilló:

—¡Alto! ¡Contraseña!

—Maldita sea, ya estamos otra vez... —dijo Jack Jingly. Se rascó las sienes y elevó el tono para responder—. A una vida corta y alegre aspiro, aquí en el verde bosque; junto a mis alegres camaradas, abocados a la victoria...

—A la libertad —corrigió la voz aguda—, abocados a la libertad. El concepto es totalmente distinto.

—Gracias... Abocados a la libertad. Junto a los camaradas... No, eso ya lo he dicho. Una vida corta y alegre, alegres camaradas... No, así no era... —Jack volvió a rascarse la cabeza y gruñó—. Abocados a la libertad... Échame una mano, ¿quieres?

—Todos para uno y uno para todos —dijo la voz—. ¿Sabes seguir desde ahí?

—Todos para uno y uno para todos... ¡Ya lo tengo! —gritó el gigante—. Todos para uno y uno para todos, unidos venceremos, divididos fracasaremos.

Azuzó a su caballo y siguió adelante. Una flecha atravesó la oscuridad, le rebanó un trozo de oreja, hirió al caballo del hombre que cabalgaba tras él y se escabulló entre la maleza como un murciélago. Los forajidos se desbandaron, buscando refugio tras los árboles, y Jack Jingly gritó furioso:

—¡Maldita sea! ¡Te he dicho la contraseña más de diez veces! Como te eche el guante...

—Hemos cambiado la contraseña mientras estabas fuera, Jack —dijo la voz—. Era demasiado difícil de recordar.

—Así que habéis cambiado la contraseña, ¿eh? —Jack Jingly se limpió la sangre de la oreja con un pliegue de la capa de Schmendrick—. ¿Y cómo se supone que iba a saberla, pues, descerebrados pedazos de carne con ojos?

—No te enfades, Jack —dijo el centinela—. No importa si te sabes o no la contraseña, porque es de lo más sencillo. Sólo tienes que chillar como una jirafa. Se le ocurrió al capitán.

—Chillar como una jirafa. —El gigante lanzó tal retahíla de palabrotas que hasta los caballos se inquietaron—. Pero a ver, idiota, las jirafas no chillan. Es como si el capitán quisiese que chillásemos como un pez o como una mariposa.

—Ya lo sé. De ese modo, nadie olvidará la contraseña, ni siquiera tú. ¿No es inteligente nuestro capitán?

—Ese hombre no conoce límites, desde luego —dijo Jack con admiración—. Pero, veamos... ¿Qué impedirá que un guarda forestal o uno de los hombres del rey chille como una jirafa cuando le des el alto?

—¡Ajá! —rió entre dientes el centinela—. Esa es la genialidad del asunto. Tienes que chillar tres veces. Dos gritos largos y uno corto.

Jack Jingly se frotó en silencio la oreja herida.

—Dos largos y uno corto —suspiró—. Bueno, no es más absurdo que cuando no había contraseña y disparábamos a todo aquel que respondía al darle el alto. Dos gritos largos y uno corto. Entendido.

Cabalgó entre los árboles, seguido de sus hombres. Algo más adelante, un grupo de voces murmuraba como un enjambre de abejas enfurruñadas. Conforme se aproximaron, Schmendrick creyó diferenciar el timbre de una mujer entre ellas. Entonces notó el calor de la lumbre en una mejilla y alzó la mirada. Se habían detenido en un pequeño claro en el que otros diez o doce hombres estaban congregados alrededor de una hoguera, irritados y protestando. El aire olía a judías quemadas.

Un individuo pelirrojo y pecoso, vestido con unos harapos que, de algún modo, lucían algo más distinguidos que los de sus compañeros, se separó del grupo para dar la bienvenida a los recién llegados.

—Bueno, Jack —dijo—, ¿qué nos traes, un camarada o un prisionero? —Llamó a alguien por encima del hombro—. Echa un poco más de agua a la sopa. Tenemos compañía.

—Ni yo mismo sé quién es —dijo Jack.

Empezó a contarle al otro el episodio del alcalde y el sombrero, pero apenas había llegado a la parte en la que tomaron la plaza mayor a caballo cuando le interrumpió una mujer delgada como una espina que se abrió paso a empujones entre los hombres.

—¡Ni hablar, Cully! —exclamó. Su rostro era pálido y anguloso, en el que destacaban unos ojos feroces y rojizos, y estaba enmarcado por una melena del color de la hierba seca—. La sopa está ya tan diluida que parece sudor. ¿Y éste quién es? —preguntó, mirando a Schmendrick como si de algo que se le hubiese pegado a la suela del zapato se tratase—. No es del pueblo. No me gusta su aspecto. Córtale el mago.

La mujer había querido decir «una mano» o «la garganta», pero las palabras se atropellaron y mezclaron en una tercera, que fue la que pronunció. La coincidencia hizo que un escalofrío recorriese la espalda de Schmendrick como un alga húmeda. Se apeó resbalando del caballo de Jack y se plantó frente al hombre que capitaneaba a los forajidos.

—¿De verdad es usted el capitán Cully de los bosques, el más valiente entre los valientes y el más libre de los hombres libres?

Algunos entre los desarrapados rieron y la mujer rezongó:

—¡Lo sabía! ¡Destrípalo, Cully! ¡De las amígdalas al ombligo, antes de que te haga lo mismo que el último!

Pero el capitán, orgulloso, hizo una reverencia, que reveló una incipiente calva en la coronilla, y respondió:

—En efecto, ése soy. Quien trate de hacerse con mi cabeza encontrará en mí un temible enemigo, pero quien desee mi amistad tendrá incluso más que eso. ¿Cómo ha llegado hasta aquí, buen señor?

—Bocabajo y sin querer. Pero como amigo —dijo Schmendrick—. Aunque vuestra amiga lo dude —añadió, señalando con la cabeza a la mujer, quien, en respuesta, escupió al suelo.

El capitán Cully sonrió y rodeó con un brazo los huesudos hombros de su compañera.

—Ah, así es Molly Grue —excusó—. Me cuida mejor que yo mismo. Soy demasiado generoso e indulgente, hasta la extravagancia, quizá... «Una mano tendida a todos aquellos que escapan de la tiranía», ése es mi lema. Es normal que Molly se muestre suspicaz, molesta, adusta, prematuramente envejecida e incluso un poco tiránica. Incluso el globo más lustroso necesita de un nudo en la punta, ¿verdad, Molly? —La mujer se apartó de él, pero el capitán ni siquiera la miró—. Sé bienvenido, hechicero —dijo a Schmendrick—. Acompáñanos junto al fuego y cuéntanos tu historia. ¿Qué dicen de mí en el lugar del que provienes? ¿Qué has oído acerca del capitán Cully y su banda de hombres libres? Toma, sírvete un taco.

El mago aceptó acomodarse junto a la hoguera, declinó con elegancia el ofrecimiento de aquel bocado gélido y contestó:

—He oído que es usted el benefactor de los desvalidos y el enemigo de los poderosos, y que usted y sus alegres compañeros viven felices en el bosque y roban a los ricos para dar a los pobres. Conozco el relato de cómo Jack Jingly y usted se partieron la crisma el uno al otro a bastonazos y, por ello, se hicieron hermanos de sangre. Y cómo salvó a Molly del matrimonio con el hombre rico con el que su padre la había prometido.

De hecho, Schmendrick jamás había oído hablar del capitán Cully antes de aquella noche, pero ostentaba sólidos conocimientos sobre el folclore anglosajón y sabía de qué pie cojeaban los que eran como él.

—Y, por supuesto —aventuró—, hubo cierto rey malvado que...

—¡Haggard! ¡Ojalá se arruine y se pudra! —exclamó Cully—. No hay nadie aquí a quien el viejo rey Haggard no haya hecho algo malo: expulsarlo de sus tierras, despojarlo de su rango y rentas, esquilmar su patrimonio... Viven por y para la venganza, y un día... escúchame bien, mago... un día Haggard pagará por sus tropelías.

Un montón de sombras hirsutas sisearon en señal de aprobación, pero al momento la risa de Molly Grue cayó sobre ellas como granizo, repiqueteando y punzando.

—Quizá así sea —se burló la mujer—, pero no porque una pandilla de cobardes que hablan mucho y hacen muy poco le vayan a hacer pagar. Su castillo se pudre y se tambalea cada día un poco más, y sus hombres son tan ancianos que ya no pueden ni calzarse la armadura pero, si del capitán Cully depende, Haggard reinará por los siglos de los siglos.

Schmendrick alzó una ceja y Cully se sonrojó.

—Debes tener en cuenta —dijo el capitán— que Haggard tiene al Toro...

—Ah, el Toro Rojo, el famoso Toro Rojo —se indignó Molly—. Una cosa te digo Cully: tras tantos años contigo en este bosque, empiezo a pensar que el Toro Rojo no es más que el sobrenombre que le das a tu cobardía. Si oigo hablar una vez más de esa fábula, te juro que voy a ir yo misma a por Haggard y le voy a...

—¡Ya basta! —bramó Cully—. ¡No hables así delante de un extraño!

Echó mano a su espada y Molly abrió los brazos y rio desafiante. Alrededor de la hoguera, un puñado de manos grasientas juguetearon con la empuñadura de sus dagas y pareció que algunos arcos se tensaron por sí mismos, pero Schmendrick volvió a hablar, en un intento por rescatar lo que pudiese del hundimiento de la vanidad del capitán. Odiaba los dramas familiares.

—En mi país cantan una balada sobre usted —dijo—, aunque he olvidado cómo es exactamente...

El capitán Cully se dio la vuelta como un gato tratando de atrapar su propia cola.

—¿Cuál de ellas? —preguntó.

—No sé —respondió el mago—. ¿Existe más de una?

—¡Desde luego que sí! —exclamó Cully, creciéndose, rutilante, preñado de orgullo—. ¡Willie Gentle! ¡Willie Gentle! ¿Dónde estás?

Un joven de pelo lacio y con el rostro lleno de granos, que llevaba un laúd en una mano, se puso en pie con desgana.

—Cántale a este caballero una de mis hazañas —le ordenó Cully—. Cántale la de cómo te uniste a mi banda. No la he oído desde el martes pasado.

El juglar suspiró, tocó un acorde y empezó a cantar con una temblorosa voz de contratenor:

Regresaba el capitán Cully cabalgando a casa
tras haber cazado uno de los ciervos del rey,
cuando de repente se encontró cara a cara
con un muchacho tan pálido que era casi beis.

«Muchacho, eh, muchacho, ¿dónde vas con esa cara?
¿Qué te aflige para que suspires tan hondo?
¿Acaso has perdido a la muchacha que amas?
¿O es que andas con los pies comidos por hongos?».

«No tengo hongos, sea eso lo que sea, señor,
y mis pies están tan bien como pueden estarlo,
pero sí es cierto que echo de menos a mi amor,
que mis tres hermanos me han arrebatado.»

«Soy el capitán Cully de los dulces bosques
y los hombres a mis órdenes son fieros y libres.
Rescatar a tu amada, sin embargo, tiene un coste.
De hacerlo, ¿cómo pagarías tal deuda ineludible?».

«Si rescata usted a la que fuese mi amada,
le romperé a usted la nariz, viejo chalado.
Pues llevaba ella al cuello una valiosa alhaja
que mis hermanos también me han robado.»

Entonces el capitán fue a por los tres cobardes tunantes
e hizo que su espada cantase entre uno y otro mandoble.
«Podéis quedaros con la chica, pero me llevo el colgante,
cuya joya engarzada es digna de la corona de un noble».

—Ahora viene la mejor parte —susurró Cully a Schmendrick mientras daba nerviosos saltitos y se rodeaba el pecho con los brazos.

Volaron tres capas y tres espadas empezaron a silbar,
tres espadas con una sed de sangre honda y ancha.
«Por la gloria de mi madre», proclamó el valiente capitán,
«por esta afrenta os quedaréis sin joya y sin muchacha».

Y sacudió a los tres por delante y por detrás,
y los condujo como corderos al matadero...

—Como corderos... —repitió Cully.

Y durante las diecisiete estrofas restantes de la canción, saltó e hizo como que esquivaba y bloqueaba los tajos de tres espadas y tiraba sus propias estocadas, ajeno a las burlas de Molly y las muestras de vergüenza ajena de sus hombres. La balada al fin concluyó y Schmendrick aplaudió con vehemencia y felicitó sinceramente a Willie Gentle por su técnica con la mano derecha.

—Lo llamo «el rasgueo Alan-a-Dale*» —dijo el juglar.

Se hubiese explicado algo más, pero Cully interrumpió la conversación cuando dijo:

—Muy bien, Willie, excelente, muchacho. Ahora, toca las demás. —Sonrió ante lo que Schmendrick esperaba que pareciese una expresión de agradable sorpresa—. Te dije que se han escrito varias canciones sobre mí. Treinta y una, para ser exactos, aunque ninguna se ha recopilado aún en la colección Child... —De repente, abrió los ojos como platos y agarró al mago por los hombros—. No serás tú el señor Child, ¿verdad? —le preguntó—. He oído que viaja a menudo en busca de nuevas baladas, disfrazado de hombre corriente.

Schmendrick negó con la cabeza.

—No, lo siento.

El capitán suspiró y lo soltó.

—No importa —dijo—. Uno aún tiene la esperanza, por supuesto, incluso en estos tiempos, de que recojan sus gestas, las incluyan en colecciones, las comenten, se generen versio-

---

* Nombre de uno de los personajes principales en la leyenda de Robin Hood. Alan-a-Dale era el juglar y titiritero de la banda de «hombres alegres» que supuestamente vivió en el bosque de Sherwood y acompañó a Hood en su cruzada contra la opresión y la tiranía del rey Juan I de Inglaterra. *N. del T.*

nes alternativas... Aunque sea para poner en duda su autenticidad... Bueno, da igual. Canta otra, querido Willie. Así te servirá como ensayo por si algún día te graban.

Los forajidos murmuraron algunas quejas y patearon piedras. Una voz ronca se alzó de entre las sombras:

—No, Willie, cántanos una canción de verdad. Una sobre Robin Hood.

—¿Quién ha dicho eso? —La espada suelta de Cully repiqueteó en su vaina cuando el capitán giró de un lado a otro en busca de quien había hablado. Su rostro ahora estaba pálido y daba la impresión de ser presa de un súbito cansancio.

—He sido yo —mintió Molly Grue—. Los hombres están hartos ya de las baladas sobre tu gran valentía, querido capitán. Por más que las hayas escrito tú mismo.

Cully hizo una mueca y miró de reojo a Schmendrick.

—Pero, aun así, se pueden considerar canciones populares, ¿no es así, señor Child? —preguntó—. Al fin y al cabo...

—No soy el señor Child —dijo Schmendrick—. De verdad que no.

Uno de los forajidos, algo mayor que el resto y vestido con raídas piezas de terciopelo, dio un tímido paso al frente.

—Capitán, si van a cantarse canciones sobre nosotros, y supongo que así es como debe ser, creemos que éstas deberían tener al menos algo de verdad. Que deberían tratar sobre verdaderos bandidos, no contar mentiras sobre la clase de vida que llevamos. Sin ánimo de ofender, capitán, pero no somos una banda tan alegre que digamos...

—Soy alegre las veinticuatro horas del día, Dick Fancy —replicó Cully con frialdad—. Eso es un hecho contrastado.

—Y no robamos a los ricos para dárselo a los pobres —dijo rápidamente Dick Fancy—. Robamos a los pobres porque la mayoría de ellos no puede defenderse y los ricos nos roban a nosotros porque podrían acabar con nosotros de un plumazo. No robamos al avaro y obeso del alcalde, sino que le pagamos un tributo cada mes para que nos deje en paz. Nunca hemos secuestrado a un obispo y lo hemos tenido prisionero en el bosque, ni le hemos dado de comer y lo hemos entretenido con historias, porque Molly no cocina nada bien y, por otra parte, no es que seamos una compañía que vaya a resultar muy estimulante a alguien como un obispo. Cuando vamos disfrazados a la feria, nunca ganamos al tiro con arco o a la esgrima con bastones. Nos felicitan por los disfraces, pero nada más.

—Una vez presenté un tapiz a un concurso —recordó Molly—. Quedé cuarta. No: quinta. Representaba a un caballero montando guardia. Aquel año hubo muchísimos caballeros montando guardia. —De repente se puso a rascarse los ojos con los nudillos callosos—. Maldito seas, Cully.

—¿Qué? ¿Qué he hecho? —chilló el capitán—. ¿Acaso es culpa mía que dejases de bordar? Una vez que encontraste pareja, dejaste de lado casi todo. Ya no coses, ni cantas, y hace años que no iluminas un manuscrito. ¿Y qué ha sido de aquella viola da gamba que te regalé? —Se volvió hacia Schmendrick—. Por cómo se ha abandonado, bien podría decirse que estamos casados.

El mago asintió levemente y miró hacia otro lado.

—Y en cuanto a lo de reparar injusticias, luchar por los derechos civiles y esas cosas... —dijo Dick Fancy—. No estaría mal... O sea, yo no es que sea precisamente un paladín... Algunos, simplemente, no damos la talla... Pero luego tenemos que cantar esas canciones sobre vestir de verde Lincoln y liberar a los oprimidos. Y no lo hacemos, Cully. Los entregamos a las autoridades para cobrar la recompensa. Esas canciones nos avergüenzan, sinceramente.

El capitán Cully se cruzó de brazos ignorando los gestos de asentimiento del resto de los forajidos.

—Canta, Willie.

—No pienso hacerlo —se plantó el juglar—. ¡Nunca te enfrentaste a mis hermanos por aquella joya, Cully! Les escribiste una carta que ni siquiera te atreviste a firmar...

Cully echó atrás un brazo y el brillo de unas cuantas cuchillas parpadeó entre los hombres, como si alguien hubiese soplado sobre un montón de brasas. Llegado aquel punto, Schmendrick dio un paso al frente mientras sonreía con urgencia.

—Si se me permite ofrecerles una alternativa, caballeros —sugirió—, ¿por qué no dejar que sea el invitado quien les entretenga para ganarse el alojamiento esta noche? No sé cantar ni tocar instrumento alguno, pero poseo algunas habilidades que quizá no hayan ustedes contemplado jamás.

Jack Jingly aceptó inmediatamente. Dijo:

—Sí, Cully, ¡un mago! Sería algo estupendo para los muchachos.

Molly Grue refunfuñó una hiriente generalización sobre los hechiceros como clase, pero los forajidos gritaron de puro entusiasmo, llegando a abrazarse y lanzarse al aire los unos a los otros. El único en mostrarse reacio fue el capitán Cully, que protestó de forma penosa:

—Ya, pero las canciones... El señor Child debe escuchar mis canciones...

—Y así lo haré —dijo Schmendrick—, pero más tarde.

Cully se animó inmediatamente y ordenó a sus hombres que hiciesen sitio al mago. Los forajidos se repartieron y fueron a sentarse en la oscuridad. Observaron con grandes sonrisas en el rostro cómo Schmendrick realizaba aquellos trucos con los que había entretenido a los visitantes de la Feria de Medianoche. No era más que magia barata; sin embargo, la juzgó lo bastante amena para una panda como la de Cully.

Pero al parecer había subestimado a aquellos hombres. Aplaudieron sus juegos con aros y con pañuelos, cómo se sacó peces dorados de las orejas y ases de las mangas, aunque de forma educada, sin dar muestras de asombro. Al no ofrecerles verdadera magia, no obtuvo ninguna magia por parte de ellos; y cada vez que un hechizo fallaba —como cuando prometió que iba a transformar a un pato en un prócer al que podrían atracar, pero en su lugar materializó un puñado de patatas— fue aplaudido con desgana, como si el truco hubiese salido como debía. Resultaba un público perfecto.

Cully sonrió con impaciencia y Jack Jingly se quedó dormido, pero lo que inquietó al mago fue el desagrado en las miradas que le dirigía Molly Grue. Normalmente, aquellas muestras de enfado repentino le hacían reír. Se le cayeron las siete bolas cuyo brillo había ido en aumento conforme hacía malabares con ellas (cuando las cosas le salían bien, era capaz de hacer que prendiesen en llamas), se olvidó de aquellas tonterías que detestaba y cerró los ojos.

—Hágase tu voluntad —susurró a la magia—. Hágase tu voluntad.

Y la magia suspiró en él, surgida de algún lugar secreto, quizá del omóplato o de la médula de su espinilla. Se le hinchó el corazón, tenso como una vela de barco, y algo se movió a través de su cuerpo con una seguridad inusitada. Habló con su voz, profiriendo órdenes. Una vez agotado su poder, se arrodilló y volvió a ser Schmendrick.

«Me pregunto qué habré hecho. Algo he hecho».

Abrió los ojos. Los forajidos reían y se daban golpecitos en las sienes, agradecidos por la oportunidad que se les brindaba de poder burlarse del mago. El capitán Cully se puso en pie, deseoso de proclamar el final de aquella parte del espectáculo. Entonces Molly Grue lanzó un grito tembloroso y todos se volvieron hacia ella. Un hombre apareció en el claro.

Vestía de verde y lucía un jergón marrón y un gorro a juego, ladeado y del que sobresalía la pluma de una perdiz. Era muy alto; demasiado para tratarse de un hombre normal. El arco que le colgaba del hombro era del tamaño del mismo Jack Jingly y las flechas hubiesen parecido lanzas de hallarse en las manos del capitán Cully. Sin prestar atención a la panda de forajidos paralizados junto al fuego, el hombre caminó a grandes zancadas hacia la noche cerrada y desapareció sin dejar escapar un solo sonido de respiración o de pisadas.

Tras él llegaron otros cuantos al claro, de uno en uno o en parejas, algunos conversando y otros riendo, pero sin emitir sonido alguno. Todos portaban arcos e iban vestidos de verde, excepto uno que iba envuelto en púrpura hasta los pies y otro que lucía un hábito marrón de monje, calzaba sandalias y se sujetaba la inmensa tripa con un cinturón de cuerda. Uno tocaba el laúd y cantaba, mudo, al pasar.

—Alan-a-Dale —dijo Willie Gentle—. Mira qué progresiones de acordes. —Su voz era tan monda como un pajarillo desplumado.

Orgullosos y con la gracia de las jirafas (incluso el más alto de ellos, un Blunderbore de mirada cándida), los arqueros atravesaron el claro. Los últimos fueron un hombre y una mujer agarrados de la mano. Sus rostros eran tan hermosos como si nunca hubiesen conocido el miedo. El cabello de la mujer irradiaba secretos, como una nube que ocultase la luna llena.

—Oh —exclamó Molly Grue—. Marian.

—Pero Robin Hood es un mito —dijo el capitán Cully—. Un ejemplo clásico de la figura del héroe popular sintetizada en tiempos de necesidad. Otra sería la de John Henry. Los hombres deben tener héroes, pero ninguno será nunca tan grande como la necesidad acuciante de éstos, por lo que la leyenda se desarrolla sobre un solo grano de verdad, como una perla. Aunque el truco no es malo, en absoluto.

El primero en salir de su asombro fue Dick Fancy. Todos aquellos personajes, a excepción de los dos últimos, habían pasado ya frente a ellos cuando el hombre salió corriendo tras ellos, gritando:

—¡Robin, Robin! ¡Señor Hood, espéreme!

La pareja ni siquiera se volvió, y cada uno de los hombres de la banda de Cully, salvo Jack Jingly y el mismo capitán, echó a correr hacia el límite del claro, tropezando unos con otros y pateando la hoguera y haciendo que el campamento se sumiese en la penumbra.

—¡Robin! —gritaron—. ¡Marian, Scarlet, Pequeño John! ¡Volved! ¡Volved!

Schmendrick rio con ternura. El capitán Cully trataba de imponerse sobre aquellos gritos:

—¡Estúpidos! ¡Necios! ¡Es una mentira, como toda la magia! ¡Robin Hood no existe!

Pero los forajidos, enloquecidos, se internaron en el bosque siguiendo a los arqueros, tropezaron con troncos y cayeron entre las zarzas gritando. Sólo Molly Grue se detuvo para mirar atrás, con el rostro de un blanco encendido.

—No, Cully, lo has entendido al revés —dijo—. No existen personas como tú o como yo. ¡Robin y Marian son reales y nosotros somos las leyendas!

Luego corrió y, como los demás, gritó a las apariciones suplicando que la esperasen y la llevasen con ellos, dejando a Jack Jingly y al capitán Cully solos, ante una hoguera extinta y a merced de la carcajada del mago.

Schmendrick casi no notó cómo los dos hombres iban a por él y lo agarraban de los brazos; ni se inmutó cuando Cully le apoyó la punta de una daga en las costillas y dijo:

—Espectáculo peligroso el suyo, señor Child. Y también poco respetuoso. Bastaba con que hubiese dicho que no le apetecía escuchar mis canciones.

Apretó la daga un poco más. Oyó el gruñido apagado de Jack Jingly:

—No es Child, Cully, ni tampoco ningún hechicero itinerante. Ahora lo reconozco. Es el hijo de Haggard, el príncipe Lír, tan tramposo como su padre y, sin duda, hábil con las artes oscuras. Detente, capitán. Muerto no nos vale para nada.

Cully agravó la voz:

—¿Estás seguro, Jack? Parecía un tipo bastante amable.

—Un tipo bastante idiota, más bien. Sí, así es Lír, o eso dicen. Se hace el inocente, pero es el mismísimo diablo. Fíjate en cómo se ha hecho pasar por Child para sorprenderte con la guardia baja.

—No he bajado la guardia en ningún momento, Jack —protestó Cully—. Puede que así lo pareciese, pero es porque yo también estaba disimulando.

—Y cómo ha invocado a Robin Hood para confundir a nuestros camaradas y ponerlos en tu contra. Ah, pero esta vez lo hemos descubierto, y ahora va a tener que quedarse con nosotros, por más que su padre mande al Toro Rojo en su busca.

Ante aquel pensamiento, Cully resolló. El gigante agarró a Schmendrick y lo llevó en volandas hasta un gran árbol, al que lo ató con la cara contra la corteza y los brazos alrededor del tronco. El mago le facilitó la maniobra abrazando el árbol como si de su flamante esposa se tratase.

—Lo tenemos —dijo Jack Jingly—. Haz guardia durante la noche, Cully, mientras duermo. Por la mañana, iré a ver a Haggard para averiguar cuánto está dispuesto a pagar por su chico. Es posible que en un mes seamos un par de caballeros ricos y ociosos.

—¿Y qué hay de los hombres? —preguntó Cully, preocupado—. ¿Crees que regresarán?

El gigante bostezó y le dio la espalda.

—Estarán aquí de nuevo al amanecer, tristes y resfriados, y tendrás que ser amable con ellos durante un tiempo. Volverán, porque, como yo, no son de los que renuncian a algo a cambio de nada. De lo contrario, Robin Hood se hubiese quedado aquí con nosotros. Buenas noches, capitán.

Cuando el gigante se marchó, no hubo más sonido en el campamento que el de los grillos y el del roce de Schmendrick contra el tronco. Cully dio vueltas a la hoguera, suspirando cada vez que una brasa se apagaba. Finalmente, se sentó en un tocón y habló con su prisionero.

—Así que eres el hijo de Haggard y no Child, el coleccionista, tal como decías ser. En cualquier caso, sabes bien que Robin Hood es una fábula y que yo soy real. No va a haber montones de baladas con mi nombre a no ser que las escriba yo mismo. Los niños no leerán sobre mis aventuras en sus libros de texto ni jugarán a ser yo en el recreo. Y cuando los estudiosos rebusquen entre los antiguos relatos y los eruditos examinen las viejas canciones para averiguar si Robin Hood realmente existió, no darán con mi nombre, a menos que tronchen los huesos del mundo y les extraigan el tuétano. Pero tú conoces la verdad, y es por ello por lo que voy a cantarte las canciones del capitán Cully, ese granuja bueno y alegre que robaba a los ricos para dárselo a los pobres, y en cuyo honor, y como agradecimiento, las gentes compusieron estos simples versos.

A continuación, las cantó todas y cada una, incluso aquella que Schmendrick ya le había oído a Willie Gentle, haciendo numerosas pausas para comentar sobre alguna variación de los patrones rítmicos, las rimas asonantes y las melodías modales.

VI

El capitán Cully se quedó dormido en la decimotercera estrofa de la decimonovena canción, y Schmendrick, que había dejado de sonreír muchísimo antes que eso, se propuso aprovechar el momento para liberarse. Tiró de las ataduras con todas sus fuerzas, pero estaban firmemente anudadas. Jack Jingly lo había envuelto en tanta cuerda como para aparejar una pequeña goleta, que había asegurado con nudos del tamaño de calaveras.

—Despacio, despacio... —se aconsejó a sí mismo—. Nadie que haya sido capaz de invocar a Robin Hood..., de crearlo, de hecho..., puede ser detenido durante mucho tiempo. Con sólo desearlo, con apenas una palabra, podría hacer que este árbol volviese a no ser más que una bellota en su rama y que esta cuerda volviese a ser un puñado de tallos en un pantano.

Pero incluso mientras pronunciaba aquellas palabras era consciente de que fuese lo que fuese lo que lo había poseído ya no estaba con él, y había dejado en su interior apenas un picor en el lugar que había ocupado. Se sintió como una crisálida abandonada.

—Hágase tu voluntad —dijo.

El capitán Cully alzó la voz y entonó la decimocuarta estrofa.

Cincuenta espadas hay dentro de la casa, y cincuenta
más fuera, capitán.
Me temo que, pronto, cien espadas nos liquidarán.
«Vamos, vamos», dice el capitán. «No cuestiones
nuestra suerte,
pues cien espadas nada pueden contra nosotros siete».

—Ojalá te despedacen —dijo el mago, pero Cully volvió a quedarse dormido.

Schmendrick probó algunos trucos de escapismo simples, pero no podía usar las manos y andaba escaso de fuerzas. En lugar de liberarse, lo que consiguió es que el árbol se enamorase de él y compartiese lo feliz que se sentía por hallarse entre sus brazos.

—Siempre, siempre, siempre te seré fiel, más de lo que ningún hombre merece —suspiró el roble—. Reflejaré el color de tus ojos aun cuando nadie recuerde ya tu nombre. Y es que no hay inmortalidad mayor que la que otorga el amor de un árbol.

—Ya estoy prometido —se excusó el mago— con un alerce, desde que era un niño. Un matrimonio de conveniencia. Ineludible. Una lástima. Lo nuestro no podrá ser.

Una ráfaga de ira sacudió al árbol como si hubiese estallado una tormenta que lo afectase sólo a él.

—¡Mondaduras y tizones la aflijan! —maldijo—. ¡Nunca serás de esa maldita conífera, esa perenne traicionera! ¡Moriremos juntos y todos los árboles se emocionarán con nuestra tragedia!

Schmendrick podía sentir cómo el roble palpitaba como un corazón y temió que fuese a partirse en dos de pura furia. Las cuerdas se tensaban cada vez más a su alrededor y los bordes de la oscuridad de la noche empezaban a volverse rojizos y amarillos. Trató de explicarle al árbol que amar era un acto generoso precisamente porque el amor no puede ser inmortal, y luego intentó llamar a gritos al capitán Cully, pero no pudo dejar escapar más que un débil crujido, como si él mismo fuese un árbol. «No tiene malas intenciones», pensó el mago antes de rendirse a ser amado de aquella forma letal.

Entonces las cuerdas se aflojaron y Schmendrick dio con la espalda en el suelo, boqueando en busca del aire que le faltaba. Junto a él estaba la unicornia que, a su vista nublada, le pareció oscura como la sangre. Lo tocó con la punta del cuerno.

Cuando al fin el mago pudo ponerse en pie, la unicornia se volvió y echó a andar y él la siguió, aún receloso del roble, aunque éste estaba de nuevo tan quieto como cualquier otro árbol que jamás hubiese amado a nadie. Aún estaba oscuro, pero Schmendrick podía ver en la acuosa negrura cómo el amanecer violáceo se acercaba nadando despacio. Las nubes plateadas se deshacían conforme el cielo se calentaba, las sombras se ablandaron, los sonidos perdieron contorno y los contornos aún no habían decidido qué serían aquel día. Incluso el viento dudó de sí mismo por un instante.

—¿Lo has visto? —preguntó a la unicornia—. ¿Has visto lo que he hecho?

—Sí —respondió ella—. Ha sido auténtica magia.

La ausencia que el mago sintiese dentro regresó, fría y amarga como un estoque.

—Ya no está. La tuve, o ella me tuvo a mí, pero ya no está. No fui capaz de retenerla.

La unicornia flotaba ante él, ligera como una pluma. Una voz familiar les llegó desde algún punto cercano:

—¿Tan pronto te marchas, mago? Los hombres lamentarán no haber tenido oportunidad de despedirse.

Schmendrick se dio la vuelta y vio a Molly Grue apoyada contra un árbol, con el vestido y el cabello andrajosos, y los pies descalzos llenos de heridas y de barro. Sonreía como un vampiro.

—Sorpresa —dijo—. Soy la doncella Marian.

Entonces vio a la unicornia y no fue capaz de pronunciar una palabra más o siquiera moverse. Sus ojos pardos se llenaron de lágrimas. Permaneció así un buen rato, hasta que, de repente, agarró los bajos de la falda con ambas manos y dobló las rodillas temblorosas. Cruzó los tobillos y bajó la mirada al suelo. A Schmendrick aún le costó unos segundos entender que Molly Grue estaba haciendo una reverencia.

Estalló en una carcajada y Molly volvió a erguirse, sonrojada desde el nacimiento del cabello hasta la garganta.

—¿Dónde has estado? —gimoteó—. Maldita sea, ¿dónde has estado?

La mujer se acercó al mago. Miraba a través de él, sólo tenía ojos para la unicornia. Cuando trató de llegar hasta el animal, Schmendrick le cerró el paso.

—No le hables así —le dijo, aunque el mago aún no estaba seguro de si Molly habría reconocido a la unicornia—. ¿Es que nadie te ha enseñado a comportarte, mujer? Tampoco está bien ir por ahí haciendo reverencias.

Pero Molly lo empujó a un lado y se aproximó a la unicornia, riñéndola como si estuviese ante una vaca descarriada.

—¿Dónde demonios has estado?

Ante la blancura y el destello del cuerno de la unicornia, la mujer se encogió como un escarabajo chillón, pero ahora era el animal quien agachaba la cabeza.

—Ya estoy aquí.

Molly apretó los finos labios en una sonrisa.

—¿Y de qué me sirve que estés aquí ahora? ¿Dónde estabas hace veinte años, hace diez años? ¿Cómo te atreves a presentarte ahora que me he convertido en... esto? —Se recompuso con un aleteo de manos y volvió a ser ella misma: rostro árido, ojos desiertos y corazón amarilleado por el tiempo—. Ojalá nunca hubieses venido. ¿Por qué tenías que hacerlo precisamente ahora?

Un par de lágrimas le cayeron a ambos lados de la nariz. La unicornia no respondió y Schmendrick dijo:

—Es la única que queda. El último unicornio en todo el mundo.

—Cómo no —dijo Molly—. Sólo el último unicornio del mundo vendría a ver a Molly Grue. —Alargó una mano para tocar el morro de la unicornia, pero ambas retrocedieron ligeramente y la caricia de la mujer acabó en un punto bajo la quijada del animal—. Está bien. Te perdono.

—A los unicornios no se los perdona. —El mago se sentía algo aturdido por los celos, no sólo por la caricia, sino también porque Molly y la unicornia compartían algo parecido a un secreto—. Los unicornios son criaturas puras. Son todo inocencia y pureza. Los unicornios sirven al deleite de las muchachas jóvenes.

Molly seguía acariciando al animal, tocándolo con tanta delicadeza como si fuese ciega. Se secó las lágrimas con la blanca crin.

—No sabes nada sobre ellos —dijo.

El cielo ya se había vuelto gris y los árboles, que hasta el momento eran una intuición en la oscuridad, se habían concretado ahora y siseaban con el viento del alba.

—Debemos irnos —dijo Schmendrick a la unicornia.

—Sí, antes de que los hombres nos encuentren y nos degüellen por haberlos engañado —afirmó Molly rápidamente, mirando por encima del hombro—. Me gustaría poder llevarme conmigo algunas cosas, pero ya da igual. Estoy lista.

Schmendrick dio un paso adelante para volver a interponerse entre la mujer y la unicornia.

—No puedes venir con nosotros. Estamos en una misión.

Imprimió a su voz y a sus ojos tanta firmeza como fue capaz, pero notó cómo su nariz delataba su perplejidad. Nunca había sido capaz de controlar la nariz.

Por su parte, el rostro de Molly reflejaba una cerrazón a cal y canto e inexpugnable, como el castillo mejor fortificado y que hubiese dispuesto ya para la batalla todos sus cañones, catapultas y calderos de plomo hirviendo.

—¿Y quién eres tú para decidir nada?

—Soy su guía —replicó el mago con orgullo.

La unicornia maulló como una gata que llamase a sus cachorros. Molly sonrió y retrocedió un paso.

—No sabes nada sobre ellos —repitió—. Deja que viajes con ella, por el motivo que sea, pero no te necesita para nada. Dios sabe que tampoco me necesita a mí para nada, pero que también va a permitirme acompañarla. Pregúntaselo.

La unicornia volvió a maullar y el castillo del rostro de Molly bajó el puente levadizo y abrió las puertas de sus almacenes más recónditos.

—Pregúntaselo —insistió.

Schmendrick supo que ya conocía la respuesta de la unicornia por cómo se le encogió el corazón. Quería parecer juicioso, pero estaba dolido por la envidia y el vacío, y exclamó con tristeza:

—¡De ninguna manera! ¡Yo, Schmendrick el mago, te lo prohíbo! —Su voz se oscureció e incluso su nariz adquirió un aspecto amenazador—. ¡No te conviene despertar la cólera de un hechicero! No me provoques. Si quisiese transformarte en rana...

—Me moriría de risa —interrumpió Molly—. Se te dan bien los cuentos de hadas, pero ni siquiera puedes convertir la nata en mantequilla. —De repente, sus ojos adquirieron un brillo de comprensión—. Sé razonable. ¿Qué vas a hacer con la última unicornia del mundo, meterla en una jaula?

El mago se apartó para evitar que Molly le viese la cara. No miró directamente a la unicornia, pero sí le lanzó breves miradas a hurtadillas, como si fuesen a obligarlo a devolver lo mirado. Blanca, misteriosa y con la mañana condensada en el cuerno, la unicornia le obsequió mostrándose mansa hasta lo punzante, pero el mago no se atrevió a tocarla. Preguntó a la mujer:

—¿Pero sabes siquiera adónde nos dirigimos?

—¿Crees que me importa? —replicó Molly. De nuevo, bufó.

—Vamos al reino de Haggard, en busca del Toro Rojo —dijo Schmendrick.

A Molly se le erizó el vello un segundo, independiente del resto de sentimientos alojados en sus huesos y en su corazón; pero entonces la unicornia respiró con suavidad dentro de la mano ahuecada de la mujer y Molly suspiró mientras se calentaba los dedos con el aliento del animal.

—Pues vais en dirección contraria —dijo.

El sol salió y Molly condujo a la pareja de vuelta por donde habían venido; pasaron junto a Cully, que aún dormía sentado en el tocón, atravesaron el claro y dejaron atrás el campamento. Los forajidos empezaban a regresar: se escuchaban ramas crujiendo cerca y los sonidos de salpicadura de los arbustos al romperse. En una ocasión tuvieron que parapetarse tras unos espinos mientras dos de los hombres de Cully pasaban cojeando ante ellos y se preguntaban con amargura si habían visto realmente o no a Robin Hood.

—Los olí —decía uno—. Es fácil engañar a la vista, los ojos tienden a mentir, pero las visiones no huelen, ¿no?

—Claro que los ojos son engañosos —gruñó el segundo, que parecía haberse echado encima todo el lodo de un pantano—. ¿Pero de verdad puedes confiar en tus orejas, tu nariz o tu paladar? Yo no lo haría, amigo. El universo engaña a nuestros sentidos, y éstos nos engañan a nosotros, ¿cómo no vamos a ser, pues, unos mentirosos? Por mi parte, no confío en el mensaje ni en el mensajero, ni en lo que me cuentan ni en lo que veo por mí mismo. Quizá haya algo de verdad en alguna parte, pero siempre me evita.

—Ah... —dijo el primero—, pero bien que corriste junto a los demás para ir tras Robin Hood. Lo has estado persiguiendo y llamando toda la noche, como el resto. ¿Por qué no ignorarlo si sabías que era todo una mentira?

—Bueno, nunca se sabe —escupió el otro rápidamente—, podría estar equivocado.

Un príncipe y una princesa estaban sentados al borde de un riachuelo que discurría por mitad de un valle. Sus siete sirvientes les habían preparado un baldaquín escarlata bajo un árbol, y la pareja almorzaba con el acompañamiento de laúdes y tiorbas. Apenas se dirigieron una palabra el uno al otro hasta haber acabado de comer, cuando la princesa suspiró y dijo:

—Será mejor que acabe con ese asunto de una vez.

El príncipe se puso a leer una revista.

—Al menos podrías... —dijo la princesa, pero el príncipe siguió pasando páginas.

La princesa hizo un gesto en dirección a dos de los sirvientes, que empezaron a tocar una melodía antigua al laúd. Luego anduvo unos pasos por la hierba, alzó una brillante brida y llamó:

—¡Aquí, unicornio, aquí! ¡Ven aquí, precioso! ¡Ven, ven, ven!

El príncipe rio con malicia.

—No estás llamando a las gallinas, ¿sabes? —señaló, sin apartar los ojos de la revista—. ¿Por qué no cantas algo, en lugar de cloquear de esa manera?

—Lo hago lo mejor que puedo, ¿vale? Nunca he llamado a uno.

Tras un breve silencio, la princesa se puso a cantar.

Soy la hija de un rey
y si tal fuese mi deseo
la misma luna indómita
juguetearía con mi pelo.
Nadie se atreve a negarme
aquello de lo que me he encaprichado.
Nunca he pedido nada
que luego no me haya sido dado.

Soy la hija de un rey
y envejezco bajo esta losa
que es mi persona discreta

con mi piel como esposas.
Y huiría sin mirar atrás,
mendigaría de puerta en puerta,
sólo por ver tu sombra
una vez más y luego caer muerta.

Y así cantó y cantó, para luego volver a llamar:

—Unicornio bonito, bonito, bonito... —repitió hasta cansarse—. Bueno, he hecho lo que podía. Me voy a casa.

El príncipe bostezó y cerró la revista.

—Has cumplido con la tradición sobradamente bien —dijo—. Nadie esperaba más que eso. Es sólo una formalidad. Ahora ya podemos casarnos.

—Sí. Ahora ya podemos casarnos —dijo la princesa.

Los sirvientes se pusieron a recoger todo, mientras los músicos tocaban una alegre canción de boda. La princesa añadió, en voz firme y desafiante:

—Si existiesen los unicornios, ya se me habría acercado alguno. Los he llamado más dulcemente de lo que nadie podría hacerlo, y tengo la brida dorada. Y, por supuesto, soy pura e inmaculada.

—Desde luego que lo eres —dijo el príncipe, indiferente—. Como he dicho, has cumplido con la tradición. No gustas a mi padre, pero bueno, yo tampoco le gusto. Para ello, tendríamos que llevarle un unicornio.

El muchacho era alto y de tez pálida y blanda como malvavisco. Cuando la pareja y su séquito se hubieron marchado, la unicornia salió de su escondite en el bosque, seguida de Molly y el mago. El trío retomó su viaje. Mucho después, cuando ya se hallaban en otro paraje, en el que no discurría riachuelo alguno ni crecía nada verde, Molly preguntó por qué la unicornia no había acudido a la llamada de la princesa. Schmendrick se acercó para escuchar la respuesta, aunque se mantuvo en su flanco del animal. En ningún momento había andado del lado de Molly.

—Esa hija de un rey nunca hubiese huido de casa para perseguir mi sombra —dijo la unicornia—. Si me hubiese mostrado y, de hacerlo, ella hubiese sabido qué soy, se habría asustado más que si hubiese visto a un dragón, ya que a esos nadie les promete nada. Recuerdo que hubo un tiempo en el que no me importaba si lo que decían las princesas en sus canciones iba en serio o no. Me acercaba a ellas y les ponía la cabeza sobre el regazo. Alguna incluso llegó a montarme, aunque la mayoría estaban demasiado asustadas. Pero ahora no tengo tiempo para esas cosas. Me lo pida una princesa o una camarera. No tengo tiempo.

Molly dijo a continuación algo que resultaba extraño para una mujer que no había dormido una sola noche de un tirón, sin despertarse de vez en cuando para comprobar que la unicornia seguía a su lado y cuyos sueños estaban poblados de riendas de oro y amables bandidos:

—Son las princesas las que no tienen tiempo ya para esas cosas. El mundo sigue girando y arrastra consigo a princesas y magos y al pobre Cully y todo lo demás, pero tú sigues aquí, constante. Nunca has visto nada una sola vez. Ojalá pudieses ser una princesa durante un rato, o una flor, o un pato. Algo que no pueda permitirse esperar.

Luego cantó una estrofa de una canción lastimera, deteniéndose tras cada verso para recordar el siguiente.

Quien puede escoger no tiene por qué hacerlo.
Y quienes no podemos, a elección estamos sometidos.

Sólo amamos aquello que perdemos...
lo desaparecido sigue desaparecido.

Schmendrick miró a Molly por encima del lomo de la unicornia.

—¿Dónde has oído esa canción? —preguntó.

Era la primera vez que hablaba a la mujer desde aquella madrugada en que ésta se había unido a la expedición. Molly sacudió la cabeza.

—No me acuerdo. La aprendí hace mucho tiempo.

Durante el viaje, el terreno se fue volviendo más pobre y magro, y los rostros de aquellos con los que se encontraban resultaban más amargos cuanto más marrón lucía el pasto. Sin embargo, a ojos de la unicornia, Molly se estaba volviendo un territorio más benévolo, con estanques y cuevas en las que antiguas flores brotaban voluptuosas. Bajo la suciedad y la indiferencia, la mujer parecía tener apenas treinta y siete o treinta y ocho años; no era mayor que Schmendrick, a pesar del rostro de edad poco concreta del mago. Su cabello rejuveneció, su piel se tersó y su voz se volvió tan amable hacia todas las cosas como lo era cuando hablaba con la unicornia. Sus ojos nunca serían dichosos, como jamás cambiarían al verde o al azul, pero también parecían ahora más despiertos. La mujer caminaba resuelta hacia el reino de Haggard con pies descalzos y cubiertos de ampollas, y cantaba a menudo.

Al otro lado de la unicornia, Schmendrick la observaba en silencio. En su negra capa habían empezado a aparecer algunos agujeros y los bajos se estaban deshilachando, y así mismo se sentía él. Aquella lluvia que estaba renovando a Molly no parecía precipitarse sobre él; el mago se estaba más bien secando y cuarteando, como la misma tierra que pisaban. La unicornia no podría curarlo. Un roce de la punta de su cuerno podría haber devuelto a la vida a Schmendrick, pero no detentaba poder alguno sobre la desesperanza, ni sobre lo que sea que hace que la magia acuda y luego se vaya.

Y así, viajaron juntos siguiendo a la esquiva oscuridad hasta un paraje en el que soplaba un viento que olía a clavos. La corteza del terreno se resquebrajaba y daba paso a barrancos y quebradas o se resecaba y cubría las colinas de costras. El cielo era tan alto y pálido que desaparecía durante el día, y la unicornia pensó de vez en cuando que, bajo aquella luz, los tres debían parecer tan indefensos como babosas azotadas por los rayos del sol cuando alguien daba la vuelta al tronco o la roca bajo la que se refugiaban. Pero no, seguía siendo una unicornia y, por tanto, se volvía aún más hermosa en los momentos más horribles y los lugares más funestos. Incluso los sapos que rezongaban en las zanjas y entre los árboles muertos contuvieron la respiración a su paso.

Desde luego, los sapos fueron mucho más hospitalarios que los hoscos habitantes del reino de Haggard. Sus pueblos lucían pelados como huesos entre colinas, como cuchillas en las que no crecía nada, y sus propios corazones resultaban amargos como la cerveza. Los niños apedreaban a los extraños cuando éstos llegaban al pueblo y los perros los perseguían para obligarlos a marcharse. Algunos de estos últimos no regresaron jamás, pues Schmendrick se había vuelto rápido con las manos y desarrollado cierto gusto por los canes mestizos. Aquello enfureció a los lugareños más que cualquier otra clase de robo. No tenían por costumbre regalar nada, y se enemistaban inmediatamente de cualquiera que lo hiciese.

La unicornia acabó harta de los seres humanos. Observando cómo dormían sus compañeros de viaje y viendo de qué manera las sombras de sus sueños les correteaban por el rostro, ella sentía cómo el peso de saber sus nombres la doblegaba. En esas ocasiones, salía a correr hasta el amanecer, para así aligerar la carga, más veloz que la lluvia, rápida como una pérdida súbita, como en pos de la época en la que no conocía más que la dulzura de ser ella misma. A menudo, entre una acelerada bocanada de aire y la siguiente, le daba por pensar que Schmendrick y Molly y el rey Haggard llevaban muertos ya un tiempo, y que ya había encontrado al Toro Rojo y lo había sometido hacía tanto que las nietas de las estrellas que contemplasen la gesta se estaban ya apagando y volviéndose carbón, y a pesar de todo seguía siendo el último unicornio que quedaba en el mundo.

Entonces, un atardecer de otoño, rodearon un cerro y vieron un castillo. Se alzaba al lado opuesto de un largo y hondo valle; un edificio estrecho y retorcido, erizado de torres como espinas, oscuro y desigual como la sonrisa de un gigante. Molly se burló, pero la unicornia se encogió en un escalofrío, ya que le dio la impresión de que aquellas torres se estiraban hacia ella desde el crepúsculo. Tras el castillo, el mar brillaba como el hierro.

—La fortaleza de Haggard —murmuró Schmendrick—. La espantosa guarida del rey. Dicen que se la construyó una bruja y que Haggard no le pagó el trabajo, así que maldijo el castillo. La bruja juró que el castillo se hundiría, con Haggard dentro, cuando la codicia del rey provocase que el mar se desbordara. Luego rio como suelen hacer las brujas y desapareció dejando una nube de azufre. Haggard se instaló ahí de inmediato. Para él, es obligatorio que el castillo de un tirano cuente con su propia maldición.

—No lo culpo por no pagar a la bruja —dijo Molly con desdén—. Yo misma podría entrar ahí y desarmar el sitio como si fuese una pila de hojas. De todos modos, espero que la bruja tuviese algo interesante que hacer mientras espera a que la maldición se cumpla. El mar es mucho más paciente y poderoso que la avaricia de cualquiera.

Una bandada de pájaros esqueléticos surcó el cielo chillando: «¡So-corro! ¡So-corro! ¡So-corro!», y pequeñas formas negras burbujearon en las ventanas sin luz del castillo. La unicornia percibió un olor húmedo y moroso.

—¿Dónde está el Toro? —preguntó—. ¿Dónde lo esconde Haggard?

—Nadie esconde al Toro en ninguna parte —respondió el mago—. He oído que vaga de noche y descansa durante el día en una gran cueva bajo el castillo. Pronto lo sabremos, pero, por ahora, no es problema nuestro. El peligro más inminente es eso de ahí.

Señaló hacia el valle, donde unos cuantos puntos de luz habían empezado a brillar.

—Hagsgate —dijo.

Molly no dijo una palabra, pero tocó a la unicornia con una mano fría como un témpano. Solía posar las manos en el animal cuando estaba triste, cansada o asustada.

—La capital del reino de Haggard —dijo Schmendrick—, el primer pueblo que conquistó tras cruzar el mar y el que lleva más tiempo sometido a su reinado. Tiene un nombre horroroso, pero nunca he conocido a alguien que supiese explicarme por qué se llama así. Nadie entra en Hagsgate y de allí no salen más que cuentos para hacer que los niños se porten bien: sobre monstruos, hombres lobo, aquelarres, demonios a plena luz del día y cosas así. Creo que hay algo profundamente maligno en ese pueblo. Mamá Fortuna no se atrevía ni a acercarse y una vez la oí decir que ni el mismo

Haggard estaría a salvo mientras Hagsgate siguiese en pie. Hay algo ahí.

Miró fijamente a Molly mientras hablaba, ya que últimamente se deleitaba en verla asustada a pesar de la presencia de la unicornia. Pero la mujer le respondió con sorprendente calma, con las manos apoyadas en las caderas:

—Yo he oído referirse a Hagsgate como «el pueblo que ningún hombre conoce». Quizá su secreto esté esperando a ser descubierto por una mujer. Por una mujer y una unicornia. ¿Pero qué haremos contigo, entonces?

Schmendrick sonrió.

—No soy un hombre —dijo—. Soy un mago sin magia, lo que significa que no soy nada.

Las luces de Hagsgate se volvían más brillantes cuanto más se las miraba, pero en el castillo de Haggard no se produjo el más mínimo destello. Estaba demasiado oscuro para apreciar qué se movía por aquellos muros, pero por todo el valle sonaba el suave traqueteo de las armaduras y el repiqueteo de las picas contra la piedra. Centinelas se cruzaban y se alejaban. El olor del Toro Rojo rodeó a la unicornia cuando el trío embocó el delgado sendero que conducía al pueblo.

VII

El pueblo de Hagsgate tenía forma de marca de pisada: una planta ancha de la que salían dedos largos que acababan en unas uñas como las de la pala de una excavadora. Y, de hecho, si bien el resto de poblaciones en el reino de Haggard parecían apenas arañazos como de gorriones en la tierra baldía, Hagsgate estaba firmemente enclavado y asentado. Sus calles estaban bien pavimentadas, sus jardines relucían y las casas se alzaban orgullosas, como si hubiesen brotado directamente del suelo. Las luces brillaban en cada ventana y los tres viajeros pudieron oír voces, el ladrido de los perros y platos restregados hasta rechinar. Se detuvieron junto a un alto seto y se dirigieron gestos de duda.

—¿Creéis que nos hemos desviado en alguna parte y que esto no es Hagsgate? —susurró Molly, que se sacudía inútilmente los harapos hechos jirones—. Sabía que debería haber tomado el vestido bueno —suspiró.

Schmendrick se frotó la nuca, preocupado y cansado.

—Esto es Hagsgate —dijo—. Debe serlo, pero no huele a brujería y no hay magia negra en el aire. ¿Por qué, entonces, dicen lo que dicen las leyendas y los cuentos de hadas? Es todo muy confuso, sobre todo cuando sólo has cenado medio rábano.

La unicornia no dijo nada. Pasado el pueblo y más oscuro que la más densa negrura, el castillo de Haggard se tambaleaba como un lunático subido a unos zancos; tras él, el deslizante mar. El olor del Toro Rojo atravesaba la noche, frío en contraste con los aromas de las cocinas y las salas de estar de Hagsgate.

—La gente decente debe estar refugiada en sus casas, dando las gracias por lo mucho bueno que tienen. Voy a pregonar que andamos por aquí —dijo Schmendrick.

Dio un paso adelante y desplegó la capa, pero aún no había abierto la boca cuando una durísima voz se alzó desde ninguna parte.

—Ahorra aliento, forastero, mientras aún lo conserves.

Cuatro hombres salieron de un salto del interior del seto. Dos apoyaron las hojas de sus espadas en la garganta de Schmendrick mientras otro apuntaba a Molly con un par de pistolas. El cuarto se fue a por la unicornia y trató de agarrarla por la crin, pero ella retrocedió, rutilando con fiereza, y el hombre brincó poniendo distancia entre ambos.

—¡Tu nombre! —ordenó a Schmendrick el primer hombre que había hablado. Se trataba de un individuo de mediana edad, quizá mayor y, como sus compañeros, vestido con ropajes discretos, pero de buena calidad.

—Gick —dijo el mago, alterado por la presencia de las espadas.

—Gick —musitó el hombre de las dos pistolas—. Es un nombre extranjero.

—Naturalmente —dijo el primer hombre—. Todos los nombres son extranjeros en Hagsgate. —Bajó su espada ligeramente, hasta dejar la punta a la altura del lugar en el que las clavículas de Schmendrick se unían—. Está bien, señor

Gick. Si usted y la señora Gick tuviesen la amabilidad de contarnos qué diantre les ha traído aquí...

Schmendrick finalmente logró recuperar la voz.

—¡Prácticamente no conozco a esa mujer! —protestó—. Me llamo Schmendrick. Soy Schmendrick el mago, y estoy hambriento y cansado y de mal humor. Bajad las armas o acabaréis todos empuñando un escorpión por el extremo malo.

Los cuatro hombres se miraron entre sí.

—Un mago —dijo el primero—. Ni más ni menos.

Dos de ellos asintieron, pero el que había tratado de agarrar a la unicornia dijo:

—Hoy en día cualquiera puede decir que es mago. Hemos abandonado los antiguos criterios y se han dejado de lado los antiguos valores. Además, los magos de verdad llevan barba.

—Si no es un mago —dijo el primer hombre—, pronto deseará serlo.

Envainó la espada y dedicó una reverencia a Molly y Schmendrick.

—Soy Drinn —dijo—. Y supongo que es un placer daros la bienvenida a Hagsgate. Me ha parecido oírte decir que estabas hambriento. Eso tiene fácil arreglo, y quizá luego, a cambio, nos puedas mostrar tus habilidades. Venid conmigo.

Súbitamente amable y comprensivo, el hombre los llevó a una posada muy iluminada, seguidos de cerca por los otros tres. Cada vez más vecinos del pueblo se acercaban corriendo a ellos, salían con prisa de sus casas, dejando sus propias cenas a medio comer y el té aún humeando, de forma que, para cuando Schmendrick y Molly tomaron asiento, ya había casi cien personas a su alrededor, apelotonadas en los bancos de la posada, taponando la puerta e intentando entrar por las ventanas. La unicornia los había seguido sin que nadie reparase en ella; no era más que una yegua blanca de ojos peculiares.

Drinn se sentó a la misma mesa que Schmendrick y Molly, les habló mientras comían y les fue llenando los vasos de un vino tinto y aterciopelado. Molly Grue apenas bebió. Se mantuvo en silencio y observó los rostros a su alrededor; se percató de que ninguno parecía más joven que el del tal Drinn y que unos cuantos eran incluso más viejos. De algún modo, todas aquellas caras le parecían similares, pero no podía explicarse por qué.

—Y ahora —dijo Drinn cuando la cena tocó a su fin—, permitid que os explique por qué os hemos recibido de forma tan poco cortés.

—Bah, no es necesario... —sonrió Schmendrick. El vino le había pintado una sonrisa bobalicona en el rostro y lo había vuelto dócil; incluso sus ojos verdes ahora parecían dorados—. Lo que quiero saber es a qué se deben los rumores sobre que Hagsgate está plagado de demonios y hombres lobo. Es lo más absurdo que he oído jamás.

Drinn también sonrió. Era un hombre de complexión nudosa y mandíbula dura y hueca como la de una tortuga.

—De eso se trata —dijo—. Escuchad. Una maldición pesa sobre Hagsgate.

Se hizo el silencio en la posada y, a la luz color cerveza del lugar, los rostros de los lugareños lucían secos y pálidos como el queso. Schmendrick rio.

—Una bendición, querrás decir. Comparado con el resto del raquítico reino de Haggard, este pueblo parece extranjero, un manantial, un oasis... Coincido en que pinta a cosa de magia, pero brindo por ello.

Drinn detuvo al mago cuando éste empezaba a alzar su vaso.

—No, amigo. ¿Brindarías por un infortunio que dura ya más de cincuenta años? Ése es el tiempo que llevamos penando, desde que el rey Haggard construyó su castillo junto al mar.

—Cuando lo construyó la bruja, más bien. —Schmendrick meneó un dedo frente al hombre—. El mérito, para quien lo merece.

—Conoces la historia, pues —dijo Drinn—. Entonces sabrás también que Haggard se negó a pagar a la bruja por sus servicios una vez hubo finalizado.

El mago asintió.

—Sí. Y ella lo maldijo por su avaricia. Bueno, maldijo el castillo, más bien. Pero ¿qué tiene eso que ver con Hagsgate? El pueblo no se había metido con la bruja.

—No —respondió Drinn—, pero tampoco es que se pusiese de su parte. La bruja ya no podía deshacer lo que había hecho... O no quería, ya que se tenía por una artista y estaba convencida de que el estilo arquitectónico de ese castillo estaba muy avanzado a su tiempo. Sea como fuere, acudió al consejo de ancianos de Hagsgate y pidió que obligasen a Haggard a pagar lo que le debía. «Poneos en mi lugar», les dijo. «Algo así es el baremo por el que medir a un pueblo, o a un rey. Un noble capaz de aprovecharse de una bruja vieja y fea pronto se aprovechará también de su pueblo. Paradle los pies mientras podáis, antes de acostumbraros a él».

Drinn dio un trago a su vaso de vino y llenó una vez más el de Schmendrick.

—Haggard no le había pagado —prosiguió— y el pueblo, a su vez, no le hizo ningún caso. Se la trató con educación y la remitieron a las autoridades pertinentes, lo que hizo que montase en cólera y se marchase gritando que, por no querer hacer enemigos, acabábamos de hacernos dos. —Se interrumpió un instante y cerró los ojos con unos párpados tan finos que Molly estuvo segura de que el hombre podía ver a través de ellos, como los pájaros. Todavía con los ojos cerrados, Drinn dijo—: Fue entonces cuando maldijo el castillo. Y al pueblo. Así fue como la codicia del rey nos trajo la ruina a todos.

En el denso silencio que se hizo a continuación, la voz de Molly sonó como un martillo golpeando la herradura de un caballo, como si de nuevo estuviese riñendo al pobre capitán Cully.

—Haggard es menos culpable que vosotros —dijo a los vecinos de Hagsgate—. Al fin y al cabo, él es sólo un ladrón, pero vosotros sois muchos. Os habéis ganado vuestras penurias por vuestra propia avaricia, no por la de vuestro rey.

Drinn abrió los ojos y miró a la mujer con desprecio.

—Nosotros no nos hemos ganado nada —protestó—. Fueron nuestros padres y abuelos los que negaron ayuda a la bruja. Y sí, te concedo que la culpa fue tanto suya como de Haggard, a su manera. Nosotros hubiésemos gestionado algo así de forma muy distinta.

Tras aquellas palabras, cada uno de los rostros de mediana edad en la sala frunció el ceño en dirección a un rostro de mayor edad. Uno de los hombres más ancianos habló con voz silbante:

—Hubieseis hecho lo mismo que nosotros. Había que ocuparse de la cosecha y de cuidar el ganado, como ahora. Y había que convivir con Haggard, como ahora. Sabemos perfectamente cómo os habríais comportado. Sois nuestros hijos.

Drinn le dirigió una mirada amenazante y el resto de los hombres se pusieron a gritar indignados. El mago acalló a todos al preguntar:

—¿En qué consiste la maldición? ¿Está relacionada con el Toro Rojo?

Aquel nombre enfrió y enturbió el ambiente, a pesar de lo brillante y cálido de la iluminación. De repente, Molly se sintió muy sola. Obedeciendo a un impulso, formuló ella también una pregunta, aunque ésta no tenía relación alguna con la conversación:

—¿Alguno de los presentes ha visto alguna vez un unicornio?

En aquel momento, la mujer aprendió dos cosas: primero, la diferencia entre el silencio y el silencio sepulcral; la segunda, que había hecho bien en preguntar. Cada uno de los rostros de Hagsgate hizo esfuerzos por seguir impertérrito, pero no pudieron evitar que la expresión los delatara.

—Nunca vemos al Toro —dijo Drinn, cauteloso—, ni hablamos de él. Nada que le concierna a él es de nuestra incumbencia. En cuanto a los unicornios... Nunca han existido —se sirvió un poco más de vino—. Os recitaré la maldición.

Juntó las manos frente a él y salmodió.

Vosotros, que el yugo de Haggard habéis aceptado,
con sus mismas dádivas y su decadencia seréis
recompensados.
Veréis vuestra fortuna brotar y medrar, vuestras
haciendas florecientes,
hasta que el último soportal y la última torre sean
arrastrados por el torrente.
Mas sólo alguien que haya nacido en Hagsgate debe
desafiar al destino
y atreverse a derribar el castillo, armado de un valor
que nunca habrá tenido.

Algunos se unieron en coro mientras el hombre recitaba la antigua maldición. Sus voces sonaban afligidas y distantes, como si no se encontrasen allí sino flotando en el aire del exterior, muy por encima de la chimenea de la posada, desamparadas como hojas muertas.

«¿Qué les pasa en la cara?», se preguntó Molly. «Casi lo entiendo, pero no alcanzo a...». A su lado, el mago hacía girar su vaso entre las largas manos.

—La primera vez que se pronunciaron esas palabras —dijo Drinn—, Haggard llevaba poco tiempo en el reino y gran parte de éste aún era fértil..., salvo Hagsgate. Por aquel entonces, estas tierras eran como aquello en lo que se han acabado convirtiendo el resto: un lugar casi desértico, en el que los hombres debían colocar grandes piedras en los tejados de sus casas para que no se las llevasen los huracanes. —Apretó los dientes en una mueca dedicada a los más ancianos—. ¡Ocuparse de la cosecha y cuidar el ganado! Apenas plantabais berzas, colinabos y algunas patatas, y en todo Hagsgate no había más que una vaca agotada. Tiene gracia... Entonces sí que los visitantes creían que el pueblo había sido maldecido por una bruja rencorosa.

Molly pudo sentir cómo la unicornia paseaba calle arriba y calle abajo, inquieta como la llama de las antorchas engastadas en los muros, que se inclinaban y enroscaban. Quería salir afuera con ella, pero en lugar de ello, preguntó:

—¿Y cuándo se cumplió el vaticinio?

—Desde el mismo momento en que la bruja lo pronunció, no hemos tenido más que abundancia. La tierra hosca que teníamos se ha vuelto tan generosa que los jardines y los huertos florecen por sí solos, sin necesidad de que plantemos nada en ellos; ni siquiera tenemos que cuidarlos. Los rebaños se multiplican solos. Los artesanos se vuelven más listos mientras duermen. El aire que respiramos y el agua que bebemos hacen que nunca enfermemos. Cualquier pesar nos esquiva y nos pasa de largo. Todo ello, mientras el resto del reino, que una vez fue tan verde, ha sido reducido a cenizas por la mano de Haggard. En los últimos cincuenta años, sólo él y nosotros hemos prosperado. Parece que la maldición haya recaído sobre los demás.

—Sus mismas dádivas y su decadencia —murmuró Schmendrick—. Ya veo, ya... —Dio otro sorbo al vino y rio—. Pero el viejo Haggard aún reina, y así lo hará hasta que el mar se desborde. No sabéis lo que es una verdadera maldición. Dejad que os cuente yo mis cuitas. —De repente, los ojos se le llenaron de lágrimas—. Para empezar, mi madre nunca me quiso. Fingía que sí, pero yo sabía que...

Drinn le interrumpió, y fue entonces cuando Molly entendió qué era aquello tan raro que veía en los hombres de Hagsgate: todos vestían bien e iban bien abrigados, pero sus rostros eran los de gente pobre, aterida como fantasmas y demasiado hambrienta como para siquiera comer. Drinn dijo:

—Mas sólo alguien que haya nacido en Hagsgate debe desafiar al destino. ¿Cómo vamos a disfrutar de nuestra buena fortuna sabiendo que ésta debe acabarse, y que debe ser uno de nosotros quien acabe con ella? Cada día somos más ricos y cada día estamos más cerca de nuestra perdición. Durante cincuenta años hemos vivido de forma austera, mago, hemos evitado apegos, hemos abandonado costumbres y nos hemos preparado para ser fulminados por el mar. No nos hemos permitido disfrutar de nuestras riquezas un solo instante, ya que cualquier disfrute no va a resultar más que otra pérdida. Compadeceos de Hagsgate, forasteros, pues no hay en el mundo entero un pueblo más infeliz.

—Perdidos... Perdidos... Perdidos... —gimotearon los lugareños—. Qué desgracia la nuestra...

Molly Grue los miró sin pronunciar palabra, pero Schmendrick dijo, tratando de sonar respetuoso:

—Qué buena maldición. Muy profesional. Siempre digo que, si uno quiere que las cosas se hagan bien, tiene que recurrir a un experto. A largo plazo, merece la pena.

Drinn frunció el ceño de nuevo y Molly soltó un codazo a Schmendrick. El mago parpadeó.

—Oh... Perdón... ¿Y qué quieres de mí? Debo advertirte de que no soy un hechicero especialmente habilidoso, pero estaré encantado de deshacer vuestra maldición, si acaso soy capaz.

—No te he tomado por más de lo que eres —dijo Drinn—, pero aun así no nos sirves. Creo que vamos a dejar las cosas como están. Si la maldición desapareciese, puede que no nos volviésemos pobres de repente, pero tampoco seguiríamos siendo cada vez más ricos, lo cual es casi igual de malo. No, nuestra única obligación es evitar que el castillo se derrumbe y, ya que el héroe destinado a ello sólo puede ser alguien de Hagsgate, no parece una tarea imposible. Para empezar, no permitimos que ningún forastero se instale en el pueblo. Los mantenemos alejados; por la fuerza, si es necesario, pero principalmente mediante el engaño. Esos cuentos de terror que has escuchado sobre Hagsgate los inventamos nosotros, y los difundimos tan lejos como podemos, para asegurarnos de tener el menor número de visitantes posible.

El hombre se hinchió de orgullo. Schmendrick apoyó la barbilla en los nudillos y dirigió a Drinn una mirada divertida.

—¿Y qué hay de vuestros hijos? —preguntó—. ¿Cómo podréis evitar que uno de ellos crezca y cumpla con la maldición?

Echó un vistazo a su alrededor, estudiando cada uno de los rostros arrugados que le devolvían la mirada.

—Aunque, ahora que lo pienso... —dijo—, ¿no hay jóvenes en el pueblo? ¿Tan pronto mandáis a los niños a la cama en Hagsgate?

Nadie respondió. Molly podía oír cómo la sangre batía en los ojos de los hombres y su piel se erizaba como el agua cuando la acaricia la brisa. Entonces, Drinn dijo:

—No tenemos hijos. No ha nacido niño alguno desde que se pronunciase la maldición. —Tosió en un puño y añadió—: Parecía la manera más obvia de frustrar los planes de la bruja.

Schmendrick echó la cabeza atrás y rio sin emitir sonido; rio para hacer que las antorchas bailasen. Molly comprobó que el mago estaba bastante borracho. La boca de Drinn desapareció y sus ojos se volvieron tan frágiles como porcelana agrietada.

—No le veo la gracia a nuestro apuro —dijo—. Ninguna gracia.

—Es que no la tiene —dijo Schmendrick, doblándose sobre la mesa y derramando el vino—. No, no la tiene. Lo siento.

Bajo la indignada mirada de cien pares de ojos, se las apañó para recomponerse y responder con seriedad a Drinn.

—Entonces, me da que no tenéis nada de qué preocuparos. Nada en absoluto.

Se le escapó entre dientes una risilla como el silbido de una tetera.

—Eso podría parecer, sí. —Drinn se inclinó hacia delante y tocó la muñeca de Schmendrick con dos dedos—. Pero no os he contado toda la verdad. Hace veintiún años, nació un niño en Hagsgate. Nunca supimos quiénes eran los padres. Lo encontré yo mismo, una noche de invierno mientras cruzaba la plaza del mercado. Estaba tendido sobre una mesa de carnicero y no lloraba; aunque estaba nevando, al bebé lo resguardaba del frío una manta de gatos callejeros que ronroneaban al unísono. Un sonido cargado de sabiduría. Me quedé mucho rato contemplando aquella extraña cuna y cavilando mientras caía la nieve y los gatos ronroneaban su profecía.

El hombre calló y Molly Grue dijo con impaciencia:

—Te llevaste el niño a casa, claro, y lo criaste como si fuese tuyo.

Drinn apoyó en la mesa las palmas de ambas manos.

—Espanté a los gatos y me volví solo a casa.

El rostro de Molly se volvió del color de la bruma. Drinn se encogió de hombros brevemente.

—Reconozco el nacimiento de un héroe en cuanto lo veo —dijo—. Augurios y presagios, serpientes en la habitación del bebé... Si no hubiese sido por aquellos gatos, quizá le hubiese dado una oportunidad al niño, pero lo hacían parecer todo tan obvio, tan mitológico... ¿Qué podía hacer? ¿Dar cobijo, a sabiendas, a quien iba a traer la perdición del pueblo? —Le tembló el labio como si un anzuelo lo hubiese enganchado—. De hecho, más tarde cambié de opinión, por pura ternura. Pero cuando volví al mercado al amanecer, el bebé ya había desaparecido.

Schmendrick dibujaba unos garabatos con los dedos en un charquito de vino y parecía no haber escuchado nada de lo que el hombre acababa de contar. Drinn continuó:

—Naturalmente, nadie admitió haber abandonado a un bebé en la plaza del mercado, y aunque registramos cada casa del sótano al palomar, jamás lo encontramos. Podría haber llegado a pensar que lo habrían devorado los lobos, o incluso que todo aquello no había sido más que un sueño, si no fuese porque al día siguiente un heraldo del rey Haggard se presentó en el pueblo y nos ordenó organizar una celebración. Tras treinta años de espera, el rey al fin había sido bendecido con un hijo. —Drinn se volvió para rehuir la mirada reprobatoria de Molly—. Casualmente, nuestro expósito también era varón.

Schmendrick se lamió la yema del dedo y miró al techo.

—Lír —dijo—. El príncipe Lír. Pero ¿no hay otra forma de justificar su aparición?

—Ninguna probable —resopló Drinn—. Haggard rechazaría a cualquier mujer, aunque se diese la rara posibilidad de que ésta estuviese dispuesta a casarse con él. Se inventó la historia de que el niño era uno de sus sobrinos, que él había generosamente adoptado tras la muerte de sus padres. Pero Haggard no tiene parientes. Hay quien dice que el muchacho nació de las nubes como Venus del mar. Nadie hubiese dejado un niño al cuidado de Haggard.

El mago tomó su vaso con calma y lo llenó él mismo tras ofrecerle a Drinn llenar el suyo, ofrecimiento que el hombre declinó con un gesto.

—Bueno, pues consiguió uno en alguna parte. Bien por él. Pero ¿cómo podría haberse hecho con vuestro bebé de los gatos?

—Sale a pasear por Hagsgate algunas noches —dijo Drinn—. Muy de vez en cuando. Varios lo hemos visto: alto, gris como la madera arrastrada por el mar, merodeando bajo la luna acerada, recogiendo monedas caídas, trozos de platos rotos, cucharas, guijarros, pañuelos, anillos, manzanas pisoteadas... Lo que haya por el suelo, sin motivo aparente. Fue el propio Haggard quien se llevó al bebé. Estoy tan seguro de ello como de que será el príncipe Lír quien derribe el castillo y hunda tanto a Haggard como Hagsgate.

—Espero que así sea —intervino Molly—. Espero que el príncipe Lír sea ese bebé que abandonaste a su suerte y que hunda este pueblo y que los peces os coman hasta dejaros pelados como mazorcas...

Schmendrick le dio una patada en el tobillo lo más fuerte que pudo, pues los presentes empezaban a sisear alterados y algunos ya se estaban poniendo en pie. El mago preguntó de nuevo:

—¿Qué es lo que quieres de mí?

—Tengo la impresión de que estáis yendo hacia el castillo —dijo Drinn. Schmendrick asintió—. Verás... A un mago inteligente no le costaría demasiado hacerse amigo del príncipe Lír, que tiene reputación de ser un chico entusiasta y curioso. Un mago inteligente podría estar familiarizado con toda clase de pociones, pócimas, polvos y potingues, filtros, hierbas y ungüentos. Un mago inteligente... Y cuidado, recalco lo de «inteligente»... Un mago inteligente podría, de darse las circunstancias adecuadas...

Dejó el resto de la frase sin acabar, pero no por ello menos completa.

—¿A cambio de una comida? —Indignado, Schmendrick se levantó de un salto, derribando su silla. Se apoyó en la mesa con ambas manos, respirando con fuerza—. ¿Así están las tarifas a día de hoy? ¿Una cena y algo de vino a cambio de envenenar a un príncipe? Vas a tener que ofrecerme algo mejor, buen Drinn. Por ese precio no mataría ni a un deshollinador.

Molly Grue lo agarró del brazo, sollozando.

—Pero ¿qué dices?

El mago le apartó la mano, y al mismo tiempo le lanzó un lento guiño. Drinn se echó atrás en su silla, sonriendo.

—No regateo con profesionales —dijo—. Veinticinco piezas de oro.

A pesar de lo dicho, ambos pasaron la siguiente media hora regateando. Schmendrick pidió cien piezas de oro y Drinn se negó a ofrecer más de cuarenta. Finalmente, acordaron que el pago sería setenta, la mitad por adelantado y la otra mitad cuando el mago hubiese cumplido su cometido y regresado. Drinn contó el dinero al momento, extrayendo las monedas de un saco de piel que llevaba colgado al cinto.

—Pasaréis la noche en Hagsgate, claro —dijo—. Estaré encantado de acogeros en mi casa.

Pero el mago negó con la cabeza.

—No. Iremos directamente al castillo, ya que estamos tan cerca. Cuando antes lleguemos, antes volveremos, ¿verdad?

Esbozó una sonrisa astuta y conspiratoria.

—El castillo de Haggard es peligroso a cualquier hora del día —advirtió Drinn—. Pero lo es aún más durante la noche.

—Eso dicen también de Hagsgate —replicó Schmendrick—. No debes creer todo lo que se cuenta por ahí, Drinn.

Caminó en dirección a la puerta de la posada, con Molly siguiéndolo de cerca. Cuando estuvo bajo el dintel, se volvió hacia los allí presentes, que se arrebujaban en sus ropajes.

—Me gustaría dejaros con una última reflexión —dijo—. Ni siquiera la más profesional de las maldiciones que jamás se haya gruñido, graznado o bramado surte efecto alguno sobre un corazón puro. Buenas noches.

Fuera, la noche dormía enroscada, fría como una cobra y escamada de estrellas. Schmendrick dio un paso con valentía, sonriendo y haciendo tintinear las monedas de oro. Sin mirar a Molly, dijo:

—Idiotas. Mira que asumir tan a la ligera que todos los magos sabemos matar. Si hubiesen querido que les librase de la maldición... Eso sí lo habría hecho a cambio de una comida. Quizá incluso por sólo un vaso de vino.

—Me alegro de que no lo hicieses —dijo Molly, airada—. Merecen lo que les pase. De hecho, merecen algo peor. Abandonar a un niño en la nieve...

—También es cierto que, si no lo hubiesen hecho, ahora no sería un príncipe. ¿Nunca habías estado en un cuento de hadas?

El mago sonaba amable y borracho. Sus ojos brillaban tanto como el dinero que acababa de adquirir.

—El héroe debe hacer que la profecía se cumpla y el villano debe impedirlo. Aunque en otro tipo de historias sucede más bien al contrario... El caso es que el héroe debe tener escollos desde su mismo nacimiento, o no sería un héroe de verdad. Es un alivio saber del príncipe Lír. Llevo un tiempo esperando a que se dibuje un protagonista en este cuento.

La unicornia caminaba despacio, un poco por delante de la pareja, como la vela blanquísima de un barco en la oscuridad del océano. Molly la señaló y dijo:

—Si Lír es el héroe, ¿qué es ella?

—Eso es otro asunto. Haggard, Lír, Drinn, tú y yo estamos en un cuento de hadas y debemos ir donde el cuento nos dicte. Pero ella es real. Es muy real. —Schmendrick bostezó, hipó y tembló en un mismo movimiento—. Será mejor que nos demos prisa. Podríamos habernos quedado a pasar la noche aquí, pero Drinn me inquieta. Estoy seguro de que lo he engañado del todo, pero por si acaso.

A Molly le dio la impresión, como si entrase y saliese de un sueño mientras caminaba, de que Hagsgate se elongaba como un peón para impedirles avanzar, se enrollaba a su alrededor y los movía de un lado a otro para que volviesen sobre sus pasos. Tardaron cien años en alcanzar la última casa y, tras ella, el límite del pueblo; les tomó otros cincuenta años atravesar los húmedos campos, los viñedos y los huertos. Molly soñó con ovejas que los vigilaban desde las copas de los árboles y con vacas de hielo que les pisaban los pies y los desviaban del camino. Pero la luz de la unicornia se mantuvo constante al frente, abriendo la marcha a través de la tiniebla, y Molly estaba resuelta a seguirla fielmente, estuviese despierta o dormida.

El castillo del rey Haggard acechaba recortado contra el cielo, como un pájaro negro y ciego que pescase en el valle en mitad de la noche. Molly podía oír el batir de sus alas. Entonces el aliento de la unicornia le movió el cabello y oyó a Schmendrick preguntar:

—¿Cuántos son?

—Tres —dijo la unicornia—. Llevan siguiéndonos desde que salimos de Hagsgate, pero ahora han apretado el paso. Escucha.

Unos pasos demasiado suaves para la velocidad que mantenían, unas voces demasiado amortiguadas como para tener buenas intenciones... El mago se frotó los ojos.

—Puede que Drinn se sienta culpable por haber pagado de menos a su envenenador —musitó—. Quizá la mala conciencia no le deja dormir. Todo es posible. Hasta que las ranas críen pelo.—Agarró a Molly de un brazo y tiró de ella hasta una zanja al borde del camino. La unicornia se tumbó a su lado, impávida.

Unas dagas centellearon en la noche como estelas de peces en un río negro. Sonó una voz fuerte y colérica:

—Os lo dije, los hemos perdido. Los adelantamos hace una milla, donde oímos aquel susurro. No pienso seguir corriendo ni un metro más.

—¡Silencio! —ordenó una segunda voz con un feroz susurro—. ¿Quieres que se nos escapen y así nos puedan traicionar? Te da miedo el mago, pero de quien deberías estar asustado es del Toro Rojo. Si Haggard averigua lo de nuestra parte de la maldición, enviará al Toro a aplastarnos hasta reducirnos a migajas.

El primer hombre respondió en un tono algo más dócil:

—No es eso lo que me asusta. Un mago sin barba no es un mago. Pero estamos perdiendo el tiempo. Se han salido del camino y han atajado campo a través en cuanto han descubierto que veníamos siguiéndolos. Podemos seguir por aquí horas, pero no los encontraremos.

Otra voz, más cansada que las otras dos, dijo:

—Llevamos siguiéndolos la noche entera. Mirad. Está amaneciendo.

Molly se dio cuenta de que estaba medio escondida bajo la capa negra de Schmendrick y hundió la cara en un parche de hierba seca. No se atrevía a alzar la cabeza, pero abrió los ojos y comprobó que el ambiente se estaba aligerando de forma extraña. El segundo hombre dijo:

—Eres idiota. Aún quedan más de dos horas para que amanezca y, de todos modos, estamos yendo hacia el oeste.

—En ese caso —respondió la tercera voz—, me voy a casa.

Sonaron pisadas de vuelta al camino. El primer hombre gritó:

—¡Espera! ¡Espérame! ¡Me voy contigo! —Y murmuró al segundo hombre—. No voy a volver a casa. Quiero retroceder un poco sobre nuestros pasos. De verdad creo que los he oído y, además, he perdido el yesquero en alguna parte...

Molly oyó cómo el hombre se iba alejando mientras hablaba.

—¡Malditos cobardes! —insultó el segundo hombre—. Esperad un momento, al menos. ¿Esperaréis a que pruebe lo que me dijo Drinn? —Los pasos dejaron de alejarse y el hombre cantó a viva voz—: «Más cálido que el verano y más satisfactorio que el comer, más preciado que la sangre y más dulce que cualquier mujer...».

—Date prisa —dijo la tercera voz—. Date prisa. Mira el aspecto del cielo. ¿Qué tontería estás cantando?

Incluso el segundo hombre sonaba súbitamente nervioso.

—No es ninguna tontería. Drinn trata tan bien a su dinero que éste no soporta alejarse de él. La relación más emotiva que hayas visto jamás. Y así es como lo invoca. —Siguió recitando rápidamente, con voz trémula—: «Más fuerte que el agua y más amable que las palomas, di el nombre de aquél al que tanto adoras».

«Drinn», resonaron las piezas de oro en el monedero de Schmendrick. «Drinndrinndrinndrinn». Súbitamente la escena devino un caos.

La harapienta capa negra del mago golpeó a Molly en la mejilla cuando Schmendrick se arrodilló rápidamente y echó mano a su monedero a la desesperada. El saquito zumbaba como una serpiente de cascabel. Lo arrojó hacia la maleza, pero los tres hombres ya corrían hacia ellos, empuñando sus dagas, tan rojas como si ya hubiesen sido utilizadas. Tras el castillo del rey Haggard se alzaba un brillo incandescente que apartaba la noche a empellones. El mago se irguió y amenazó a sus atacantes con invocar demonios y provocar metamorfosis y dolores paralizantes y con ejecutar algunas llaves de judo prohibidas. Molly agarró una piedra.

Con un grito devastador, antiguo, alegre y terrible, la unicornia se encabritó y salió de su escondite. Sus cascos volvieron a posarse en el suelo como una lluvia de cuchillas, se le erizó la crin y en su frente se materializó un penacho de relámpagos. Los tres asesinos dejaron caer sus armas y se cubrieron el rostro con las manos, e incluso Schmendrick y Molly se echaron atrás al verla. Pero la unicornia no veía ya a nadie. Enloquecida, danzante, blanca como espuma de mar, bramó, desafiante, una vez más.

Y el brillo en el cielo le respondió con su propio bramido, que sonaba como el hielo al romperse cuando llega la primavera. Los hombres de Drinn huyeron a trompicones y entre chillidos.

El castillo de Haggard ardía, escupía llamas que se agitaban salvajes por la súbita irrupción de un tornado. Molly dijo:

—Pero se supone que es el mar lo que debe destruirlo. Eso era, ¿no?

A pesar de la distancia a la que se encontraban, le pareció ver una cara gris asomándose a una de las ventanas. Entonces apareció el Toro Rojo.

VIII

Era del color de la sangre, pero no la que mana del corazón, sino la que se acumula bajo una vieja herida mal curada. Exudaba una luz horrible y su bramido provocaba corrimientos de tierras. Sus cuernos eran pálidos como cicatrices.

Durante un instante, la unicornia se encaró con él, calma como una ola a punto de romper. Entonces la luz de su cuerno se apagó. La unicornia se dio la vuelta y huyó. El Toro Rojo bramó de nuevo y salió corriendo tras ella.

Nunca había tenido miedo a nada. La unicornia era inmortal, pero podía ser asesinada: por una arpía, por un dragón o una quimera, por una flecha perdida que hubiese sido disparada contra una ardilla... Pero los dragones, por ejemplo, sólo la matarían, no la harían olvidar quién era, ni harían que ellos mismos olvidasen que, incluso muerta, era una criatura mucho más bella de lo que ellos podrían aspirar a ser. El Toro Rojo no la conocía y, sin embargo, la unicornia intuyó que iba en pos de su verdadero ser, no de una yegua blanca. El temor le obnubiló la mente y corrió y corrió mientras la ignorancia del Toro cubría el cielo y se derramaba por todo el valle.

Los árboles se combaban sobre ella, que los esquivaba cambiando constantemente de dirección. Ella, acostumbrada a deslizarse por la eternidad sin tropezar con nada. La seguía un estruendo de cosas rompiéndose como el vidrio al paso del Toro Rojo, que rugió una vez más. Una gran rama golpeó el lomo de la unicornia tan fuerte que la hizo trastabillar y caer. Se volvió a levantar de inmediato, pero ahora algunas raíces se enroscaban bajo sus cascos mientras corría y otras surgían del suelo como topos para cerrarle el paso. Las enredaderas iban a por ella como boas, las plantas trepadoras tejían redes entre los árboles y las ramas secas caían a su alrededor como bombas. Trompicó por segunda vez. El batir de las pezuñas del Toro contra la tierra le recorrió los huesos y la unicornia gritó.

De algún modo, había encontrado una vía de escape entre los árboles, ya que ahora corría por la planicie baldía más allá de los ricos cultivos de Hagsgate. Estaba en campo abierto, y una unicornia no trota a menos que se haya asegurado antes de haber dejado atrás a su cazador después de que éste haya espoleado a su caballo hasta agotarlo. Se desplazaba a la velocidad de la mismísima vida titilando de cuerpo en cuerpo o corriendo por el filo de una espada; más rápido que nada que tuviese que ceñirse a los límites de unas patas o unas alas. Aunque no miró atrás, sabía que el Toro Rojo estaba acortando distancias, inevitable como la luna, como la huraña y henchida luna del cazador. Podía sentir el impacto de los cuernos en un flanco a pesar de que aún no la hubiese golpeado.

Afilados tallos de maíz se alzaron para formar un seto ante su pecho, pero los pisoteó. Plateados trigales se volvieron fríos y gomosos, como nieve bajo los cascos de la unicornia, cuando el Toro resopló sobre ellos. Aun así, siguió corriendo, balando y derrotada, mientras recordaba la cancioncilla de la mariposa: «Recorrieron todos los caminos hace ya mucho y el Toro Rojo fue tras ellos». Los había matado a todos.

De pronto se encontró frente a frente con el Toro, como si lo hubiesen alzado igual que una pieza de ajedrez y llevado en volandas hasta plantárselo delante. No cargó contra ella de inmediato y la unicornia dejó de huir. Ya era grande cuando empezó a perseguirla, pero durante la cacería el monstruo se había vuelto tan inmenso que la unicornia no podía siquiera imaginar su tamaño. La curvatura de su lomo parecía ser la misma de la ensangrentada cúpula celeste, sus patas eran remolinos y su testa destellaba como una aurora boreal. Arrugaba las fosas nasales y olisqueaba en su busca. Así fue como la unicornia descubrió que el Toro era ciego.

Si se hubiese lanzado contra ella, la unicornia le hubiese plantado cara, aun diminuta y con el cuerno oscurecido, aunque el monstruo la hubiese pisoteado hasta hacerla pedazos. Como él era más rápido, lo mejor sería forzar ahora el enfrentamiento y que no la atrapase corriendo. Pero el Toro se aproximó despacio, con una delicadeza siniestra, como si no quisiera asustarla. De nuevo, la unicornia se derrumbó. Con un grito grave y triste, echó a correr en la dirección por la que había venido, de vuelta por los llanos desolados y cruzando la llanura hacia el castillo del rey Haggard, que ahora parecía más oscuro y retorcido que nunca. Y el Toro Rojo la siguió, guiándose por su miedo.

Schmendrick y Molly habían salido despedidos como astillas con la irrupción del Toro. Molly se golpeó contra el suelo y quedó sin aliento, y el mago cayó en un zarzal del que le costó media capa y una octava parte de su piel liberarse. Se levantaron en cuanto pudieron y salieron cojeando en busca de la unicornia, apoyados uno en la otra. Ambos en silencio.

El paso a través de los árboles les fue mucho más sencillo de lo que fuese para la unicornia, pues el Toro Rojo ya había pisoteado todo allí. Molly y el mago salvaron grandes troncos no solo derribados, sino a medio enterrar, y gatearon para sortear algunas grietas cuya profundidad era imposible calcular por su oscuridad. Molly, aún algo mareada, pensó que no podía ser que unas pezuñas hubiesen provocado tal destrucción; la tierra se había rasgado bajo el peso del Toro. Pensó a continuación en la unicornia y su corazón se detuvo.

Cuando salieron a la planicie, la vieron, lejos y difusa, un borrón de agua blanca al vendaval, casi invisible en el resplandor del Toro Rojo. Molly Grue, ligeramente enloquecida por la preocupación y el miedo, los vio moverse como las estrellas y las rocas lo hacen en el espacio exterior: cayendo por toda la eternidad, persiguiéndose eternamente, solos para siempre. El Toro Rojo jamás alcanzaría a la unicornia, no hasta que el Ahora alcanzase el Antes y lo Finado a lo Flamante. Molly sonrió con serenidad.

Pero una sombra refulgente sobrevoló a la unicornia, de manera que pareció que el Toro la envolvía. Ella reculó, viró y salió disparada en otra dirección, para encontrarse de nuevo frente a su perseguidor, que agachaba la cabeza y lanzaba espumarajos por las fauces. La unicornia volvió a darse la vuelta, una y otra vez, deslizándose hábilmente de acá para allá, y el Toro no dejaba de interceptarla. No la atacaba, pero le cerraba toda vía de escape salvo una.

—La está dirigiendo —dijo Schmendrick—. Si hubiese querido matarla, ya lo hubiese hecho. La está conduciendo donde llevó a los otros, al castillo. Con Haggard. Me pregunto por qué.

—Haz algo —pidió Molly.

Su voz sonaba extrañamente calmada, y el mago respondió en el mismo tono:

—No hay nada que pueda hacer.

La unicornia escapó una vez más, agotada, y el Toro Rojo le permitió cierto margen para correr, pero no para darse la vuelta de nuevo. Cuando le cerró el paso por tercera vez, la unicornia se encontraba tan cerca de Molly que ésta pudo comprobar cómo le temblaban las patas igual que les pasa a los perros cuando tienen miedo. La unicornia se quedó quieta, golpeó el suelo con los cascos y echó atrás las pequeñas y delgadas orejas. Pero no era capaz de emitir sonido alguno y su cuerno no brillaba. Empequeñeció cuando el bramido del Toro hizo que el cielo se tensase y agrietase, pero no retrocedió.

—Por favor —dijo Molly Grue—, haz algo.

Schmendrick la miró con el rostro desencajado de desesperanza.

—¿Qué voy a hacer? ¿Qué puedo hacer con mi escasa magia? ¿Sacar algo del sombrero, juegos con monedas, o el truco ése de cascar piedras para hacer una tortilla? ¿Qué crees que distraería al Toro? ¿O, mejor, pruebo el truco de las naranjas cantarinas? Lo que tú me digas. Me encantaría poder ser de utilidad.

Molly no le respondió. El Toro se acercó a la unicornia y ésta se agachó más y más, hasta parecer a punto de partirse en dos. Schmendrick dijo:

—Ya sé lo que podría hacer. De saber cómo, podría transformarla en cualquier otra criatura, algún animal demasiado anodino como para que el Toro se tomase ninguna molestia con él. Pero sólo un gran mago, un hechicero de la talla de Nikos, mi maestro, es capaz de reunir tanto poder. Transformar a un unicornio... Cualquiera capaz de ello podría también hacer malabares con las estaciones y barajar los años como si fuesen naipes. Y mi poder no es mucho mayor que el tuyo.

Quizá incluso es menor, ya que tú puedes tocarla y yo no. —De repente, dijo—: Mira. Se ha acabado.

La unicornia estaba paralizada ante el Toro Rojo, la cabeza gacha y su blancura apagada a un gris jabonoso. Parecía pequeña y demacrada, e incluso Molly, que la amaba, no tuvo más remedio que admitir que un unicornio resulta un animal bastante absurdo una vez su lustre se ha apagado. La cola como la de un león, las patas de ciervo, las pezuñas de cabra, la crin fría y liviana como espuma al tacto, el cuerno carbonizado, los ojos... ¡Ay, los ojos! Molly agarró a Schmendrick por un brazo en el que clavó las uñas tan fuerte como pudo.

—Tienes magia —dijo. Le pareció que su voz sonaba tan clara y profunda como la de una sibila—. Quizá no seas capaz de dar con ella, pero está ahí. Invocaste a Robin Hood, cuando no existe tal cosa, pero se hizo real. Eso es magia. Tienes todo el poder necesario, si te atreves a ejercerlo.

Schmendrick sólo le devolvió un silencio y una mirada tan penetrante que parecía que sus ojos verdes estuviesen buscando aquella magia en el interior de los de Molly Grue. El Toro dio un par de lentos pasos hacia la unicornia. Ya no la perseguía, sino que la doblegaba con el peso de su presencia, y ella se alejaba tímida, dócil y obediente. El monstruo la amilanó como un perro pastor, guiándola hacia la fortaleza del rey Haggard y el mar bravío.

—¡Por favor! —A Molly se le quebraba la voz—. Por favor, no es justo, esto no puede estar pasando. La va a llevar con Haggard y nadie la volverá a ver jamás. Nadie. Por favor, eres un mago. No se lo permitas. —Sus dedos se hundieron aún más en el brazo de Schmendrick—. No se lo permitas. ¡Haz algo!

Schmendrick trataba sin éxito de soltarse de la presa de la mujer.

—No voy a hacer absolutamente nada —mascullό entre dientes—. No, hasta que me sueltes.

—Oh —dijo Molly—, lo siento.

—Haciendo eso le puedes cortar a alguien la circulación, ¿sabes? —regañó el mago, que se frotó el brazo y dio algunos pasos hasta situarse en el camino del Toro. Una vez allí, se plantó de brazos cruzados y con la cabeza alta, aunque esta se le caía de vez en cuando, pues estaba muy muy cansado.

—Puede que esta vez... —le oyó murmurar Molly—, puede que esta vez. Nikos dijo... ¿Qué fue lo que dijo? No me acuerdo. Fue hace mucho.

En su voz había una nota de pesar antiguo que Molly no le había escuchado antes. A la que de repente se impuso una alegría como una explosión cuando el mago dijo:

—Bueno, ¿quién sabe? Si este no es el mejor momento, puedo hacer que lo sea. Es el consuelo que te queda, amigo Schmendrick. Por una vez, no veo cómo podría hacer que la situación fuese peor de lo que ya es.

Y se echó a reír con sorna.

El Toro Rojo, al ser ciego, no se percató de la presencia de aquel tipo alto en mitad del camino hasta que no estuvo casi sobre él. Se detuvo y olfateó el aire; una tormenta arreciaba en su garganta, pero el modo en que sacudía la cabeza denotaba cierta confusión. La unicornia también cesó en su avance y Schmendrick se quedó sin aliento al verla tan sumisa.

—¡Corre! —le gritó—. ¡Corre, ya!

Pero ella ni siquiera lo miró; ni miró al Toro. Mantuvo la vista fija en el suelo.

Alentado por el sonido de la voz de Schmendrick, el gruñido del Toro se hizo más alto y amenazante. Parecía ansioso por salir de aquel valle y llevarse a la unicornia con él, y el mago creía saber por qué. Tras el cegador brillo de la bestia, se podían ver apenas un par de estrellas trémulas y el cauto nacimiento de una luz algo más cálida. El amanecer estaba próximo.

—No le gusta la luz diurna —se dijo Schmendrick—. Bueno es saberlo.

Ordenó una vez más a la unicornia que echase a correr, pero lo único que obtuvo por respuesta fue un rugido como un redoble de tambores. La unicornia dio un salto hacia atrás y el mago tuvo que apartarse de su camino para que no lo arrollase. El Toro la siguió de cerca, conduciéndola como el viento barre la neblina. La fuerza de sus pasos levantó a Schmendrick y lo hizo caer, y el mago tuvo que rodar sobre sí mismo para no ser aplastado por las pezuñas de aquel monstruo de ojos cegados y testa en llamas. Creyó oír que Molly Grue gritaba.

Incorporándose sobre una rodilla, vio que el Toro había empujado a la unicornia casi hasta el borde del bosque. Si intentase escapar una vez más... Pero su voluntad ahora pertenecía al Toro. El mago aún pudo echarle un vistazo, pálida y perdida entre aquellos inmensos cuernos, antes de que el gran lomo rojo del Toro se interpusiese en su visión. En ese momento, trastabillante, harto y derrotado, cerró los ojos y dejó que su angustia lo atravesase a placer, hasta que en él despertó algo que ya había despertado antes, pero había olvidado y que le hizo llorar de puros terror y alegría.

Nunca llegó a estar seguro de qué palabras había pronunciado exactamente. Salieron de él como águilas en vuelo y no hizo nada por contenerlas. Tras decir la última de ellas, el vacío se apoderó de él de tal modo que le hizo caer de cara al suelo. Así de rápido sucedió todo. Y antes de volver a levantarse, supo que el poder le había poseído y luego abandonado de nuevo.

Algo más adelante, el Toro Rojo yacía muy quieto, oliendo algo. Schmendrick no veía a la unicornia. Corrió lo más rápido que pudo, pero fue Molly la primera en llegar lo bastante cerca como para comprobar qué olisqueaba la bestia. Al verlo, se metió un pulgar en la boca y lo chupó como si fuese una niña pequeña.

A los pies del Toro Rojo descansaba una chica joven, tendida sobre un cojín de luz y sombra. Estaba desnuda y su piel era del color de la nieve bajo la luna llena. La melena fina y enmarañada, blanca como una cascada, le cubría la espalda casi por completo. Escondía el rostro entre los brazos.

—Oh —exclamó Molly—. ¿Pero qué has hecho?

Y, omitiendo el peligro, corrió hacia la muchacha y se arrodilló a su lado. El Toro Rojo alzó la gigantesca cabeza y la sacudió lentamente en dirección a Schmendrick. Parecía menguar y desvanecerse conforme el cielo ganaba color, aunque aún seguía emitiendo el brillo indómito de un río de lava. El mago se preguntó cuáles serían su color y tamaño reales cuando estuviese solo.

De nuevo el Toro olisqueó la figura echada a sus pies, bañándola en su aliento helado. Entonces, sin más, echó a andar hacia los árboles y se perdió de vista con tres grandes zancadas. Schmendrick lo contempló una última vez al alcanzar la linde del valle: sin forma definida, apenas una negrura arremolinada, la clase de oscuridad roja que uno ve cuando el dolor le obliga a cerrar los ojos. Sus cuernos se habían vuelto las dos torres más afiladas del absurdo castillo del rey Haggard.

Molly Grue había apoyado la cabeza de la chica pálida sobre su regazo y susurraba una y otra vez:

—¿Qué has hecho? ¿Qué has hecho?

El rostro de la muchacha, relajado por el sueño y al borde de la sonrisa, era el más bello que Schmendrick hubiese visto jamás. Le transmitía, al mismo tiempo, dolor y una extraña calidez. Molly le atusó el cabello y Schmendrick vio que, en la frente, un poco por encima y entre los ojos cerrados, la chica lucía una abultada marca, más oscura que el resto de la piel. No se trataba de una cicatriz ni de una herida y tenía forma de flor.

—¿Qué quieres decir con qué he hecho? —preguntó a la quejumbrosa Molly—. La he salvado del Toro con magia, eso es lo que he hecho. Con magia, señora. ¡Con mi propia magia!

Estaba poseído por una alegría infinita, quería bailar y, al mismo tiempo, estarse quieto y parecer digno; se le ocurrían miles de discursos y cánticos y, al mismo tiempo, no había nada que quisiese realmente decir. Optó por reír como un tonto, rodeándose a sí mismo con los brazos hasta quedar sin aliento y despatarrándose junto a Molly cuando le empezaron a fallar las piernas.

—Dame tu capa —dijo Molly.

El mago la miró parpadeando una y otra y otra vez. La mujer le arrancó la capa de los hombros por sí misma. Luego envolvió con ella a la chica dormida lo mejor que pudo. La muchacha brilló a través de la tela como el sol entre las hojas.

—Sin duda, te estarás preguntado cómo voy a hacer que recupere su forma original —dijo Schmendrick—. No te preocupes. Ahora sé que el poder vendrá a mí cuando lo necesite. Un día seré capaz de invocarlo a voluntad, pero ese momento aún no ha llegado. —De forma impulsiva, agarró a Molly Grue y le abrazó la cabeza—. Pero tenías razón. ¡Tenías razón! Está en mí. ¡Tengo el poder!

Molly se separó del mago con las mejillas enrojecidas y las orejas aplastadas. La muchacha en su regazo suspiró, dejó de sonreír y apartó la cara de la luz del sol.

—Schmendrick, desgraciado —dijo Molly—, pobre mago, no te das cuenta de que...

—¿Si me doy cuenta de qué? —Schmendrick sonaba súbitamente agotado y sus ojos verdes mostraban algo de miedo—. El Toro Rojo iba buscando un unicornio, así que debía transformarla en otra cosa. Tú misma me lo suplicaste. ¿Qué problema tienes ahora?

Molly negó con la cabeza como lo haría una anciana disgustada. Dijo:

—No sabía que pretendías convertirla en una chiquilla humana. Mejor hubiese sido...

No llegó a completar la frase. Miró hacia otro lado y siguió acariciando el cabello de la muchacha con una mano,

—Es la magia la que escoge la forma, no yo —respondió Schmendrick—. Puede que un embaucador sea capaz de escoger tal o cual truco, pero un mago no es más que un porteador, un burro que lleva a su dueño adonde éste quiera ir. El mago invoca, pero la magia escoge. Si ha transformado a una unicornia en una humana, entonces es que eso era lo único que podía hacerse. —El brillo de una súbita fiebre en el rostro le hizo parecer aún más joven—. Soy un portador, un canal, un mensajero...

—Lo que eres es idiota —dijo Molly Grue—. ¿Me entiendes? Eres mago, sí, pero un mago muy estúpido.

La chica pálida se estaba despertando, abría y cerraba las manos y sus párpados batían como el pecho de un pájaro. Mientras Molly y Schmendrick la contemplaban, la muchacha dejó escapar un ruidito y abrió los ojos.

Estaban más separados de lo normal y eran algo más profundos, oscuros como el fondo del mar e iluminados, como el mar, por extrañas criaturas fluorescentes que nunca subían a la superficie. La unicornia podría haber sido transformada en un lagarto, un tiburón, un caracol o un ganso y, de algún modo, aquellos ojos hubiesen delatado que se trataba de ella. «Al menos para mí», pensó Molly. «Yo lo sabría».

La muchacha siguió sentada e inmóvil, buscándose en los ojos de la mujer y los del mago. En un momento, se levantó de un solo movimiento, despojada de la capa, que quedó en el regazo de Molly. Dio una vuelta sobre sí misma mientras se miraba las manos, que mantenía en alto y desplegadas, delante de los pechos. Arrastró los pies y gesticuló como un mono haciendo una gracieta, con expresión de estar siendo víctima de alguna clase de broma. Sin embargo, ninguno de aquellos movimientos podía evitar que resultara bellísimo. El terror que denotaban era más encantador que cualquier muestra de alegría de la que Molly hubiese sido testigo jamás, y aquello era lo más aterrador de la situación.

—Un burro —dijo Molly—. Un mensajero.

—Puedo hacer que sea ella de nuevo —respondió el mago—. No te preocupes. Puedo revertir el cambio.

Radiante al sol, la chica pálida pasaba el peso de su cuerpo de una de las fuertes piernas a la otra. De repente, tropezó y cayó; una mala caída, ya que no sabía poner las manos para detenerla. Molly salió disparada hacia ella, pero la chica se ovilló en el suelo, la miró fijamente y dijo:

—¿Qué me habéis hecho?

Molly Grue se echó a llorar. Schmendrick se adelantó, con el rostro húmedo y frío pero la voz templada.

—Te he transformado en humana para salvarte del Toro Rojo. No me ha quedado más remedio. Te devolveré a tu ser en cuanto pueda.

—El Toro Rojo —susurró la chica—. ¡Ah! —Empezó a temblar con violencia, como si algo la sacudiese y golpease desde el interior de sí—. Era demasiado poderoso —dijo—. Demasiado poderoso. Su fuerza no conocía límites, ni tenía origen. Es aún más antiguo que yo.

Abrió los ojos de par en par y a Molly le dio la impresión de que el Toro se paseaba por ellos, morando en sus profundidades como un pez en llamas y desapareciendo en lo más recóndito de éstos. La chica se acarició el rostro, reconociendo al tacto sus propias facciones. Las yemas de los dedos rozaron la marca en la frente y la muchacha cerró los ojos y dejó escapar un fino aullido de pérdida, preocupación y absoluto desespero.

—¿Qué me habéis hecho? —Gimió—. ¡Voy a morir así! —Presa de la desesperación, se hizo arañazos en diversas partes del cuerpo hasta que los dedos le quedaron cubiertos de sangre—. ¡Voy a morir así! ¡Me moriré!

Sin embargo, su rostro no reflejaba ningún miedo, aunque éste preñase su voz, guiase sus manos y sus pies e impregnase incluso aquella melena blanca que le cubría gran parte del nuevo cuerpo. Su cara era toda calma y serenidad. Molly se acercó a ella tanto como se atrevió y le pidió que dejase de lastimarse. Pero Schmendrick dijo:

—Estate quieta.

Y las dos palabras quebraron el ambiente como si fuese un manojo de ramas en otoño.

—La magia sabía lo que hacía —dijo el mago—. Ahora, estate quieta y escucha.

—¿Por qué no dejasteis que el Toro me matase? —gimoteó la chica pálida—. ¿Por qué no me dejaste en aquella jaula con la arpía? Hubiese sido mejor que encerrarme en este cuerpo.

El mago se estremeció al recordar las acusaciones de Molly Grue, pero mantuvo la compostura.

—En primer lugar, esta nueva forma es bastante atractiva —dijo—. En lo que a formas humanas se refiere, no las hay mejores.

La chica se observó con calma: primero un hombro y luego el otro, luego los largos brazos, luego el arañado torso. Se sostuvo sobre un pie para examinar la planta del otro; alzó muchísimo los ojos para verse las cejas plateadas y bizqueó para vislumbrar la punta de la nariz; incluso recorrió con la mirada las venas verdemar bajo la piel de las muñecas, con un trazado ciertamente divertido. Finalmente se encaró con el mago. Schmendrick respiró hondo. «He hecho magia», pensó, pero una pena fea titiló en su garganta como si súbitamente le hubiesen clavado un anzuelo.

—Está bien —dijo—. Sería lo mismo si te hubiese transformado en un rinoceronte, que es el animal del que parte tu absurdo mito. Pero con este aspecto al menos tendrás la posibilidad de llegar al rey Haggard y descubrir qué les ha sucedido a los tuyos. Como unicornio, a lo más que podías aspirar era a acabar como ellos, a no ser que creas que podrías derrotar al Toro si te enfrentases a él de nuevo.

La chica pálida negó con la cabeza.

—No —dijo—, nunca. Si hubiese una próxima vez, no duraría ni la mitad que antes. —Su voz resultaba demasiado meliflua, como si le hubiesen roto todos los huesos del cuerpo—. Los míos han desaparecido, y lo mismo pasará conmigo pronto, tenga la forma que tenga. Pero hubiese preferido perecer atrapada en cualquier otra prisión. Los rinocerontes son tan horrendos como los seres humanos, pero al menos ellos no se creen bellos.

—No, no se creen bellos —admitió el mago—. Por eso siguen siendo rinocerontes y no serán bien recibidos en ninguna parte, siquiera en la corte de Haggard. Sin embargo, una jovencita, una chica a la que no le importaría ser un rinoceronte... Alguien así tal vez podría llegar a encontrar respuesta a sus preguntas mientras el rey y su hijo están aún tratando de entenderla. Los rinocerontes no son criaturas aventureras, pero las muchachas sí.

El ambiente era ahora cálido y denso; el sol ya se había vuelto un charco del color del pelaje de un león y en la planicie de Hagsgate no se movía más que un viento rancio y pesado. La chica desnuda con la marca en forma de flor en la frente observó en silencio al hombre de ojos verdes, y la mujer que los acompañaba los observó a ambos, igualmente callada. A la luz rojiza de la mañana, el castillo del rey Haggard no parecía tan oscuro, siquiera maldito, sino apenas amenazador, algo destrozado y mal diseñado. Sus estrechos chapiteles ya no parecían en absoluto astas de toro sino que se asemejaban a las puntas del gorro de un bufón. «O a los cuernos con los que se compara a veces a un dilema», pensó Schmendrick. «Que nunca son sólo dos».

La chica pálida dijo:

—Sigo siendo yo. Este cuerpo se muere. Puedo notar cómo se pudre. ¿Cómo puede ser real algo que se está muriendo? ¿Cómo puede ser verdaderamente bello?

Molly Grue volvió a echarle la capa del mago sobre los hombros, no por decoro o por las apariencias sino obedeciendo a cierta compasión, como para evitar que la muchacha siguiese examinándose.

—Dejad que os cuente una historia —dijo Schmendrick—. De niño fui aprendiz de uno de los magos más poderosos del mundo, el gran Nikos, de quien ya os he hablado antes. Pero ni siquiera Nikos, que era capaz de convertir un gato en un pato, un copo de nieve en una copa de anís y un unicornio en un humano, pudo hacer de mí más que un charlatán de feria. Al despedirnos, me dijo: «Hijo, tu ineptitud es tan enorme y tu incompetencia es tan profunda que estoy seguro de que reside en ti un poder mayor de lo que yo haya conocido jamás. Lamentablemente, parece que por el momento éste opera del revés, y ni siquiera yo soy capaz de encontrar el modo de hacerlo funcionar correctamente. Quizá, con el tiempo, tú mismo descubras cómo acceder a él; y, francamente, creo que deberías vivir tanto tiempo como el que te tome lograr tal resolución. Así pues, te concedo el don de no envejecer hasta que descubras por ti mismo qué eres. Mientras, viajarás alrededor del mundo, siendo completamente ineficaz. No me des las gracias. Te espera un destino escalofriante».

La chica pálida le lanzo una mirada limpia y carmesí, de unicornia, que lucía al tiempo amable y amenazadora en aquel rostro aún por estrenar, pero no pronunció palabra alguna. Fue Molly Grue quien preguntó:

—Y si das con tu magia, ¿qué pasará?

—Entonces se romperá el hechizo y empezaré a morir tal como debería estar haciendo desde que nací. Los grandes magos, como cualquier hombre, envejecen y luego mueren. —Agachó la cabeza como si estuviese a punto de quedarse dormido, pero rápido se espabiló de nuevo y volvió en sí: un hombre alto, delgado y desgarbado, que olía a polvo y alcohol—. Os dije que era mayor de lo que parecía. Nací mortal, pero he sido inmortal durante un periodo de tiempo larguísimo y absurdo, y algún día volveré a ser mortal. Es por ello que sé algo que un unicornio no puede saber. Todo aquello que pueda morir es bello, mucho más bello que un unicornio, que puede vivir para siempre y está considerada la criatura más bella del mundo. ¿Entendéis lo que quiero decir?

—No —dijo la muchacha pálida.

El mago sonrió.

—Ya lo harás. Ahora tú también estás en esta historia y no tienes más remedio que seguir adelante con ella, quieras o no. Si pretendes encontrar a los tuyos, si quieres volver a ser una unicornia, debes seguir el cuento de hadas hasta el castillo del rey Haggard y más allá, hasta donde el relato te pida que vayas. La historia no puede terminar sin su princesa.

La chica pálida dijo:

—No pienso ir. —Se alejó de los otros dos, grácil y con el cabello ondulando a su espalda—. No soy ninguna princesa. No soy mortal. Y no pienso ir. Desde que abandoné mi bosque sólo he vivido desgracias, y nada más que desgracias pueden sucederle a un unicornio en este reino. Devuélveme a mi aspecto real y regresaré a mi bosque, a mi estanque, al lugar al que pertenezco. Tu cuento no tiene poder sobre mí. Soy una unicornia. El último unicornio.

¿No había dicho la unicornia algo similar hacía ya un tiempo, rompiendo el silencio verde azulado de unos árboles? Schmendrick siguió sonriendo y Molly Grue dijo:

—Vuelve a transformarla. Dijiste que podías hacerlo. Deja que se vaya a casa.

—No puedo —dijo el mago—. Os dije que no controlo la magia, aún no. Es por ello que yo también tengo que ir al castillo y encontrar allí el destino o la fortuna que me aguarden. Si tratase de revertir la transformación ahora mismo, podría acabar convirtiéndola en un rinoceronte. Eso, en el mejor de los casos. En el peor...

Schmendrick se estremeció y guardó silencio.

La muchacha les dio la espalda y miró al castillo que despuntaba al otro lado del valle. No se veía movimiento alguno en las ventanas o tras las almenas, ni había señales del Toro Rojo. Aun así, ella sabía que la bestia estaba allí, anidando en los cimientos hasta que oscureciese de nuevo: más fuerte que cualquier otra cosa en el mundo e invencible como la madrugada. Por segunda vez se acarició aquel punto en la frente donde antes había estado su cuerno.

Al volverse de nuevo, comprobó que Schmendrick y Molly se habían quedado dormidos justo donde se hallaban sentados, las cabezas colgando y las bocas abiertas de par en par. La muchacha se quedó a su lado, viéndolos respirar y sosteniendo con una mano la capa cerrada en torno al cuello. Por primera vez, y de forma muy sutil, le llegó el aroma del mar.

IX

Los centinelas vieron llegar al trío un poco antes de la puesta de sol, cuando el mar estaba liso y resultaba cegador. Patrullaban por la segunda torre más alta de cuantas brotaban del castillo y que lo hacían parecer uno de esos peculiares árboles que crecen con las raíces a la vista. Desde su posición, los dos hombres podían vigilar el valle de Hagsgate en su totalidad, junto con el pueblo y las pedregosas colinas tras éste, así como el camino que iba desde el borde de la planicie hasta la enorme, aunque combada, puerta de la fortaleza de Haggard.

—Un hombre y dos mujeres —dijo el primer centinela, que corrió hasta el extremo opuesto de la torre de un modo ciertamente habilidoso, teniendo en cuenta que ésta estaba tan inclinada que la mitad del cielo sobre el hombre era en realidad mar.

El castillo descansaba al borde de un acantilado que caía recto como un cuchillo hasta una playa estrecha y amarillenta, tomada de rocas verdes y negras. Algunos pájaros orondos se encontraban posados en ellas y chillaban: «¡Oslodije!, ¡Oslodije!».

El segundo hombre siguió a su camarada a paso algo más lento. Dijo:

—Un hombre y una mujer. Y hay una tercera persona, envuelta en una capa, que no estoy seguro de qué es.

Ambos lucían sendas cotas de malla de fabricación casera, hechas con anillos, chapas de botella y eslabones de cadena cosidos sobre unas placas de cuero a medio curar; era imposible vislumbrar sus rostros, ocultos tras visores oxidados, pero la voz y la forma de andar del segundo centinela daban a entender que era el de más edad.

—El de la capa negra... —volvió a decir—. No demos nada por sentado antes de tiempo.

Pero el primer centinela se había asomado ya por encima del parapeto para salvar el brillo anaranjado del mar, perdiendo, al engancharselos, algunos elementos de su parca armadura.

—Es una mujer —aseguró—. Antes dudaría de mi sexo que del suyo.

—Y bien que harías —comentó, sardónico, su compañero—. Lo único que haces como un hombre es montar a horcajadas. Te lo advierto otra vez: no decidamos tan rápido si el tercero es hombre o mujer. Esperemos a ver.

El primer centinela replicó sin volverse:

—Aunque me hubiese criado sin saber que existen dos clases distintas de «partes íntimas» y hubiese creído que todas las mujeres que he conocido jamás eran exactamente como yo, aun así, seguiría pensando que ésa que viene por ahí es distinta a cualquier otra cosa en el mundo. Siempre he lamentado que no estés orgulloso de mí, pero miro a esa mujer y lo que lamento es no haber estado orgulloso de mí mismo. Cuánto lo siento.

Se inclinó un poco más sobre el muro bajo y entornó los ojos en dirección a las tres siluetas que se acercaban por el camino. Con una risilla hizo resonar su visor.

—La otra mujer parece tener los pies heridos y estar de muy mal humor —informó—. Y el hombre parece amistoso, aunque es claramente un vagabundo. Alguien que lleva una vida ambulante. Un trovador, quizá, o un músico.

No añadió más durante un tiempo y se mantuvo con la vista fija en el trío mientras éste se aproximaba.

—¿Y el tercero? —preguntó el mayor un rato después—. ¿Qué hay de ese flechazo tuyo de cabello estrafalario? ¿Te has cansado de ella tras contemplarla este cuarto de hora? ¿La has examinado ya más de lo que el amor permite? —Su voz escapaba árida desde el interior del casco, como pequeñas uñas de los pies rascando el metal.

—Creo que jamás podría verla de cerca —respondió el centinela—, por más que se me acerque. —Su voz sonaba ahora apagada, como arrepentida, tomada por los ecos de oportunidades perdidas—. Desprende una frescura extraña. Parece como si todo lo hiciese por primera vez. Fíjate en cómo se mueve, cómo camina, cómo tuerce la cabeza... Como por primera vez, como si fuese la primera vez en la historia que alguien hiciese cualquiera de esas cosas. Fíjate en cómo toma aire y luego lo suelta, como si nadie en el mundo supiese lo bueno que es respirar. Acapara el aire, es sólo para ella. Si me dicen que la muchacha ha nacido esta misma mañana, sólo me sorprendería que parezca tan mayor.

El segundo centinela observó desde su posición a los tres viajeros. El hombre alto fue el primero en reparar en que los estaban vigilando. La siguiente fue aquella mujer tan adusta. En sus ojos no se reflejaba más que la armadura del vigía, lúgubre, flagelada y vacía. Pero entonces la chica envuelta en la capa negra hecha jirones alzó la cabeza, lo que hizo que el hombre se separase del parapeto y retrocediese, interponiendo uno de sus guanteletes de lata a su mirada. Enseguida el trío alcanzó la sombra del castillo y sólo entonces el centinela bajo la mano.

—Debe estar loca —dijo con calma—. Ninguna muchacha va así por la vida si no es que ha perdido la cabeza. Lo cual es una molestia, pero al menos es mejor que la otra posibilidad.

—¿Qué otra posibilidad? —preguntó el centinela más joven.

—Que, ciertamente, haya nacido esta misma mañana. Prefiero que sea sólo una pobre loca, la verdad. Bajemos a recibirlos.

Cuando el hombre y la mujer llegaron a las puertas del castillo, los dos centinelas ya habían ocupado sus puestos a ambos lados de éstas, habían cruzado sus romas y dobladas alabardas y se habían amarrado al cinto los bracamartes. El sol empezaba a ponerse y sus absurdas armaduras parecían algo más amenazadoras ahora que el mar había perdido su brillo. Los viajeros se miraron, perplejos, uno al otro. No había un castillo negro que los protegiera, no portaban armas y llegaban a rostro descubierto.

—Vuestros nombres —ordenó el segundo centinela con voz agostada.

El hombre alto dio un paso al frente.

—Soy Schmendrick el mago —dijo—. Esta es Molly Grue, mi ayudante. Y esta es Lady Amaltea. —Su lengua tropezó un poco con el nombre de esta última, como si no lo hubiese pronunciado nunca antes—. Venimos a pedir audiencia con el rey Haggard. Hemos recorrido un largo camino para verlo.

El segundo centinela esperó a que el primero hablase, pero el joven estaba embelesado con la tal Lady Amaltea. Impaciente, el viejo dijo:

—Exponed el asunto a tratar con el rey.

—Por supuesto —dijo el mago—, pero se lo expondré al mismo Haggard. ¿Qué clase de asunto digno de la realeza se confía a un par de porteros? Llevadnos ante el rey.

—¿Y qué clase de asunto digno de la realeza tiene que tratar con el rey Haggard un mago itinerante y bocazas? —preguntó el centinela.

Aun así, abrió las puertas y las cruzó, seguido de cerca por el grupo de viajeros. En último lugar iba el primer centinela que, sin poder evitarlo, imitaba el paso y los gestos de Lady Amaltea. La muchacha se detuvo un segundo antes de entrar, miró al mar y el centinela hizo lo mismo.

Su camarada lo llamó desde el interior, pero el joven vigía tenía ahora otras obligaciones, rendía cuentas por sus posibles faltas a otro capitán. Entró al castillo sólo cuando Lady Amaltea se decidió a hacerlo. Entonces la siguió, canturreando para sí mismo en tono monótono.

¿Qué me ha pasado?
¿Qué me ha pasado?
¿Estoy enamorado?
¿O estoy asustado?
¿Qué me ha pasado?
¿Qué me ha pasado?

Cruzaron un patio empedrado, en el que la ropa tendida les rozaba los rostros, y pasaron por una pequeña puerta a un salón de tal vastedad que en la oscuridad no se veía hasta dónde llegaban las paredes y el techo. Grandes pilares de roca aparecían y desaparecían junto a ellos conforme pasaban sin quedar en ningún momento totalmente a la vista. Las respiraciones hacían eco en aquella inmensidad y los pasos de otras criaturas, más pequeñas, sonaban tan claros como los propios. Molly Grue se pegó a Schmendrick.

Tras el gran salón, cruzaron otra puerta, que llevaba a una estrecha escalera, con pocas ventanas y ninguna iluminación. La escalera caracoleaba de forma cada vez más cerrada conforme ascendía, hasta el punto en el que pareció que cada peldaño giraba en redondo y que la torre se cerraba como un puño sudoroso. La oscuridad los siguió y manoseó, y olía a perro mojado.

Algo bramó desde algún lugar profundo y cercano. La torre tembló como un barco a punto de encallar y respondió con su propio quejido pétreo. Los tres viajeros gritaron, pugnando por mantenerse en pie sobre los escalones, pero su guía los apremió sin inmutarse ni decir palabra. El guardia más joven susurró a Lady Amaltea:

—No pasa nada. No tengas miedo. No es más que el Toro.

Aquel sonido no volvió a repetirse.

El segundo centinela ordenó abruptamente que se detuviesen, materializó una llave de ninguna parte y la encajó en lo que era, aparentemente, un muro liso. Una parte del muro se deslizó hacia dentro y la pequeña procesión se introdujo en una cámara baja y angosta, con una sola silla y una ventana. No había más: ni muebles, ni alfombras, ni cortinas, ni tapices. Aquella habitación sólo la ocupaban ahora cinco personas, la silla y la harinosa luz de la luna creciente.

—Este es el salón del trono de Haggard —dijo el centinela.

El mago lo agarró por un codo y le dio la vuelta para encararse con él.

—Esto es una celda. O una tumba. Aquí no se sienta ningún rey que siga con vida. Llévanos con Haggard. En caso, como digo, de que siga vivo.

—Eso debes juzgarlo por ti mismo —respondió el centinela con la voz rasposa; luego se desabrochó el casco y lo levantó, mostrándose—. Soy el rey Haggard.

Sus ojos eran del mismo color que las astas del Toro. Era más alto que Schmendrick y, aunque su rostro estaba surcado de arrugas de amargura, no había nada en él que denotase indulgencia o estupidez. Su cabeza tenía forma de pica: mandíbula afilada y fría, mejillas duras y un cuello largo y poderoso. Tanto podría tener setenta años como ochenta o más.

A continuación, el primer centinela dio un paso adelante y se descubrió también, colocándose el casco bajo el brazo. Molly Grue quedó boquiabierta al comprobar que se trataba del príncipe, amigable, aunque de rostro ajado, que estaba leyendo una revista mientras su princesa intentaba atraer a un unicornio.

—Este es Lír —dijo el rey Haggard.

—Hola —saludó el príncipe—. Encantado de conocerlos.

Su sonrisa correteó por la estancia y entre las piernas de los recién llegados como un cachorrillo excitado, pero sus ojos, de un azul oscuro y profundo tras las gruesas y cortas pestañas, seguían clavados en los de Lady Amaltea. Ésta le devolvía la mirada, silenciosa como una joya, sin ver más en él de lo que los unicornios ven en cualquier hombre. Pero el príncipe se sentía extraño, felizmente convencido de que la muchacha había observado sus rincones más recónditos, que había mirado incluso en cavernas de su ser de las que ni él mismo tenía constancia y en las que el ojo de ella había cantado y resonado. Un prodigio había despertado y se estaba obrando en algún punto al suroeste de su decimosegunda costilla y todo él, que aún se reflejaba en Lady Amaltea, refulgía.

—¿Qué queréis de mí?

Schmendrick se aclaró la garganta y dedicó una reverencia al anciano de ojos pálidos.

—Deseamos ponernos a su servicio. Por todo lo ancho y largo del mundo se dice de la corte del rey Haggard que...

—No necesito sirvientes —interrumpió el rey, dándose la vuelta, sumido de pronto en una honda indiferencia.

Sin embargo, Schmendrick captó un atisbo de curiosidad en la piel gris piedra y las raíces de los cabellos blancos del hombre. Cauto, dijo:

—Pero sin duda debéis contar con un séquito o alguna clase de comitiva. Estoy de acuerdo con que la simplicidad es el mejor adorno para un rey, pero uno de la categoría de Haggard...

—Empiezas a aburrirme —interrumpió de nuevo aquella voz rasposa—, lo cual es algo ciertamente peligroso. En cualquier momento voy a olvidarme de ti por completo, y no seré capaz de recordar qué hice contigo. Lo que olvido no sólo deja de existir, sino que es como si jamás hubiese existido.

Conforme decía esto, los ojos del rey, como los de su hijo, fueron a clavarse en los de Lady Amaltea.

—Mi corte —prosiguió—, como has decidido referirte a ella, consiste en cuatro hombres de armas. Podría pasar sin ellos, ya que cuestan más de lo que valen, como todo lo demás. Pero se turnan para hacer de centinelas y cocineros y, vistos de lejos, parecen un ejército. ¿Qué más sirvientes podría necesitar?

—Pero los placeres de la corte... —apuntó el mago—: La música, la conversación, las doncellas, las fuentes, las cacerías, los bailes de máscaras, los grandes festines...

—No significan nada para mí —aseguró el rey Haggard—. Lo he probado todo y ninguna de esas cosas me ha hecho feliz. No quiero tener cerca nada que no me haga feliz.

Lady Amaltea pasó a su lado hasta la única ventana en el cuarto y miró al mar a través de ella. Schmendrick recuperó el aliento y dijo:

—¡Lo entiendo perfectamente! ¡Qué rancias, bajas e inútiles deben parecer esas costumbres a alguien como usted! Estáis ya harto de tanto humor, saciado de tanta sensación y ahíto de tanta autocomplacencia ajena. Es una de las desventajas de ser rey. Y es por ello por lo que nadie necesita los servicios de un mago tanto como usted, ya que únicamente a alguien como yo se le presenta el mundo siempre fluido, infinitamente mutable y eternamente nuevo. Sólo un mago conoce los secretos del cambio, sólo un mago sabe sin sombra de duda que en todas las cosas se esconde el deseo de ser cualquier otra y de esa tensión universal es de donde obtiene su poder. Para un mago, marzo es mayo, la nieve es verde y la hierba es blanca, esto es aquello o es lo que usted desee que sea. ¡Hágase con un mago hoy mismo!

Finalizó su discurso promocional hincando una rodilla en el suelo y alzando ambos brazos. El rey Haggard retrocedió un paso, nervioso, y murmuró:

—Levántate. Levántate ya. Me das dolor de cabeza. Además, ya tengo mi propio hechicero real.

Schmendrick se puso en pie con dificultad. Se había sonrojado y la expresión de su rostro era completamente neutra.

—¿Y por qué no habéis dicho nada? ¿Cómo se llama?

—Su nombre es Mabruk —respondió el rey—. No trato con él a menudo. Ni siquiera mis hombres de armas saben que se aloja en el castillo. Mabruk es todo eso que dices que debe ser un mago y aún más, me atrevería a decir que incluso más de lo que serías capaz de imaginar. Es conocido en su gremio como «el mago de magos». Y no veo por qué iba a reemplazarlo por un payaso don nadie y...

—¡Ah, pero yo sí veo por qué! —estalló Schmendrick—. Se me ocurre un buen motivo, que usted mismo expuso no hace ni un minuto. Ese tan maravilloso Mabruk no le hace a usted feliz.

Sobre el feroz rostro del rey aparecieron algunas sombras de decepción y traición. Durante un brevísimo instante, pareció un hombre de nuevo joven y perplejo.

—Cierto es —dijo—. Hace tiempo que Mabruk no me satisface. Me pregunto cuándo fue la última vez. —Dio un par de enérgicas palmadas y gritó—: ¡Mabruk! ¡Mabruk! ¡Aparece, Mabruk!

—Aquí estoy —dijo una profunda voz proveniente del rincón más alejado de la estancia.

Un anciano vestido con una túnica oscura y surcada de estrellas, que lucía un sombrero puntiagudo a juego, se había materializado allí y nadie podría asegurar que no hubiese estado en aquella esquina todo el tiempo, a la vista de todos desde que entrasen en la sala del trono. Su barba y sus cejas eran blancas, y su rostro resultaba amable y sabio, pero la expresión en sus ojos desprendía una dureza como de granito.

—¿Qué requiere su majestad de mí? —preguntó.

—Mabruk —dijo el rey Haggard—, este caballero forma parte de tu fraternidad. Su nombre es Schmendrick.

El viejo hechicero abrió muchísimo los frígidos ojos y echó un largo vistazo a aquel desarrapado que acababan de presentarle.

—¡Vaya! ¡Sí que lo es! —exclamó al fin, aparentemente complacido—. Schmendrick, querido muchacho. ¡Encantado de volver a verte! Probablemente no te acuerdes de mí, pero fui un muy buen amigo de tu tutor, el viejo Nikos. El pobre hombre había depositado tantas esperanzas en ti... ¡Pero bueno, menuda sorpresa! ¿Y aún sigues ejerciendo? Eres un tipo testarudo, ¿eh? Muy bien. Siempre digo que cualquier arte se compone en nueve décimas partes de perseverancia; aunque, por supuesto, de nada sirve ser artista en nueve décimas partes. En fin... ¿Qué te ha traído hasta estos lares?

—Ha venido a ocupar tu puesto —dijo el rey Haggard, tajante—. A partir de ahora, será mi hechicero real.

Al viejo Mabruk no le pasó desapercibido el respingo de sorpresa de Schmendrick, como no le sorprendió demasiado la decisión del rey. Por un instante valoró la conveniencia de un estallido de furia, pero en lugar de ello se decantó por un tono de mesurada diversión.

—Como desee vuestra majestad, ahora y siempre —dijo—. Pero quizá le interesaría a usted conocer antes algunos detalles de la historia de su nuevo hechicero real. Estoy seguro de que a Schmendrick no le importará que mencione que es una especie de leyenda entre los de nuestro oficio. De hecho, nos referimos a él como «el dislate de Nikos». Su cándida y absoluta incapacidad para dominar siquiera la runa más simple, su manera tan creativa de pronunciar las rimas más infantiles de la teúrgia, por no mencionar su...

El rey Haggard hizo un breve gesto con una mano y Mabruk se interrumpió de inmediato. El príncipe Lír contuvo una risilla. El rey dijo:

—No necesito que me convenzan de lo grande que le queda a este hombre el puesto. Resulta tan obvio, con sólo un vistazo, como es obvio al primer vistazo que tú eres el mayor mago del mundo.

Mabruk se hinchó un poco, se mesó la espléndida barba y frunció el benigno ceño.

—Pero tampoco eso significa nada para mí —añadió Haggard—. Siempre has obrado cualquier milagro que te haya pedido y eso sólo ha hecho que se eche a perder mi gusto por lo maravilloso. Ninguna tarea te resulta imposible y, aun así, cuando la has conseguido llevar a cabo, nada parece haber cambiado realmente. Y eso debe querer decir que ni el mayor poder puede proporcionarme lo que realmente quiero, sea eso lo que sea. Un hechicero magistral no me ha hecho feliz. Veremos si uno incompetente es capaz de lograrlo. Puedes marcharte, Mabruk.

Inclinó la cabeza a modo de despedida hacia el anciano mago, cuya apariencia afable se desvaneció como una chispa en la nieve. Su expresión entera imitó la frialdad absoluta de sus ojos.

—A alguien como yo no se le puede despedir tan fácilmente —dijo con muchísima suavidad—. No por capricho. Ni siquiera por el capricho de un rey y mucho menos en favor de un inútil. ¡Ten mucho cuidado, Haggard! Mabruk no es alguien a quien enfurecer.

De repente, una ráfaga de viento sopló en la oscura cámara, proveniente de distintas partes al mismo tiempo —a través de la ventana tanto como a través de la puerta entreabierta— pero cuya fuente auténtica era la figura enjuta del hechicero. Aquel viento helaba y hedía, era un viento de las marismas, húmedo y ululante, que se movía por la estancia como un animal complacido al descubrir lo voluble de la naturaleza humana. Molly Grue se pegó a Schmendrick, que parecía terriblemente incómodo. El príncipe Lír jugueteó con su espada, envainando y desenvainando rítmicamente.

Incluso el rey Haggard retrocedió un paso ante la risa triunfal de Mabruk. Las paredes de la estancia parecieron derretirse y desaparecer, y la túnica estrellada del hechicero se convirtió en la eterna noche. Mabruk no habló por sí mismo sino mediante el terrible viento, que emitía un sonido ominoso y creciente al ganar potencia. En cualquier momento se volvería visible, adquiriría forma y volumen. Schmendrick abrió la boca. Si estaba gritando alguna suerte de contrahechizo, éste no se oyó y, desde luego, no funcionó.

Molly Grue vio cómo Lady Amaltea alzaba una mano contra la oscuridad. Sus dedos corazón y anular eran de la misma longitud. La marca en su frente brillaba como una petunia luciérnaga.

De repente, fue como si aquel vendaval nunca hubiese tenido lugar; los muros de piedra volvieron a su sitio y la sobria cámara quedó en calma como un amanecer tras la oscurísima noche de Mabruk. El hechicero estaba en cuclillas, rozando el suelo, y miraba fijamente a Lady Amaltea. El rostro de expresión sabia y benevolente del hombre parecía ahora el de un ahogado, y su barba pendía de la barbilla como agua turbia. El príncipe Lír lo agarró por un brazo.

—Vamos, viejo —dijo, sin rastro de amabilidad—. Le acompaño a la salida, abuelo. Ya le escribiremos una carta de recomendación.

—Me voy —dijo Mabruk—, pero no porque te tema, cacho de carne con ojos. Ni a ti, ni al loco y desagradecido de tu padre. Ni me da miedo tampoco vuestro nuevo hechicero. Espero que os haga muy felices. —Miró al rey Haggard a los ojos y rio como una cabra—. Haggard, por nada en el mundo quisiera estar en su lugar. Ha abierto la puerta a su propia perdición, aunque no es precisamente usando la puerta como se marchará. Os lo explicaría mejor, pero ya no estoy a vuestro servicio. Una lástima, pues llegará el momento en que sólo un verdadero maestro sería capaz de salvaros. Y cuando llegue... ¡Sólo podréis recurrir a Schmendrick! Adiós, pobre Haggard. ¡Adiós!

Todavía riendo, el hechicero desapareció, aunque su regocijo quedó para siempre impregnado en los rincones de la cámara como el olor a humo o a polvo antiguo.

—Bien —dijo el rey Haggard a la grisácea luz de la luna—. Bien.

Se acercó despacio a Schmendrick y Molly, sin que sus pasos hiciesen ningún ruido, meneando la cabeza de forma casi cómica.

—Estaos quietos —ordenó cuando la pareja empezó a moverse—. Quiero ver vuestras caras.

Su respiración raspaba como la piedra de afilar al pasar por el filo de un cuchillo mientras examinaba a uno y a la otra.

—¡Más cerca! —bramó, entornando los ojos en la oscuridad—. ¡Más! ¡Más cerca! Quiero veros.

—Encienda usted una luz, entonces —dijo Molly Grue.

Lo calmado de su propia voz asustó más a la mujer de lo que lo había hecho la furia del viejo hechicero. «Es fácil ser valiente por ella», pensó. «Pero si empiezo a ser valiente por mí misma, ¿cómo voy a acabar?».

—Nunca enciendo las luces —respondió el rey—. ¿Qué tienen de bueno?

Haggard les dio la espalda y murmuró para sí mismo:

—Una de las caras es casi ingenua, casi estúpida pero no estúpida del todo. La otra se parece a la mía y eso puede ser peligroso. Nada nuevo. Ya lo he visto en la puerta. ¿Por qué los he dejado entrar, entonces? Mabruk tiene razón; estoy mayor y despistado e indulgente. Aun así, cuando los miro a los ojos sólo veo a Haggard.

El príncipe Lír se irguió, nervioso, cuando el rey cruzó la estancia en dirección a Lady Amaltea. La muchacha estaba de nuevo mirando por la ventana y, cuando Haggard se acercó lo suficiente, reculó y agachó la cabeza de forma extraña.

—No voy a tocarte —dijo el rey, y la chica dejó de alejarse—. ¿Por qué te quedas junto a la ventana? ¿Qué estás mirando?

—El mar —dijo Lady Amaltea con voz trémula; no por temor sino llena de vida, como tiembla al sol una mariposa recién nacida.

—Ah... —dijo el rey—, sí, el mar siempre está bien. No hay casi nada que pueda mirar mucho rato, salvo el mar.

Y, sin embargo, se quedó largo rato examinando el rostro de Lady Amaltea, sin que su propio rostro reflejase nada del brillo del de ella —como le había pasado al príncipe Lír—, más bien absorbiéndolo y almacenándolo en algún lugar recóndito. Su aliento resultaba tan rancio como el viento invocado por Mabruk, pero no hizo siquiera pestañear a Lady Amaltea.

De repente, el rey gritó:

—¿Qué te pasa en los ojos? ¡Están llenos de hojas verdes, árboles, riachuelos y animalillos! ¿Dónde estoy? ¿Por qué no me veo en tus ojos?

Lady Amaltea no respondió. El rey Haggard giró sobre sus talones para mirar de nuevo a Schmendrick y Molly. Posó el gélido filo de su sonrisa de cimitarra ahora contra las gargantas de la pareja, listo para el degüello.

—¿Quién es ella? —exigió.

Schmendrick tosió un par de veces.

—Lady Amaltea es mi sobrina —dijo—. Soy su único pariente con vida y, por tanto, es mi responsabilidad. Sin duda, os intriga el estado de su vestimenta, pero es sencillo de explicar. Durante el viaje fuimos atacados por unos bandidos que nos robaron los...

—¿Qué tonterías estás balbuciendo? ¿Qué dices de su vestimenta?

El rey se volvió de nuevo hacia la muchacha pálida, y Schmendrick comprendió que ni Haggard ni su hijo habían advertido que ésta iba desnuda bajo la capa hecha jirones. Lady Amaltea era tan elegante que hacía que aquel trapo roto pareciese un vestido confeccionado expresamente para una princesa. Además, ella misma no era consciente de su desnudez. A su lado, el rey, embutido en su armadura, era el que parecía desnudo.

—Lo que lleve puesto —dijo Haggard—, lo que os haya sucedido o vuestro parentesco, por suerte, no me incumben. A ese respecto, podéis mentirme tanto como os atreváis a hacerlo. Sólo quiero saber quién es ella. Quiero saber cómo rompió el conjuro de Mabruk sin decir palabra. Quiero saber por qué hay brotes tiernos y crías de zorro en sus ojos. Dímelo ya, y que ni se te pase por la cabeza mentir sobre esto, especialmente sobre los brotes tiernos. ¡Respóndeme!

Schmendrick no fue capaz de contestar al momento. En lugar de ello, emitió unos ruiditos decididos pero que no lograban volverse palabras inteligibles. Molly Grue reunió el coraje necesario para responder en su lugar, aunque sospechaba que sería imposible contarle al rey Haggard la verdad. Había algo en su porte que marchitaba los términos, enmarañaba los significados y retorcía las mejores intenciones y les daba la misma forma atormentada de las torres del castillo.

Aun así, si por ella fuese, hubiese hablado, pero otra voz sonó entre las tinieblas de la cámara: la voz ligera, amable y despreocupada del joven príncipe Lír.

—¿Qué más da, padre? La chica está aquí y con eso basta.

El rey Haggard suspiró, no de forma conciliadora, sino grave y áspera; no era una expresión de acatamiento sino el bufido meditabundo de un tigre a punto de atacar.

—Sí, tienes razón —dijo—. Ya está aquí, ya están todos aquí, y signifique eso mi perdición, o no, los acogeré durante un tiempo. Han traído consigo un refrescante aire de desastre. Quizá sea eso lo que quiero.

Una vez más, se dirigió directamente a Schmendrick:

—Como mi hechicero, me ofrecerás entretenimiento cuando desee ser entretenido; a veces con algo sesudo y otras con algo frívolo. Se esperará de ti que sepas cuándo se requieren tus servicios y en qué consistirán, pues no puedo estar constantemente pendiente de mis estados de ánimo y mis deseos para comunicártelos con claridad. No percibirás ningún salario, ya que está claro que no es por eso por lo que has acudido a mí. En cuanto a tu insípida ayudante, o cualquiera que sea la relación que mantenéis, también deberá servirme, si quiere quedarse en el castillo. Desde hoy mismo será mi cocinera y mi criada. Y también mi mujer de la limpieza.

Hizo una pausa, esperando alguna protesta por parte de Molly, aunque ésta sólo asintió con la cabeza. La luna ya no era visible a través de la ventana, pero al príncipe Lír no le pareció que la habitación se oscureciese por ello. El brillo templado de Lady Amaltea crecía con menos virulencia que el vendaval de Mabruk y, sin embargo, al chico le dio la impresión de que éste era mucho más peligroso. Sintió el deseo de escribir poemas bajo aquella luz, y eso que nunca antes había querido componer poesía.

—Podéis ir y venir a vuestro antojo —dijo Haggard a Lady Amaltea—. Puede que haya sido tan inconsciente como para admitiros en mi corte, pero no voy a prohibiros que abráis esta puerta, aquella o la de más allá. Mis secretos se protegen solos. ¿Serán los tuyos capaces de lo mismo? ¿Qué estás mirando?

—El mar —respondió de nuevo la chica.

—Sí, el mar siempre está bien —dijo el rey—. Un día de éstos lo contemplaremos juntos. —Empezó a andar hacia la puerta—. Va a ser curioso esto de tener en el castillo a una criatura cuya presencia hace que Lír me llame «padre» por primera vez desde que cumplió los cinco años.

—Seis —dijo el príncipe Lír—. Desde los seis años.

—Cinco o seis, tanto da —dijo el rey—. Dejó de hacerme feliz mucho antes, y tampoco me hace feliz ahora. La presencia de esta chica aún no ha cambiado nada.

Haggard se marchó de la cámara casi tan silenciosamente como Mabruk. Los demás oyeron el tintineo de sus botas de lata al bajar las escaleras.

Molly Grue fue a acompañar a Lady Amaltea junto a la ventana.

—¿Qué ocurre? —preguntó—. ¿Qué ves?

Schmendrick se apoyó en el trono y contempló al príncipe Lír con sus arteros ojos verdes. Un frío rugido llegó una vez más desde el valle de Hagsgate.

—Os buscaré habitaciones —dijo el príncipe—. ¿Tenéis hambre? Puedo daros algo de comer. Sé dónde hay algo de tela. Satén, creo. Os podéis hacer con ella algo para vestir.

Nadie respondió. La pesada noche engulló sus palabras y le pareció que Lady Amaltea no sólo no lo oyó, sino que ni siquiera le miró. Permanecía completamente quieta, pero el chico sintió cómo la muchacha se alejaba cada vez más, como la misma luna.

—Dejad que os ayude —dijo Lír—. ¿Qué puedo hacer por vosotros? Permitid que os eche una mano, por favor.

X

—¿Qué puedo hacer por ti? —preguntó el príncipe Lír.

—Ahora mismo, no gran cosa, la verdad —dijo Molly Grue—. Sólo necesitaba el agua. A no ser que quieras pelar las patatas. No tengo problema con que lo hagas.

—No, no me refería a eso. O sea, sí, si quieres que pele las patatas pues pelaré las patatas, pero estaba hablando de ella. O con ella. Es decir, cuando hablo con ella sigo haciéndole la misma pregunta una y otra vez.

—Siéntate y pela unas cuantas patatas, anda —dijo Molly—. Así tendrás las manos ocupadas en algo.

Estaban en la trascocina, una habitación pequeña y húmeda que olía fuertemente a nabos podridos y remolacha fermentada. En una esquina había apilada una docena de platos de barro y un fuego mínimo brillaba bajo un trípode e intentaba que el agua grisácea de una gran olla rompiese a hervir. Molly estaba sentada a una mesa basta y cubierta de patatas, puerros, cebollas, pimientos, zanahorias y otras verduras, la mayoría de ellas pasadas y llenas de manchas. El príncipe Lír se encontraba de pie frente a la mujer, meciéndose sobre los talones y retorciendo los grandes y blandos dedos.

—Esta mañana he matado otro dragón —dijo.

—Muy bien —respondió Molly—, eso está muy bien. ¿Cuántos llevas ya?

—Cinco. Éste era más pequeño que los otros, pero me dio más problemas. No podía acercarme a él a pie, así que tuve que cargar contra él con la lanza, y mi caballo acabó con bastantes quemaduras. Lo curioso del caballo es que...

Molly lo interrumpió:

—Siéntate, Su Alteza, y deja de hacer eso con las manos. Me crispo entera sólo de verte.

El príncipe Lír tomó asiento al otro lado de la mesa. Se sacó una daga del cinto y empezó a pelar patatas con expresión disgustada. Molly le dedicó una ligera sonrisa.

—Le he traído la cabeza del dragón —dijo Lír—. Estaba en su cuarto, como siempre. Cargué con la cabeza escaleras arriba para dejarla a sus pies —suspiró y, al hacerlo, se provocó un pequeño corte en un dedo con la daga—. ¡Maldita sea! Bueno, fue lo de menos. Una cabeza de dragón, el mayor regalo que se le puede hacer a alguien. Pero, en cuanto ella la vio, aquello se volvió un lamentable amasijo de escamas, cuernos, lengua cartilaginosa y ojos inyectados en sangre. Parecía que el carnicero del pueblo le hubiese llevado a su novia un bloque de carne fresca como muestra de su amor. Entonces me miró y, de repente, me sentí culpable por haberlo matado. ¡Culpable por haber matado un dragón!

Dio un tajo a una patata gomosa y volvió a cortarse sin querer.

—Corta hacia adelante, no hacia ti —le aconsejó Molly—. ¿Sabes? Creo que ya podrías dejar de matar dragones por Lady Amaltea. Si con cinco no has conseguido emocionarla, uno más no va a servir para nada. Prueba otra cosa.

—Pero ¿qué me queda por probar? —solicitó el príncipe—. He cruzado a nado cuatro ríos, todos ellos desbordados y de no menos de una milla de ancho. He escalado siete montañas que no se habían coronado jamás antes, he dormido tres noches en el Pantano de los Ahogados y he sobrevivido al bosque en el que las flores te queman los ojos y los ruiseñores cantan veneno. He cancelado el compromiso con la princesa con la que me iba a casar... Y si crees que eso no es un acto heroico es porque no conoces a su madre... He derrotado exactamente a quince caballeros negros que guardaban quince vados, a cada uno de ellos en su propio templete negro, donde desafiaban a quien quisiese cruzar. Y ya he perdido la cuenta de la cantidad de brujas de los bosques de espinos, los gigantes, los demonios haciéndose pasar por damiselas en apuros, las colinas de cristal, las adivinanzas letales, las tareas horrendas, las manzanas mágicas, los anillos mágicos, las lámparas encantadas, las pociones, las espadas, las capas, las botas, las corbatas y los gorritos de dormir malditos. Por no hablar de los caballos alados, los basiliscos, las serpientes marinas y el resto de fauna...

Alzó la barbilla y sus ojos azul oscuro se mostraron tristes y confundidos.

—Todo para nada —dijo—. No puedo ni tocarla, haga lo que haga. Por ella, me he convertido en un héroe... Yo, Lír el amodorrado, la vergüenza de mi padre... Pero bien podría seguir siendo el mismo inútil de antes. Mis hazañas no significan nada para ella.

Molly tomó su propio cuchillo y se puso a trocear pimientos.

—Pues puede que Lady Amaltea no sea de las que se conquistan con grandes hazañas.

El príncipe la miró frunciendo el ceño de puro desconcierto.

—¿Existe otro modo de ganar el favor de una doncella? —preguntó—. Molly, ¿conoces otras formas de hacerlo? ¿Me las enseñarías? —Se estiró sobre la mesa para agarrar la mano de la mujer—. Me gusta ser valiente, pero de buen grado volvería a ser un haragán y un cobarde si me dices que eso funcionaría. Sólo con verla me invaden las ganas de combatir todo mal y fealdad, pero también de no hacer nada y limitarme a ser infeliz. ¿Qué hago, Molly?

—No lo sé —respondió ella, de pronto avergonzada—. Ser amable, mostrar cortesía, hacer buenas obras... Esa clase de cosas... Tener sentido del humor...

Un gatito cobrizo y ceniciento, con una oreja deforme, trepó a su regazo, ronroneó con gusto y se frotó contra su otra mano. Buscando cambiar de tema, Molly preguntó:

—¿Y qué pasó con tu caballo? ¿Qué era aquello tan curioso que querías contarme?

Pero el príncipe Lír miraba embobado al gatito de la oreja deforme.

—¿De dónde ha salido? ¿Es tuyo?

—No —respondió Molly—. Sólo le doy de comer y le hago compañía. —Acarició la delgada garganta del animal y éste cerró los ojos—. Pensaba que vivía aquí.

El príncipe negó con la cabeza.

—Mi padre odia los gatos. Dice que no existen, que son sólo la forma que le gusta adoptar a toda clase de duendes, elfos y diablillos para poder acceder fácilmente a los hogares. Si se entera de que lo tienes aquí, lo matará.

—Bueno, ¿pero qué hay del caballo? —preguntó Molly.

El príncipe volvió a ponerse taciturno.

—Fue algo bastante extraño. Cuando Lady Amaltea se negó a aceptar el regalo, pensé que quizá le interesaría saber cómo lo conseguí. Así que le hablé de la estrategia y cómo cargué... Ya sabes... De cómo bufó el dragón y del cuero de sus alas y de cómo suelen oler, especialmente en una mañana lluviosa; y cómo su sangre negra tiñó la punta de mi lanza. Pero no prestó atención a nada de aquello, hasta que mencioné lo de la llamarada que casi le quemó las patas a mi pobre caballo. Entonces..., ah, entonces regresó de donde fuese que se encontraba mientras le estaba hablando y dijo que debía ir a ver cómo se encontraba el caballo. Así que la acompañé al establo en el que el pobre animal lloraba de dolor y le puso una mano encima, sobre las patas, y el caballo dejó de gemir. El ruido que hacen cuando están heridos es terrible. Cuando cesa, es como una canción.

La daga del príncipe centelleaba entre las patatas. Fuera, grandes rachas de lluvia gruñían y gruñían, rodeando los muros del castillo; la pareja en la trascocina sólo podía oír el aguacero, pues no había allí una sola ventana. Tampoco más luz que el escaso brillo del fuego bajo la olla. El gatito se quedó dormido en el regazo de Molly, como un atadillo de hojas secas.

—¿Y qué pasó —preguntó la mujer—, cuando Lady Amaltea tocó al caballo...?

—Nada. No pasó nada en absoluto.

De pronto, el príncipe Lír parecía enfadado. Soltó un puñetazo en la mesa que hizo saltar puerros y lentejas en todas direcciones.

—¿Esperarías que fuese a pasar algo? Pues ella sí. ¿Esperarías que las quemaduras se curasen milagrosamente, que la piel chamuscada cicatrizase al momento, que la carne ennegrecida sanase por sí sola? Pues ella sí. ¡Te lo juro por el amor que siento hacia ella! Y cuando las patas del animal no se recompusieron al tocarlas, echó a correr. No sé dónde está ahora.

Su voz se fue suavizando mientras hablaba y dejó caer a un lado la mano con la que había golpeado la mesa. Se levantó y fue a revisar la olla al fuego.

—Ya hierve. Deberías echar las verduras —dijo—. Cuando las patas del caballo no se curaron, lloró. La oí llorar. Aun así, no había lágrimas en sus ojos cuando salió corriendo. Todo lo demás sí, pero no lágrimas.

Molly dejó al gato en el suelo con cariño y amontonó las maltrechas verduras antes de verterlas en la olla. El príncipe Lír la observó ir y venir y rodear la mesa y cruzar la pequeña estancia una y otra vez.

La mujer cantaba.

Si danzase con los pies
con los movimientos del sueño,
tan gráciles y tan bellos
como los disfraces de la Muerte.
¿No sería eso fabuloso, pues,
aunque me hiciese tanto daño
este deseo de retroceder unos años
y tratar de tener mejor suerte?

El príncipe preguntó:

—¿Quién es ella, Molly? ¿Qué clase de mujer cree..., o *sabe,* pues eso es lo que vi en su rostro..., que puede curar heridas con el tacto? ¿Quién es capaz de llorar sin lágrimas?

Molly siguió trabajando y tarareando.

—Cualquier mujer puede llorar sin verter una sola lágrima —dijo por encima del hombro—, y muchas tienen el don de sanar con las manos. Depende de la herida. Es una mujer, Su Alteza, lo cual ya de por sí es bastante misterio.

Pero el príncipe se puso frente a ella para obligarla a detenerse, y Molly se detuvo, con el delantal lleno de especias y el cabello revuelto cayéndole sobre los ojos. Lír la encaró de cerca: era cinco dragones más viejo, pero aún atractivo y un poco bobo.

—Estás cantando. Mi padre te asigna las peores tareas y aun así tú sigues cantando. Nadie ha cantado nunca en este castillo, ni ha habido gatos, ni se ha olido a buena cocina. Lady Amaltea es la causante de todo esto, tal como hace que salga yo de buena mañana a enfrentar mil y un peligros.

—Siempre he sido una cocinera bastante decente —dijo Molly con calma—. Al haber vivido en los bosques junto a Cully y sus hombres durante diecisiete años...

El príncipe Lír prosiguió como si la otra no hubiese hablado:

—Quiero servirla, como haces tú. Ayudarla a encontrar lo que sea que haya venido a buscar. Quiero ser lo que ella necesite. Díselo. ¿Se lo dirás?

Mientras hablaba, unas pisadas silenciosas llamaron su atención y el roce de una bata de satén le ensombreció el rostro. Lady Amaltea estaba ante la puerta de la trascocina. Haber pasado toda una estación en los helados dominios del rey Haggard no la había marchitado u oscurecido en absoluto. Por el contrario, el invierno había agudizado su belleza hasta el punto de que se clavaba en quien la observase como una flecha imposible de extraer. Llevaba la melena blanca recogida con una cinta azul y su bata era del color de las lilas. No le favorecía. A Molly Grue no le gustaba coser y el satén la ponía nerviosa. Sin embargo, el penoso trabajo de costura y la fría piedra y el hedor a nabos volvían a Lady Amaltea aún más encantadora por contraste. Su cabello estaba empapado por la lluvia.

El príncipe Lír se inclinó ante su presencia con una rápida y torcida reverencia, como si alguien le hubiese dado una patada en el estómago.

—Mi señora —murmuró—. Debería usar su capucha si va a salir con este clima.

Lady Amaltea se sentó a la mesa y, de inmediato, el gatito del color del otoño saltó ante ella, ronroneando rápido y bajo. La muchacha le ofreció una mano, pero el animal se escabulló sin dejar de ronronear. No parecía asustado; simplemente, no quería que ella le tocase el oxidado pelaje. Lady Amaltea hizo señas para atraerlo y el gatito culebreó como lo haría un perro, pero no se le acercó.

—Debo irme —dijo el príncipe Lír, ahora algo ronco—. Alguna clase de ogro está devorando a las doncellas de un pueblo a dos días de viaje de aquí. Se dice que sólo lo podrá matar quien empuñe el Gran Hacha del duque de Alban. Por desgracia, el mismo Alban fue uno de los primeros en ser devorados. Se había disfrazado de doncella para tender una trampa al monstruo. Es fácil deducir quién tiene ahora el hacha. Si no regreso, tenedme presente en vuestros recuerdos. Adiós.

—Adiós, Su Alteza —dijo Molly.

El príncipe hizo una nueva reverencia y abandonó la trascocina intentando lucir su porte más noble. Sólo se volvió a mirar atrás una vez.

—Eres cruel con él —dijo Molly a Lady Amaltea, que ni siquiera se molestó en levantar la mirada. Le estaba ofreciendo una vez más la mano al gatito de la oreja deforme, pero éste seguía a una distancia prudencial, temblando de deseos de responder a la llamada de la muchacha.

—¿Cruel? —dijo ésta—. ¿Cómo podría ser cruel? Eso es cosa de mortales. —Finalmente se dignó a alzar la vista; sus ojos ensanchados por el pesar y cercanos a la burla. Añadió—: Igual que la bondad.

Molly Grue se afanó con la olla, removiendo la sopa y sazonándola, ajetreada y un poco ausente. En voz baja, señaló:

—Podrías al menos regalarle algún cumplido. Ha llevado a cabo grandes hazañas por ti.

—Pero ¿qué le voy a decir? —preguntó Lady Amaltea—. Ni siquiera le he dirigido la palabra, y aun así me trae cada día más cabezas, más cuernos, más joyas encantadas y más armas embrujadas. ¿Qué hará si, además, le hablo?

—Sólo quiere que le hagas caso —dijo Molly—. Los caballeros y las princesas apenas conocen una sola forma de ser recordados. No es culpa suya. Personalmente, creo que lo está haciendo bastante bien.

Lady Amaltea volvió a mirar al gatito mientras enredaba los largos dedos en un hilo suelto de su bata de satén.

—No, no quiere mi atención —dijo—. Me quiere a mí, del mismo modo en que me quería el Toro Rojo y sin que eso tenga para mí el más mínimo sentido. Aun así, le temo más que al Toro, ya que tiene buen corazón. No, no pienso decirle nada que pueda confundir con alguna clase de promesa.

La marca pálida en su frente era completamente invisible en la lobreguez de la trascocina. Se llevó una mano a ella y luego la retiró rápidamente, como si la marca le hubiese provocado una herida.

—El caballo ha muerto —le dijo al gatito—. No he podido hacer nada.

Molly puso las manos sobre los hombros de la muchacha. Bajo la tela lustrosa, Lady Amaltea parecía tan fría y dura como cualquiera de las piedras del castillo del rey Haggard.

—Ay, mi señora —susurró—, eso es porque esta no es tu verdadera forma. Cuando vuelvas a ser tú misma, todo será como antes: recuperarás tus poderes, tu fuerza y tu confianza. Vendrán a ti de nuevo.

De haberse atrevido, hubiese tomado a la chica en brazos y la habría mecido como a una niña pequeña. Nunca antes había sentido deseo alguno de hacer algo así. Lady Amaltea respondió:

—El mago sólo me ha otorgado el aspecto de un ser humano. La semblanza, no el espíritu. Si hubiese muerto entonces, aún hubiese sido una unicornia. El viejo lo supo. El hechicero. No dijo nada, para molestar a Haggard, pero lo supo.

Su melena se libró por sí misma del lazo azul y se derramó por el cuello y sobre los hombros. El gatito casi se vio superado al contemplar aquello; alzó una zarpa con la intención de jugar con el cabello, pero inmediatamente retrocedió y se sentó sobre las ancas, con la cola enroscada alrededor de las patas delanteras y la cabeza inclinada hacia un lado. Sus ojos eran verdes y asperjados de dorado.

—Eso fue hace un tiempo ya —dijo la muchacha—. Ahora soy dos: yo y esta otra a la que llamas «mi señora». Ella está aquí tal como lo estoy yo, aunque antes fue sólo un velo echado sobre lo que soy realmente. Recorre el castillo, duerme, se viste, come y tiene sus propias ideas. Aunque carece de la capacidad de sanar o de serenar, cuenta con otra clase de magia. Los hombres le hablan, la llaman «Lady Amaltea», y ella les contesta o no. El rey le examina los ojos y se pregunta qué es, y el hijo del rey se atormenta amándola y se pregunta quién es. Y ella cada día busca en el mar y en el cielo, en el castillo y en el patio, por las torres y en la cara del rey algo que no siempre puede recordar. ¿Qué es? ¿Qué la ha traído a este lugar tan extraño? Lo sabía hace un instante, pero ya lo ha vuelto a olvidar.

Miró a Molly con ojos que no eran los de la unicornia. Seguían resultando bellos, pero de forma definible, como puede ser bella una mujer humana. Su profundidad podía aprehenderse y compararse, y el tono de su oscuridad era descriptible. Molly vio en ellos miedo y pérdida y desconcierto, también a sí misma; y nada más.

—Unicornios —dijo—. El Toro Rojo se ha encargado de todos ellos, menos de ti. Eres la última. Viniste aquí en busca de los tuyos, para liberarlos. Y eso harás.

La connotación con un océano secreto y hondo regresó lentamente a los ojos de Lady Amaltea y los llenó hasta hacerlos de nuevo antiguos, oscuros, incognoscibles y abisales. Molly admiró cómo sucedía el fenómeno y sintió miedo, pero se aferró aún más a aquellos hombros encorvados, como si sus manos fuesen un pararrayos con el que atraer la desesperación. Al mismo momento, en la trascocina resonó algo que ya había oído antes: el estruendo de inmensos dientes, molares, al rechinar. El Toro Rojo se movía mientras dormía. Molly se preguntó si la bestia soñaría. Lady Amaltea dijo:

—Debo ir con él. No hay otra manera y no tengo tiempo que perder. Sea con este aspecto o con el mío, debo enfrentarme a él, aunque todos los míos hayan muerto y no quede nadie a quien salvar. Debo ir con él, antes de que olvide para siempre quién soy, pero no sé cómo llegar y me siento sola.

El gatito sacudió la cola y emitió un sonido peculiar, que no era un maullido ni un ronroneo sino ambas cosas.

—Te acompañaré —dijo Molly—. Tampoco sé cómo llegar hasta el Toro, pero alguna forma habrá. Schmendrick también vendrá con nosotras. Seguro que nos puede abrir un camino si no encontramos ninguno.

—No espero ninguna ayuda del mago —respondió Lady Amaltea con desdén—. Lo veo todos los días haciendo estupideces para el rey Haggard, entreteniéndolo con sus fallos, con sus errores al tratar de realizar hasta el truco más nimio. Dice que es lo más que puede hacer hasta que su poder regrese a él. Pero nunca lo hará. Ya no es un mago sino un bufón.

Un cosquilleo invadió la cara de Molly súbitamente y la mujer se alejó para revisar la sopa. Logró que una respuesta se abriese paso a través de su garganta de pronto espinada:

—Lo hace por ti. Mientras vagas por ahí y te amargas y te transformas en otra, él hace malabares y piruetas para Haggard, lo entretiene para darte tiempo a encontrar a los tuyos, si acaso eres capaz. Pero el rey no tardará en cansarse de él como se cansa de todo lo demás y lo echará a las mazmorras o lo encerrará en algún sitio aún peor. No está bien que te burles de él. —Su voz era el murmullo fino y lastimoso de una niña—. A ti nunca te ocurrirá algo así. Todos te quieren.

Ambas se concedieron un momento para mirarse la una a la otra: una mujer bella y fuera de lugar en aquella estancia fría y escueta; y una mujer que se sentía como en casa en tal contexto, un pequeño insecto con mal genio, pero no carente de encanto. Entonces oyeron el sonido de botas al rascar el suelo, piezas de armadura tintineando y las voces impetuosas de unos ancianos. Los cuatro hombres de armas del rey Haggard entraron en tropel a la trascocina.

Tenían al menos setenta años, estaban demacrados y cojeaban, eran frágiles como una costra de nieve, y aun así iban vestidos de pies a cabeza con las cotas de malla en los malignos colores del reino y portaban sus maltrechas armas. Saludaron con efusión a Molly Grue y preguntaron qué había preparado para la cena. Al ver allí también a Lady Amaltea, enmudecieron y se doblaron en rigurosas reverencias que les hicieron perder el resuello.

—Mi señora —dijo el que parecía más viejo—, estamos a su servicio. Somos hombres cansados, consumidos, pero si quiere usted asistir a un milagro, no tiene más que pedirnos cualquier imposible. Por usted, rejuveneceremos.

Sus tres compañeros asintieron farfullando.

Lady Amaltea, en respuesta, dijo:

—No, no, nunca volveréis a ser jóvenes.

A continuación, abandonó la cámara, con el níveo cabello cubriéndole el rostro y acompañada del siseo del satén.

—¡Cuán sabia es! —dijo el hombre de armas más viejo—. Entiende que ni siquiera su belleza puede presentar batalla al tiempo. Una sabiduría poco corriente y ciertamente taciturna para alguien tan joven. Esa sopa huele deliciosa, Molly.

—Huele demasiado sabrosa para este sitio —gruñó un segundo hombre mientras el grupo se sentaba a la mesa—. Haggard odia la buena comida. Según él, ningún plato merece el dinero y el esfuerzo que se invierten en prepararlo. «No es más que una ilusión», dice, «y un gasto. Vivid como yo: desengañados». ¡Bah! —Fingió un respingo y compuso una mueca, y los otros rieron.

—Vivir como Haggard —dijo otro de los hombres de armas mientras Molly le llenaba el tazón con sopa humeante—. Ésa será mi suerte en mi próxima vida si no me comporto como es debido en ésta.

—¿Por qué seguís a su servicio, pues? —preguntó Molly, que había tomado asiento a la mesa con ellos y apoyaba la barbilla en las manos—. No os paga y os alimenta lo menos posible. Os envía a robar para él en Hagsgate, en las peores condiciones, porque se niega a gastar una sola moneda del tesoro de su cámara acorazada. Os lo prohíbe todo, la luz y el laúd, el fuego y la fiesta, y el cantar y el pecar; de los libros y la cerveza y el hablar de la primavera a los juegos de palabras al calor de una hoguera. ¿Por qué no dejarlo? ¿Qué os retiene aquí?

Los cuatro hombres se miraron entre sí con nerviosismo, tosiendo y suspirando. El primero dijo:

—Es cosa de la edad. ¿Dónde iríamos? Somos demasiado viejos para errar por ahí en busca de trabajo y refugio.

—Es cosa de la edad —dijo el segundo hombre de armas—. Cuando eres viejo, cualquier cosa que no te moleste te resulta cómoda. Para nosotros, hace mucho que el frío, la oscuridad y el aburrimiento perdieron su filo, y el calor, las canciones, la primavera... No, eso no nos importa. Hay cosas peores que vivir como Haggard.

—Haggard es mayor que nosotros —dijo el tercer hombre—. Con el tiempo, el príncipe Lír será rey de estos dominios y no pienso dejar este mundo hasta asistir a ese momento. El chiquillo siempre me ha caído bien, desde que era pequeño.

Molly se dio cuenta de que no tenía hambre. Observó los rostros de aquellos ancianos y los oyó sorber la sopa y hacerla pasar por las encogidas gargantas, y se alegró de que el rey Haggard siempre comiese a solas. Alguien como ella no podía evitar preocuparse por cualquier persona a la que alimentase. Con cautela, preguntó:

—¿Habéis escuchado alguna vez una historia que cuenta que el príncipe Lír no es el sobrino adoptado de Haggard?

Los hombres de armas no se sorprendieron en absoluto.

—Por supuesto —respondió el más viejo—. Conocemos la historia. Bien podría ser cierta, porque el príncipe no se parece en nada al rey. Pero ¿qué más da? Prefiero que un expósito de fuera gobierne este reino a que lo haga un hijo legítimo de Haggard.

—Pero, si el príncipe fue robado en Hagsgate —exclamó Molly—, ¡entonces será él quien cumpla la maldición que pesa sobre el castillo!

Y repitió la rima que el tal Drinn les había recitado en aquella posada del pueblo.

Mas sólo alguien que haya nacido en Hagsgate debe
desafiar al destino
y atreverse a derribar el castillo, armado de un valor
que nunca habrá tenido.

Los ancianos negaron con la cabeza y sonrieron, mostrando unos dientes tan sucios como sus cascos y las fajas bajo sus cotas de malla.

—No será el príncipe Lír —dijo el tercer hombre—. Podría matar a cien dragones, pero nunca derribar un castillo o derrocar a un rey. Es un hijo abnegado que, de hecho, sólo aspira a ser merecedor del respeto del hombre al que llama padre. No, no será el príncipe. Esa rima debe referirse a otro.

—E incluso si se refiriese al príncipe Lír —añadió el segundo hombre—, incluso aunque la maldición lo hubiese designado a él como su mensajero, no podría hacer nada al respecto. El Toro Rojo protege a Haggard de cualquier desdicha.

La estancia quedó inmersa en un silencio que oscureció cada uno de los rostros con su salvaje sombra y enfrió la sopa con su aliento. El gatito ceniciento dejó de ronronear en el regazo de Molly y el diminuto fuego bajo la olla se hizo aún más pequeño. Las gélidas paredes de la trascocina parecieron encogerse.

El cuarto hombre de armas, que no había hablado hasta el momento, se dirigió a Molly Grue desde las nuevas sombras.

—Existe un verdadero motivo por el que seguimos al servicio de Haggard. No desea que nos marchemos, y satisfacer los deseos del rey Haggard es la única ocupación del Toro Rojo. Somos los esbirros de Haggard y también los prisioneros del Toro.

Molly acariciaba el gato con mano firme pero su voz sonó exigua y seca al hablar.

—¿Qué relación tiene el rey Haggard con el Toro Rojo?

—No lo sabemos —respondió el más viejo—. El Toro siempre ha estado aquí. Sirve a Haggard como ejército y baluarte; su fuerza es lo que hace fuerte al rey, y debe ser también su único amigo, ya que estoy seguro de que Haggard baja hasta su guarida por una escalera secreta a la hora de acostarse. Aun así, no sabemos si el Toro obedece a Haggard por voluntad propia o por obligación, ni si es él quien manda sobre el rey o a la inversa.

El cuarto hombre, que era el más joven, se inclinó sobre la mesa hacia Molly con unos ojos rosados y húmedos que, de pronto, parecían ansiosos.

—El Toro Rojo es un demonio. Y su recompensa por cuidar de Haggard será algún día el propio Haggard.

Otro de los hombres interrumpió, objetando que la mayor parte de las pruebas apuntaban a que el Toro era una suerte de sirviente hechizado del rey y que así lo sería hasta que se rompiese el encantamiento y destruyese a su antiguo señor. Tras esto, los cuatro empezaron a cruzar gritos entre ellos mientras derramaban la sopa.

Molly preguntó, en voz baja pero lo bastante firme como para hacer que los hombres se detuviesen:

—¿Sabéis qué es un unicornio? ¿Alguna vez habéis visto uno?

De cuanto ser vivo ocupaba en aquel momento la trascocina, sólo el gato y el silencio dieron muestras de haber entendido a la mujer. Los cuatro hombres de armas parpadearon, eructaron y se frotaron los ojos. En las profundidades del castillo, inquieto, el Toro se revolvió de nuevo.

Una vez finalizada la cena, los cuatro hombres se despidieron de Molly y abandonaron la estancia, dos de ellos para ir directos a la cama y los otros dos a hacer sus rondas nocturnas bajo la lluvia. El más viejo esperó a que los otros tres hubiesen salido de la trascocina y dijo a Molly:

—Cuida de Lady Amaltea. Cuando llegó, su belleza era tan grande que incluso este maldito castillo empezó a parecer más bello... Como la luna, que no es más que una piedra que brilla. Pero la chica ha estado aquí demasiado tiempo. Ahora es más bella que nunca, y sin embargo los cuartos y los techos de este sitio, de algún modo, parecen más crueles con ella aquí. —Dejó escapar un largo suspiro, acentuado por un lamento—. Conozco la clase de belleza que trajo al castillo, pero nunca he visto nada como esa otra clase de belleza que está desarrollando. Cuida de ella, por favor. Debería marcharse de este castillo.

De nuevo sola, Molly puso una mejilla sobre el pelaje del gatito. El fuego bajo la olla se estaba apagando ya, pero a la mujer no le apetecía levantarse a avivarlo. Diminutas y veloces criaturas correteaban por la estancia con un sonido semejante al de la voz del rey Haggard y la lluvia retumbaba contra los muros del castillo, que sonaba igual que el Toro Rojo. Entonces, como en respuesta, oyó al monstruo. Su bramido movió las piedras bajo los pies de Molly, que se agarró a la mesa para evitar que el gato y ella cayesen al abismo en cuyo fondo los esperaba el Toro. La mujer gritó. El gato dijo:

—Va a salir. Sale cada anochecer para cazar a aquella extraña bestia blanca que se le escapó. Y lo sabes. No seas estúpida.

El bramido volvió a sonar, esta vez algo más lejos. Molly recuperó el aliento y miró fijamente al gatito. No estaba tan sorprendida como lo estaría cualquier otra persona; últimamente se había vuelto alguien muy difícil de sorprender.

—¿Siempre has sabido hablar? —preguntó al gato—. ¿O ha sido la presencia de Lady Amaltea lo que te ha dado esa capacidad?

—Verla me ha hecho tener ganas de hablar —respondió el gato—. Dejémoslo ahí. Así que es una unicornia, ¿eh?... Es muy hermosa.

—¿Cómo sabes que es una unicornia? ¿Y por qué te daba tanto miedo que te tocase? Te he visto. Estabas asustado.

—Creo que las ganas de hablar no me van a durar mucho —replicó el gato, sin rencor—. Si fuese tú, no malgastaría más tiempo en tonterías. En cuanto a tu primera pregunta: a ningún gato que haya mudado ya el primer pelaje le engañan las apariencias. Al contrario de lo que pasa con los seres humanos, a los que parecen fascinaros. La segunda pregunta...

El gato titubeó y pareció más interesado en asearse que en seguir respondiendo. No hablaría hasta haberse lamido, primero, para esponjarse, y luego, en una segunda pasada, para alisarse; e incluso entonces lo hizo examinando sus uñas en lugar de mirar a Molly.

—Si me hubiese tocado —dijo—, habría sido suyo para siempre y no volvería a ser yo mismo nunca más. Quería que me acariciase, pero no podía permitirlo. Ningún gato lo haría. Dejamos que los humanos nos mimen porque es placentero y a vosotros os relaja, pero ella... No, ella no. El precio es mayor del que cualquier gato estaría dispuesto a pagar.

Molly lo recogió del suelo y el gato ronroneó junto a su cuello durante tanto rato que la mujer temió que el animal hubiese vuelto a perder el habla. Pero, de repente, el gatito dijo:

—Os queda poco tiempo. Pronto no recordará quién es ni por qué vino al castillo, y el Toro Rojo ya no pasará las noches buscándola. Puede que incluso llegue a casarse con el príncipe, que tanto la ama. —El gato golpeó suavemente con la cabeza la mano de Molly—. Ráscame —pidió—. El príncipe es muy valiente por amar a una unicornia. Un gato es capaz de respetar esas absurdidades.

—No —dijo Molly Grue—. No puede ser. Ella es la última.

—Entonces, será mejor que haga ya lo que vino a hacer. Debe acercarse al Toro como lo hace el rey.

Molly abrazó tan fuerte al animal que éste protestó con un chillido como de ratón.

—¿Sabes cómo? —preguntó la mujer, con tanta premura como la del príncipe Lír al pedirle información a ella—. Dime cómo llegar hasta él, por dónde tenemos que ir.

Dejó al gato sobre la mesa. El animal no dijo nada, pero sus ojos se fueron volviendo más y más brillantes: los tonos dorados vibraban y crecían, imponiéndose al verde. Su oreja deformada y la punta negra de la cola temblaron.

—Cuando el vino se beba a sí mismo —dijo—, cuando la calavera hable y el reloj dé la hora convenida..., sólo entonces encontraréis el camino que conduce a la guarida. —Plegó las patas y acomodó las zarpas bajo su pecho—. Por supuesto, esto tiene truco.

—Lo suponía —dijo Molly de forma sombría—. Hay una vieja calavera horrible en lo alto de uno de los pilares del salón principal, pero lleva tiempo sin decir gran cosa. El reloj más cercano está loco, suena cuando le da la gana: doce campanadas cada hora, diecisiete cuando son las cuatro y, a veces, pasa semanas sin sonar en absoluto. Y lo del vino..., oh, gatito, ¿no sería más fácil que simplemente me mostrases dónde está el túnel? Sabes dónde está, ¿no?

—Claro que lo sé —respondió el gato con un bostezo que hizo que se le enroscase la cola—. Y claro que lo más simple sería que te lo mostrase. Ahorraría tiempo y problemas.

Su voz sonaba adormilada y Molly percibió que el animal, como le pasaba a Haggard, empezaba a aburrirse. Rápidamente, preguntó:

—Dime algo, pues. ¿Qué ha sido de los unicornios? ¿Dónde están?

El gato bostezó una vez más.

—Cerca y lejos. Lejos y cerca. Están a la vista de vuestra señora, pero casi fuera del alcance de su memoria. Se están acercando, pero se están alejando.

Dicho esto, cerró los ojos.

La respiración de Molly se tensó en su cuello como una soga.

—¿Por qué no quieres ayudarme, maldita sea? —exclamó—. ¿Por qué tienes que hablarme con acertijos?

El gato abrió despacio uno de los ojos, dorado como el sol entre los árboles de un gran bosque. Dijo:

—Soy lo que soy. Te contaría lo que necesitas saber si pudiese, ya que has sido buena conmigo. Pero soy un gato, y ningún gato, en ninguna parte, ha ofrecido a nadie nunca una respuesta directa.

Las dos últimas palabras se fundieron con un ronroneo profundo y el gato se quedó dormido con el ojo parcialmente abierto. Molly se lo colocó en el regazo y le acarició el lomo. El animal siguió ronroneando en sueños, pero no volvió a hablar.

XI

El príncipe Lír regresó a casa tres días después de haber partido en busca del ogro devorador de doncellas, con el Gran Hacha del duque de Alban colgada a la espalda y la cabeza del enemigo bamboleándose en las alforjas. No ofreció el trofeo a Lady Amaltea ni fue corriendo a encontrarse con ella con las manos aún manchadas de la sangre marrón del monstruo. Había cambiado de opinión, según le explicase a Molly Grue en la trascocina algo más tarde aquella misma noche, y ya no pensaba atosigar a la muchacha con sus atenciones, sino que estaba dispuesto a vivir silenciando sus sentimientos hacia ella y a servirla ardientemente hasta morir solo, pero sin aspirar a su compañía, su admiración o su amor.

—Seré tan anónimo como el aire que respira —dijo—, tan invisible como la fuerza que la mantiene anclada a tierra. —Reflexionó un instante sobre lo dicho y añadió—: Puede que de vez en cuanto le escriba algún poema y se lo pase por debajo de la puerta o lo deje donde pueda encontrarlo por casualidad. Pero no lo firmaré.

—Es algo muy noble por tu parte —dijo Molly, aliviada de que el príncipe renunciase al fin al cortejo, aunque también sorprendida y, bueno, un poco triste—. Las chicas prefieren los poemas a las cabezas de dragón y las espadas mágicas. Al menos yo los hubiese preferido, cuando era joven. La razón por la que hui para estar con Cully...

El príncipe la interrumpió declarando con firmeza:

—No, no me des falsas esperanzas. Debo aprender a vivir sin ellas, como hace mi padre, y quizá así nos entendamos el uno al otro de una vez por todas. —Rebuscó en los bolsillos y Molly oyó cómo dentro se arrugaban algunos papeles—. De hecho, ya he escrito algunos poemas al respecto, sobre la esperanza y ella y lo demás. Puedes echarles un vistazo, si te apetece.

—Me encantaría —dijo Molly—. Pero, entonces, ¿no volverás a salir a luchar contra caballeros negros y cabalgar entre anillos de fuego?

Con aquellas palabras pretendía resultar provocativa y burlona, pero, al pronunciarlas, descubrió que sentiría algo de lástima si aquello acabase siendo así, ya que sus aventuras habían vuelto al príncipe mucho más atractivo, habían hecho que perdiese mucho peso y, además, lo habían dotado de la fragancia a muerte, levemente almizclada, que desprenden los héroes. Sin embargo, el príncipe negó con la cabeza, casi avergonzado.

—Oh, bueno..., supongo que seguiré practicando —dijo en voz baja—. Pero no lo haré por lucirme o para que ella lo sepa. Así fue al principio, pero uno acaba adquiriendo el hábito de rescatar personas, romper encantamientos, desafiar a duelo a algún duque malvado... Cuesta dejar de ser un héroe, una vez que te acostumbras. ¿Te ha gustado el primer poema?

—Desde luego, tiene mucho sentimiento —dijo Molly—. ¿Te parece que «florido» rima con «vacío»?

—Aún tengo que pulir cosas —admitió el príncipe—. Me preocupa la palabra «milagro».

—Yo misma me estaba preguntando si sabes qué es un «cantaclaro».

—No, lo que me preocupa es cómo se escribe. ¿Con elle y una erre o con una ele y dos erres?

—Con elle, creo —dijo Molly— ¡Schmendrick! —Llamó al mago, que acababa de asomar por la puerta—. ¿«Milagro» se escribe con elle?

—Claro —respondió, disgustado—. Proviene de la misma raíz que «milla».

Molly le alcanzó un bol de caldo y el mago se sentó a la mesa. Sus ojos se veían duros y turbios como el jade y le temblaba uno de los párpados.

—No voy a poder soportar esto mucho más —dijo lentamente—. No por este sitio horrible ni por tener que estar oyéndole todo el tiempo... Esto último, de hecho, se me empieza a dar bien... Es por la sarta de bobadas sin ninguna gracia que me hace representar para él hasta las tantas. Ayer, durante toda la noche. No me importaría que me pidiese hacer algo de magia, o que intentase un simple conjuro, pero está siempre con lo de los anillos y los peces, las cartas y los pañuelos de colores y las cuerdas trucadas, igual que me pasaba en la Feria de Medianoche. No puedo con ello. No voy a poder mucho más.

—Pero eso era lo que quería de ti —objetó Molly—. Si hubiese deseado magia de verdad, se hubiese quedado con el hechicero que ya tenía, aquel tal Mabruk.

Schmendrick levantó la cabeza y la miró con expresión casi divertida.

—No me refería a eso —dijo la mujer—. Además, sólo debes aguantar un poco más, hasta que encontremos el camino a la guarida del Toro del que me habló el gato.

Redujo la voz a un susurro y ambos lanzaron sendos vistazos al príncipe Lír, que estaba sentado en un taburete en la esquina, escribiendo otro poema.

—Gacela... —murmuró, dándose golpecitos con la pluma en los labios—. Mujerzuela, ciudadela, azuela, Filomela, paralela... —Finalmente, se decidió por «cautela», que garabateó rápidamente.

—Nunca encontraremos ese camino —dijo Schmendrick—. Aunque el gato estuviese diciendo la verdad, cosa que dudo, Haggard se asegurará de que no dispongamos de tiempo para revisar la calavera y el reloj. ¿Por qué crees que cada día te asigna más trabajos, sino para evitar que merodees por el gran salón? ¿Por qué crees que sigue pidiéndome que lo entretenga durante horas con trucos de feria? ¿Por qué crees que me escogió como hechicero, para empezar? Lo sabe, Molly, ¡estoy seguro! Sabe qué es ella, aunque no acabe de creérselo. Pero en cuanto lo haga, sabrá cómo actuar. Lo sabe. De vez en cuando lo veo en su cara.

—El ímpetu del deseo y lo devastador de la pérdida —dijo el príncipe Lír—. La amargura de la nosequé nosecuántos «-dida». Espléndida, eréndida... Maldita sea...

Schmendrick se inclinó por encima de la mesa.

—No podemos quedarnos de brazos cruzados a esperar que nos ataque. Nuestra única esperanza es escapar durante la noche. Por mar, quizá, si puedo hacerme con una barca. Los hombres de armas estarán mirando hacia otro lado y las puertas...

—¡Pero piensa en los otros! —exclamó Molly en la voz más baja de la que fue capaz—. ¿Cómo vamos a irnos después de que haya pasado por tanto para encontrar al resto de los unicornios y sabiendo que están aquí?

Sin embargo, una pequeña y traidora parte de sí misma deseaba dejarse convencer del fracaso de la misión, y al darse cuenta de ello, se enfadó muchísimo con Schmendrick.

—¿Y qué hay de tu magia? —preguntó—. ¿Qué pasa con tu propia búsqueda? ¿También vas a renunciar a ella? ¿Vas a dejarla a ella con su forma humana y te vas a conformar tú con vivir para siempre? Bien podrías haber dejado que se la llevase el Toro, entonces.

El mago volvió a recostarse, con el rostro tan pálido y arrugado como los dedos de una friegaplatos.

—Realmente, no importa —dijo, más bien para sí mismo—. Ya no es una unicornia sino una mujer mortal, alguien por quien el patán ése de ahí pueda suspirar y a quien escribir poemas. Puede que, después de todo, Haggard no la descubra. Acabará siendo su hija y nunca lo sabrá. Sería curioso. —Hizo a un lado el bol de caldo, del que no había tomado una sola cucharada, y apoyó la cabeza en la palma de las manos—. Aunque encontrásemos a los otros, no podría volver a transformarla en unicornia. No me queda magia.

—Schmendrick... —empezó a decir Molly.

Pero, de pronto, el mago se levantó de un salto y salió corriendo de la trascocina, aunque no se había oído que el rey lo reclamase. El príncipe Lír ni siquiera alzó la mirada y siguió repiqueteando con la pluma mientras contaba sílabas y buscaba rimas. Molly colgó una tetera sobre el fuego para preparar una infusión para los centinelas.

—Sólo me falta el último pareado —dijo Lír—. ¿Quieres escucharlo ahora o prefieres esperar?

—Lo que tú quieras.

Así que el príncipe le recitó el poema, pero Molly no escuchó ni un verso. Por suerte, los hombres de armas entraron antes de que finalizase la lectura en voz alta y al muchacho le daba demasiada vergüenza pedir la opinión de la mujer con ellos delante. Para cuando se fueron, ya estaba trabajando en otro texto, y así estuvo hasta muy tarde, cuando dio las buenas noches a Molly. La mujer estaba sentada a la mesa de nuevo, con el gato en el regazo.

Se suponía que el nuevo poema era una sextina, y Lír agitaba la cabeza, feliz, mientras combinaba y recombinaba las últimas palabras al subir las escaleras de camino a su habitación. «Dejaré uno ante su puerta», pensó. «Y el otro lo guardaré hasta mañana». Sopesaba la conveniencia de su primera intención de no firmar sus obras y valoraba algunos pseudónimos como «El rey de las sombras» o «Le Chevalier Mal-Aimé» cuando, al doblar una esquina, se encontró con Lady Amaltea. La muchacha descendía a toda prisa en la oscuridad y, cuando lo vio, lanzó un extraño balido y se detuvo a tres escalones por encima de él. Llevaba puesta la túnica que uno de los hombres del rey había robado para ella en Hagsgate e iba descalza y con el cabello suelto. Al verla, una incierta tristeza hizo mella en los huesos del príncipe, hasta el punto que éste dejó caer tanto sus poemas como sus pretensiones y se dio la vuelta, dispuesto a huir corriendo. Pero era un héroe, en todos los sentidos y ante cualquier circunstancia, así que hizo acopio de valor y se giró de nuevo para arrostrar a la chica, mientras decía de manera cordial y tranquila:

—Buenas noches tengáis, mi señora.

Lady Amaltea lo examinó en la penumbra y extendió una mano, que rápidamente retiró antes de que ésta tocase al muchacho.

—¿Quién eres? —preguntó—. ¿Te llamas Rukh?

—Soy Lír —respondió el príncipe, de repente asustado—. ¿No me reconocéis?

La chica retrocedió y Lír comprobó que sus movimientos eran tan fluidos como los de un animal; incluso había agachado la cabeza como hacen las cabras o los ciervos.

—Soy Lír —repitió.

—La anciana —dijo Lady Amaltea—. La luna salió. ¡Ah!

Se estremeció y, entonces, reconoció al chico. Pero su cuerpo seguía en estado salvaje y alerta, y algo instintivo la impedía acercarse a él.

—Estabais sonámbula, mi señora —dijo Lír, recuperando su caballerosidad habitual—. Desearía poder saber con qué soñabais.

—Con algo que ya he soñado antes —dijo la muchacha—. Estaba encerrada en una jaula y había otros... Bestias enjauladas y una anciana. Pero no quiero importunarle, mi señor príncipe. He tenido el mismo sueño muchas veces antes de esta noche.

Llegado aquel momento, la chica hubiese dado por concluido el asunto y se hubiese marchado, pero el príncipe le habló con una voz que sólo está al alcance de los héroes, del mismo modo que algunos animales desarrollan determinadas inflexiones sólo cuando son madres.

—Que un sueño se repita con tanta asiduidad suele significar que porta un mensaje, que acude a usted con una advertencia sobre el futuro o para hacerle recordar algo largamente olvidado. Cuénteme más, si lo desea, y trataré de descifrarlo para usted.

Lady Amaltea dejó de retroceder y lo miró con la cabeza algo ladeada, aún con un porte como de criatura esbelta y peluda atisbando entre los matorrales. Sin embargo, en sus ojos había un muy humano rastro de extravío, como si la muchacha hubiese perdido algo que necesitaba o acabase de caer en la cuenta de que no lo había tenido nunca. Si el príncipe hubiese parpadeado, ella hubiera desaparecido; pero no parpadeó y así la retuvo, como había aprendido a hacer con los grifos y las quimeras, mediante una mirada fija y estable. Los pies descalzos de ella lo herían de mayor gravedad que cualquier colmillo o espolón, pero él era un héroe con todas las de la ley.

La pálida muchacha dijo:

—En el sueño aparecen unos carruajes negros, con barrotes, y bestias que lo son y, al tiempo, no lo son, y un ser alado que campanea como el metal a la luz de la luna. Hay un hombre alto y de ojos verdes, con las manos cubiertas de sangre.

—El hombre alto debe ser vuestro tío, el mago —dijo el príncipe Lír—. Esa parte está clara. Y lo de las manos cubiertas de sangre no me sorprende en absoluto. Nunca me ha gustado mucho su aspecto, si no os importa que os lo diga. ¿Eso es todo?

—No puedo contároslo en su totalidad. Nunca llega a finalizar.

El miedo regresó a sus ojos como una gran roca cayendo en un estanque: lo enturbió y removió todo, y unas rápidas sombras bajo las superficies huyeron en todas direcciones.

—Huyo de un lugar en el que estaba a salvo —dijo— y la noche arde a mi alrededor. Pero también es de día y paseo entre las hayas, bajo una lluvia cálida y amarga, y hay mariposas y hay sonidos dulces y caminos moteados y pueblos que parecen raspas de pescado, y la cosa voladora acaba matando a la anciana. Y corro y corro hacia un fuego helado, vaya en la dirección que vaya, y mis piernas son las patas de un animal...

—Señora —cortó el príncipe Lír—, mi señora, por favor, es suficiente.

El sueño de Lady Amaltea estaba materializándose como una cerrazón oscura entre ambos y el chico ya no quería conocer su significado.

—Es suficiente —repitió.

—Pero debo seguir —dijo Lady Amaltea—, ya que el sueño nunca acaba. Ni siquiera durante la vigilia soy capaz de diferenciar lo que es real de lo que sueño mientras me estoy moviendo y hablando y comiendo. Recuerdo cosas que no pueden haber sucedido y olvido lo que me sucede en este momento. La gente me mira como si los conociese, y así es, pero sólo en sueños. Mientras tanto, el fuego se acerca más y más, aunque esté despierta...

—Suficiente —dijo una vez más el príncipe—. Este castillo fue construido por una bruja y hablar de pesadillas aquí provoca que, a menudo, se hagan realidad.

No era el sueño de la muchacha lo que perturbaba al príncipe, sino el hecho de que ella ni siquiera sollozase al contárselo. Siendo el héroe que era, entendía el llanto de las mujeres y sabía qué hacer para detenerlo (por lo general, bastaba con matar algo), pero aquel terror calmo lo confundía y desarmaba, y el rostro de la chica desmenuzaba el aire de distante dignidad que trataba de mantener. Cuando abrió la boca de nuevo, su voz sonó juvenil y torpe.

—Os cortejaría con más elegancia —dijo—, si supiese cómo hacerlo. Mis dragones y mis proezas con las armas no son de vuestro agrado, pero son todo lo que puedo ofreceros. Llevo poco tiempo ejerciendo como héroe, y antes no era más que el hijo blando y obtuso de mi padre. Puede que ahora no esté sino siendo obtuso de otro modo, pero aquí me hallo, ante usted, y no está bien que me rechace tan a la ligera. Ojalá hubiese algo que quisiese usted de mí. No tiene por qué ser una tarea valerosa, bastaría con algo que le resultase útil.

Lady Amaltea le dedicó una sonrisa por primera vez desde que llegase al castillo del rey Haggard, una sonrisa como una luna nueva, una esbelta curva de puro brillo al borde de lo invisible, pero que hizo que el príncipe se inclinase hacia ella para calentarse. De haber tenido el coraje suficiente, hubiese ahuecado las manos entorno a aquella mueca y soplado suavemente para hacerla brillar más aún.

—Cánteme —pidió la muchacha—. Eso sí sería un acto valeroso. Alzar la voz en este lugar oscuro y solitario... También sería algo útil. Cánteme, bien fuerte, hasta ahogar mis sueños, haga que no pueda recordar lo que éstos quieren que recuerde. Cánteme, mi príncipe, si le complace. Quizá no parezca tarea digna de un héroe, pero me encantaría que lo hiciese.

Así que el príncipe Lír se puso a cantar con entusiasmo allí mismo, en aquella gélida escalera, y un buen puñado de criaturas viscosas y acechantes reptaron hacia los rincones y se retrajeron para huir de la diáfana alegría en su voz. Cantó los primeros versos que le vinieron a la cabeza, y que fueron los siguientes:

Cuando era un chiquillo y estaba bien considerado,
no había dama capaz de negarme lo que le pedía.
Mordisqueé sus corazones como si fuesen fruta
y cada vez que les hablé de amor supe que mentía.

Y me decía a mí mismo: «ninguna conoce el secreto
que con tanto celo guardo, saboreo y reclamo.
Que espero a quien sepa ver más allá de las
apariencias,
sólo entonces, por cómo me comporto, sabré que la
amo».

Los años pasaron flotando como nubes sobre mí;
las damas vinieron y se fueron como brisas y
tornados.
Encandilé y engañé, mentí y fingí y volví a mentir
y fui de pecado en pecado en pecado en pecado.

Y me decía a mí mismo: «ninguna es capaz de ver
que hay una parte de mí tan pura como el verano.
Mi doncella se retrasa, pero entenderá que he sido fiel,
sólo entonces, por cómo me comporto, sabré que la amo».

Al fin conocí a una dama, tan sabia como tierna,
que me dijo: «no eres lo que intentas aparentar».
Pero la traicioné antes de que acabase la frase
y la chica tomó un veneno y luego se arrojó al mar.

Y me digo a mí mismo, mientras aún puedo hacerlo,
mientras me vuelvo más viejo, disoluto y depravado:
«el amor todo lo puede, pero el hábito es persistente,
y, sólo por cómo me comporté, supe que había amado».

Lady Amaltea rio cuando la canción llegó a su fin y aquel sonido pareció alejar de ambos las antiquísimas tinieblas que colmaban el castillo.

—Ha sido útil, desde luego —dijo—. Muchas gracias, mi príncipe.

—No sé por qué me he decantado por esa canción en concreto —dijo Lír, un tanto incómodo—. Uno de los hombres de mi padre solía cantármela. En realidad, no creo en lo que dice. Para mí el amor es más fuerte que el hábito o las circunstancias. Creo que es posible reservarse para alguien durante mucho tiempo y aun así recordar porque la estabas esperando cuando al fin llegue.

Lady Amaltea sonrió, pero no respondió y el príncipe avanzó un paso. Asombrándose de su propio atrevimiento, Lír dijo:

—Entraría en vuestros sueños, si pudiese, y la protegería y mataría a lo que la persigue, tal como haría si la cosa tuviese el coraje de enfrentarse a mí a plena luz del día. Pero no puedo entrar a menos que sueñe usted conmigo.

Antes de que la muchacha pudiese responder, si acaso iba a hacerlo, oyeron pasos en la escalera, por debajo de ellos, y la voz del rey Haggard que decía:

—Lo he oído. ¿A qué viene eso de ponerse a cantar?

A continuación, les llegó la voz sumisa y atribulada de Schmendrick:

—Mi señor, no era más que un canto de gesta, una *chanson de geste*, como las que suele cantar cuando cabalga hacia la gloria o regresa triunfante. Tenga por seguro, majestad...

—Nunca canta en el castillo —dijo el rey—. Estoy seguro de que lo hace constantemente cuando sale por ahí a trajinar con sus tonterías, porque a eso se dedican los héroes. Pero ahora lo ha hecho aquí, en mi casa, y no está cantando sobre batallas o conquistas, sino sobre el amor. Ni más ni menos. ¿Dónde está? He sabido que estaba cantando algo romántico antes siquiera de oírlo, ya que hasta las piedras de los muros se han sacudido como lo hacen cuando el Toro se revuelve bajo tierra. ¿Dónde está?

El príncipe y Lady Amaltea se miraron, envueltos en la oscuridad, y en aquel momento estuvieron verdaderamente juntos, a pesar de que ninguno de los dos se había movido. En paralelo a esa sensación, les asaltó el miedo al rey, pues fuese lo que fuese aquello que había nacido entre ellos, cabía la posibilidad de que resultase algo que Haggard pudiese querer para sí. Uno de los descansillos justo sobre sus cabezas conducía a un pasillo; ambos echaron a correr hacia allí, aunque no podían ver más allá de donde alcanzaba el aliento. Los pies de la chica eran tan silenciosos como la promesa que ella misma le había hecho al príncipe, pero los de él sonaban exactamente a lo que eran: botas trotando sobre un suelo de piedra. El rey Haggard no salió en persecución; sin embargo, su voz iba tras ellos por el pasillo, en forma de susurro por debajo de las palabras del mago.

—Ratones, mi señor, sin duda. Por fortuna, cuento con un conjuro bastante peculiar que...

—Que corran —dijo el rey—. Me gusta que corran.

Cuando dejaron de huir, donde fuere que habían detenido la carrera, Lady Amaltea y el príncipe Lír volvieron a mirarse a los ojos.

El invierno siguió adelante, gimoteando, y dio paso no a una primavera sino al voraz verano característico del reino de Haggard. La vida en el castillo se mantuvo en ese silencio que colma los lugares en los que nadie siente ya ninguna esperanza al respecto de nada. Molly Grue cocinó e hizo la colada, pulió la piedra, arregló armaduras y afiló espadas, cortó leña, molió harina, cepilló a los caballos y limpió sus establos, fundió el oro y la plata robados para las arcas del rey y coció ladrillos de adobe. Por lo general, cada noche antes de acostarse solía revisar alguno de los poemas que el príncipe Lír le había escrito a Lady Amaltea, los comentaba y corregía las faltas de ortografía.

Schmendrick contó chistes, realizó malabares y ejecutó miles de naderías a petición del rey, odiando cada una de aquellas cosas y sabiendo que Haggard era consciente de que las odiaba y obtenía cierto placer adicional de ello. Nunca volvió a proponer a Molly que huyesen antes de que el rey confirmase la verdad sobre Lady Amaltea, pero tampoco hizo nada por descubrir el pasaje secreto a la guarida del Toro Rojo, ni siquiera cuando dispuso de algo de tiempo libre. Parecía haberse rendido; no tanto ante Haggard como ante un enemigo mucho más antiguo y cruel y que al fin, aquel invierno, lo hubiese alcanzado en aquel lugar.

Lady Amaltea se volvió más bella día a día, al tiempo que cada uno de dichos días se volvía más sombrío y triste que el anterior. Los hombres de armas, al regresar empapados y temblando tras haber estado en sus puestos de guardia bajo la lluvia o haber pasado la noche robando cosas para el rey, se abonanzaban tan silenciosamente como flores cuando se encontraban a la muchacha en las escaleras o por los pasillos. Ella les sonreía y les hablaba con amabilidad; sin embargo, tras su paso, el castillo les parecía más oscuro que nunca y el viento en el exterior sonaba como si sacudiese el denso cielo igual que hace con las sábanas en un tendedero. Y es que la belleza de Lady Amaltea era humana y estaba maldita, por lo que no proporcionaba consuelo alguno a los ancianos. Lo único que podían hacer tras encontrarse con ella era arrebujarse en sus capas e ir cojeando a calentarse en el minúsculo fuego de la trascocina.

Sin embargo, la muchacha y el príncipe Lír paseaban y charlaban y cantaban con tanta alegría como si el castillo del rey Haggard se hubiese vuelto un bosque verde y agreste al llegar la primavera. Subieron a las retorcidas torres como si de colinas se tratase, merendaron en prados de piedra bajo un cielo igual de pedregoso y chapotearon escaleras arriba y abajo como si éstas se hubiesen licuado y fuesen riachuelos. El príncipe le contó a Lady Amaltea todo cuanto sabía y qué pensaba de cada una de aquellas cosas, e inventó con alegría una vida y unas opiniones para ella, a lo que la chica contribuyó limitándose a escucharlas. No es que le estuviese engañando, ya que ciertamente no recordaba nada anterior a su llegada al castillo y a conocerlo. Su ser empezaba y acababa con el del príncipe Lír; salvo por los sueños, que no tardaron mucho en desvanecerse, tal como él le había prometido que harían.

Ya casi nunca oían el bramido del Toro Rojo cuando éste salía de cacería nocturna, pero cada vez que el horrible sonido llegaba hasta Lady Amaltea, ésta se asustaba y los muros y el invierno volvían a hacerse fuertes y a rodear a los dos amantes como si la primavera que compartían no fuese más que una invención de la chica, el regalo que le hacía al príncipe a cambio de tanta alegría. Lír hubiese deseado poder abrazarla en esos momentos, pero hacía ya mucho que sabía de las reticencias de ella a ser tocada.

Una tarde, Lady Amaltea se encontraba en lo alto de la torre más alta, esperando a que Lír regresase de su pelea contra el cuñado del ogro devorador de doncellas con el que acabase unos meses antes; el príncipe aún partía de vez en cuando en busca de aventuras, tal como le había dicho a Molly que podría suceder. El cielo, del color del jabón sucio, se amontaba sobre el valle de Hagsgate sin decidirse a descargar lluvia. A lo lejos, el mar se deslizaba hacia un horizonte ahumado y con franjas plata, verde y marrón. Los feos pájaros de la zona se mostraban inquietos: volaban en parejas o en tríos, en círculos sobre la superficie del mar, y después regresaban a la playa y remoloneaban, cloqueaban y movían la cabeza en dirección al castillo sobre el acantilado. «¡Oslodije!, ¡Oslodije!». La marea estaba baja y a punto de cambiar.

La muchacha se puso a cantar con una voz que se equilibraba y planeaba sobre la fría brisa como otro pájaro más, aunque de muy distinta clase.

Soy la hija de un rey
y envejezco bajo esta losa
que es mi persona discreta
con mi piel como esposas.
Y huiría sin mirar atrás,
mendigaría de puerta en puerta...

No recordaba haber escuchado antes aquella canción, pero sus versos tiraban de ella como niños pequeños que estuviesen tratando de llevarla a algún sitio que deseaban ver de nuevo. Se encogió de hombros para alejarse de ellos.

—No he envejecido tanto —se dijo— y nadie me tiene prisionera. Soy Lady Amaltea, la amada de Lír, quien ha entrado en mis sueños para que así no dude de mí misma siquiera mientras duermo. ¿Dónde habré aprendido esa canción tan lastimosa? Soy Lady Amaltea y sólo sé las canciones que Lír me ha enseñado.

Se tocó la marca de la frente con una mano. La marea subió, tan calma como el zodiaco, y los feos pájaros chillaron. A la muchacha le preocupaba un poco que la marca no desapareciese.

—Su majestad —dijo, aunque el recién llegado no había hecho ruido alguno que revelase su presencia.

A continuación, sonó una risita a su espalda y Lady Amaltea se volvió y miró al rey, que lucía una capa gris sobre su cota de malla y se había despojado del casco. Las líneas negras en su rostro mostraban dónde la dura piel había sido arañada por las uñas de la edad, pero el hombre parecía más fuerte incluso que su hijo. Y mucho más feroz.

—Eres rápida para lo que eres —dijo—. Aunque, creo, lenta para lo que solías ser. Se dice que el amor acelera a los hombres, pero ralentiza a las mujeres. Si sigues amando tanto, acabaré alcanzándote.

La muchacha le sonrió por toda respuesta. Nunca sabía qué decirle a ese anciano de ojos pálidos de cuya presencia rara vez tenía constancia, salvo en forma de movimiento subrepticio en los límites de la soledad que compartía con el príncipe Lír. Entonces, una armadura destelló en el extremo más lejano del valle y Lady Amaltea oyó el chirrido de las herraduras de un caballo cansado al trotar sobre las rocas.

—Vuestro hijo vuelve a casa —dijo—. Esperemos juntos su llegada.

El rey Haggard se sitúo lentamente a su lado en el parapeto, pero apenas echó un vistazo en dirección a la diminuta y lejana hechura del jinete que se aproximaba.

—No me apetece. Y, en realidad, ¿qué nos importa Lír a ti o mí? —preguntó—. No tiene ninguna relación conmigo, ni por nacimiento ni por pertenencia. Lo recogí de donde alguien lo había dejado pensando que quizá nunca había sido feliz por no haber tenido un hijo. Al principio fue satisfactorio, pero me cansé rápido. Todo muere en cuanto me hago cargo de ello. No sé por qué razón, pero siempre ha sido así, salvo por una sola de mis posesiones, la única que no se ha vuelto yerma y aburrida por el solo hecho de ser mía, lo único que de verdad me pertenece. —Su rostro, apesadumbrado, se tensó súbitamente como el muelle de una trampa—. Y Lír no te ayudará a encontrarlo. Ni siquiera sabe qué es.

Sin previo aviso, el castillo entero tañó como una cuerda tensa al ser pellizcada cuando la bestia dormida bajo sus cimientos cambió de postura. Lady Amaltea recuperó el equilibrio con facilidad, ya que estaba acostumbrada a ello, y dijo con despreocupación:

—El Toro Rojo. Pero ¿por qué cree que he venido hasta aquí para robarlo? No tengo reino alguno que proteger, ni intención de conquistar nada. ¿Qué haría con él? Debe comer muchísimo...

—¡No te burles de mí! —protestó el rey—. El Toro Rojo es tan mío como el chico, no come y no puede ser robado. Se pone al servicio de cualquiera que no le tema. Y yo ni temo ni descanso.

Lady Amaltea vio cómo cierta aprensión patinaba por aquella cara torda y se infiltraba entre las sombras de las cejas y los huesos.

—No te burles de mí, ¿de acuerdo? —insistió Haggard—. ¿A qué viene este juego de fingir que has olvidado tu misión y hacer que la mía sea recordártelo? Sé a qué has venido y tú sabes bien que lo que buscas está en mi poder. Tómalo, si puedes. Sigue tratando de hacerte con ello. Ni se te ocurra rendirte tan pronto.

Sus arrugas parecían ahora cuchillos. El príncipe Lír cantaba al cabalgar, aunque Lady Amaltea aún no podía precisar de qué canción se trataba. Con toda tranquilidad, dijo al rey:

—Mi señor, en este castillo, en vuestros dominios y en todos aquellos reinos que el Toro Rojo pueda conquistar para usted sólo hay una cosa que desee, y ya me ha dejado claro que no es de su propiedad, que usted no puede regalarla ni conservarla. Sea cual sea ese tesoro del que me habla, de verdad espero que lo disfrute. Buenos días, majestad.

La muchacha hizo ademán de ir hacia las escaleras de la torre, pero el rey se interpuso y la obligó a detenerse. Ella le dedicó una mirada de expresión tan turbia como pisadas de pezuñas sucias en la nieve. El rey gris sonrió con una bondad tan extraña en él que hizo que Lady Amaltea se relajase por un instante, pues de repente consideró que quizá ambos eran iguales en determinados aspectos. Pero entonces el hombre dijo:

—Te conozco. Casi supe quién eras cuando te vi llegar por el camino principal hasta mi puerta, acompañada de tu cocinera y tu bufón. Desde aquel día, no has hecho un solo movimiento que no te haya traicionado. Un paso, una mirada, un giro del cuello, un escalofrío fugaz en tu garganta al respirar... Incluso la forma en que te quedas totalmente quieta... Cada detalle fue para mí como un espía. Me has hecho dudar durante una temporada, cosa que, de algún modo, te agradezco. Pero se acabó.

El rey miró al mar por encima del hombro y volvió a acercarse al parapeto y se encaramó a él con el ímpetu de un muchacho.

—La marea está cambiando —dijo—. Ven a verlo. Ven.

Había pronunciado aquellas palabras con suavidad, pero algo en el tono de su voz hizo que los pájaros en la playa quedasen en silencio.

—¡Ven! —Insistió con algo más de dureza—. Ven aquí. No voy a tocarte.

El príncipe Lír cantó:

Te amaré mientras pueda,
dure lo que dure...

La horrible cabeza que portaba atada a la silla de montar armonizaba los versos con un falsete. Lady Amaltea se acercó al rey y se puso a su lado.

Las olas se aproximaban al castillo bajo el denso cielo y crecían lentas como árboles al avanzar desde el punto en que el mar se encontraba con el horizonte; se agazapaban al acercarse a la orilla, arqueándose más y más, y luego rompían con violencia en la orilla como animales atrapados que se diesen de bruces contra las paredes de su celda, retrocediesen con un sollozo y volviesen a cargar una y otra vez, con las garras destrozadas, a punto de quebrarse, mientras los pájaros proferían lamentos; olas grises y verdes como palomas hasta romper, cuando se volvían del color del cabello de la muchacha pálida.

—Ahí —dijo una voz extraña y aguda cerca de ella—. Ahí están.

El rey Haggard le estaba mostrando los dientes y señalaba hacia la espuma del mar.

—Ahí están —repitió, riendo como un niño asustado—. Ahí están. Di que no son los tuyos, di que no viniste aquí en su busca. Dime ahora que has pasado el invierno en el castillo por amor.

Haggard, impaciente, no podía esperar a que la muchacha respondiese, así que volvió a concentrarse en contemplar las olas. Su rostro mutó más allá de lo increíble: el color regresó a la piel sombría, se le redondearon las mejillas y se aflojó la cuerda de arco tensa que era su boca.

—Son míos —dijo—, me pertenecen. El Toro Rojo los reunió para mí, de uno en uno, y le ordené que los condujese hasta el mar. ¿Qué mejor sitio para ocultar a los unicornios? ¿Qué otra jaula iba a poder alojarlos? El Toro los vigila, esté despierto o dormido; los tiene intimidados desde hace tiempo. Ahora viven en el mar y, si bien la marea los deja prácticamente en tierra, no se atreven a dar el paso, no se atreven a salir del agua. Temen al Toro Rojo.

Cerca, el príncipe Lír cantó:

Puede que otras me ofrezcan más de lo que tienen,
todo, todo lo que tienen por tanto como les dure...

Lady Amaltea aferró ambas manos al parapeto y deseó que el príncipe llegase hasta ella lo antes posible, pues ahora sabía que el rey Haggard estaba loco. Bajo ellos, sólo la delgada y poco profunda playa, las rocas, la marea en crecida y nada más.

—Me gusta observarlos. Me llenan de dicha. —La infantil voz del rey era prácticamente un canturreo—. Estoy convencido de que esto es la dicha. La primera vez que la sentí, creí que moriría. Había dos de ellos, a la sombra de la primera hora de la mañana. Uno estaba bebiendo de un arroyo y el otro descansaba la cabeza sobre el lomo de su compañero. Pensé que moriría. Le dije al Toro Rojo: «Debo tenerlos. Debo tenerlos todos. Todos los que existan en el mundo. Mi necesidad es muy grande». Así que el Toro los capturó de uno en uno. A él no le importó. Hubiese hecho lo mismo si le hubiese pedido todas las chinches o todos los cocodrilos del mundo. Lo único que es capaz de diferenciar es lo que quiero de lo que no.

Al inclinarse sobre el muro bajo del parapeto, el rey parecía haberse olvidado de la muchacha, que debería haber aprovechado aquel momento para marcharse. Sin embargo, se quedó donde estaba, ya que una pesadilla antigua estaba acudiendo a ella a pesar de encontrarse a plena luz del día y, creía, despierta. La marea rompía contra las rocas y reculaba de nuevo, y el príncipe Lír se acercaba cantando:

Mas te amaré mientras pueda, no lo dudes,
y no te pediré nada mientras el amor nos dure.

—Supongo que aún era joven aquella primera vez que los vi —dijo el rey Haggard—. Como ahora supongo que soy viejo; cuanto menos, he acumulado mucho más de lo que tenía entonces y he vuelto a renunciar a ello. Siempre supe que no había nada en lo que invertir de todo corazón, porque nada dura para siempre, y tenía razón. Visto así, siempre he sido viejo. Y, sin embargo, cada vez que veo a mis unicornios siento lo mismo que aquella mañana en los bosques y me sé joven a pesar de todo, incluso a pesar de mí mismo, como sé que todo es posible en un mundo capaz de albergar tal belleza.

«En el sueño, me sostenía sobre cuatro patas blancas y sentía el suelo bajo cuatro pezuñas hendidas. Algo ardía en mi frente, tal como arde ahora. Pero no había unicornios en la marea. El rey está loco».

—Me pregunto qué será de ellos cuando muera —dijo Haggard—. El Toro Rojo los olvidará al instante, eso lo sé, y se marchará en busca de otro dueño, pero no sé si ellos se atreverán a recuperar su libertad. Espero que no. Así me pertenecerán por toda la eternidad.

Entonces miró a la muchacha de nuevo, con unos ojos tan amables y ansiosos como los del príncipe Lír.

—Eres la última —dijo—. Te escapaste del Toro transformándote en mujer, pero a mí no has podido engañarme. ¿Cómo lo hiciste, por cierto? No puede ser cosa del mago. No creo que sea capaz siquiera de convertir la nata en mantequilla.

Si Lady Amaltea hubiese soltado las manos del parapeto y se hubiese precipitado al vacío... Pero en lugar de ello respondió al rey:

—Mi señor, no entiendo lo que dice. No veo nada en el agua.

Las facciones de Haggard se desdibujaron como vistas a través del fuego.

—¿Aún lo niegas? Caramba, eso es casi tan falso y cobarde como lo que haría una humana de verdad. Si te sigues negando a admitir quién eres ante mí, voy a llevarte a rastras con los tuyos yo mismo.

Dio un paso hacia la muchacha, que era incapaz de moverse. El tumulto del mar le desbordaba la mente y se mezclaba con la canción de Lír y el gorgoteo de muerte del hombre llamado Rukh. La presencia cetrina del rey Haggard colgaba sobre ella como un martillo a punto de descargar.

—Es imposible que me equivoque —murmuró el hombre para sí—. Y aun así su expresión parece tan estúpida como... Como si nunca hubiese visto un unicornio, como si nunca hubiese visto más que su propio reflejo en el espejo. ¿Qué clase de engaño es éste? ¿Cómo puede ser? Ya no hay hojas verdes en sus ojos.

De hecho, en ese momento Lady Amaltea cerró los ojos, pero encerró en ellos más de lo que había fuera. La criatura con alas de bronce y cara de bruja pasó volando, rio y cotorreó, y una mariposa plegó las alas, dispuesta a atacar. El Toro Rojo cruzó un bosque en silencio, apartando las ramas de los árboles con los blancos cuernos. La muchacha supo que el rey Haggard se había marchado, pero ni aun así volvió a abrir los ojos.

Mucho después, o quizá apenas un instante más tarde, oyó al mago a su espalda.

—Tranquila, tranquila. Ya pasó.

Lady Amaltea no era consciente de haber emitido ruido alguno.

—En el mar —dijo Schmendrick—. En el mismo mar. Bueno, que no te sepa mal. Yo tampoco los he visto, ni ahora ni ninguna de las veces que he mirado mientras subía la marea. Pero él sí... Y si Haggard ve algo, es que está ahí. —Rio con el mismo sonido que hace un hacha al golpear un tronco—. No te sientas culpable. Estamos en un castillo construido por una bruja, por lo que es difícil examinar las cosas con perspectiva mientras vivamos aquí. No basta con estar preparado para ver algo; además, hay que mirar constantemente. —Dejó escapar otra risotada, esta vez más piadosa—. Los encontraremos. Vamos. Ven conmigo.

La muchacha movió la boca para decir algo, pero no fue capaz de dar forma a las palabras. El mago estudió su rostro con inquisitivos ojos verdes.

—Tienes la cara mojada —dijo con preocupación—. Espero que sean salpicaduras del mar. Si te has vuelto lo bastante humana como para llorar, no hay magia que... No, deben ser salpicaduras. Acompáñame. Más vale que sean salpicaduras.

XII

En el gran salón del castillo del rey Haggard, el reloj dio las seis. En realidad, pasaban once minutos de la medianoche, pero la estancia no estaba mucho más oscura de lo que hubiese estado a las seis o a mediodía. Y, sin embargo, quienes vivían allí medían el tiempo por las sutiles variaciones en la tiniebla. Durante ciertas horas, el salón resultaba frío simplemente por la falta de calor y sombrío por la falta de luz; el aire parecía estancado y la piedra apestaba a humedad por la ausencia de ventanas que abrir para ventilar. Entonces sabían que era de día.

Durante la noche, tal como algunos árboles se cargan de viva luz y la guardan en el envés de las hojas hasta mucho después de que se haya puesto el sol, el castillo se cargaba de oscuridad, bullía de negrura. Y así, el salón resultaba a propósito; los minúsculos sonidos que dormían durante el día se despertaban para tamborilear y arañar por los rincones. De noche, el hedor de la piedra parecía provenir de muy por debajo del suelo.

—Enciende una luz —dijo Molly Grue—. Por favor, ¿podrías alumbrarnos de algún modo?

Schmendrick farfulló algo lacónico y profesional. En el momento no sucedió nada, pero al poco un extraño brillo amarillento se extendió por el suelo y se dispersó por la estancia en fragmentos que parpadeaban y chillaban. Las pequeñas bestias nocturnas del castillo destellaban como luciérnagas. Correteaban de acá para allá y proyectaban rapidísimas sombras en aquella luz enfermiza que hacía que la oscuridad pareciese aún más gélida.

—Ojalá no hubieses hecho eso —dijo Molly—. ¿Puedes apagarlos, por favor? Al menos los que brillan en púrpura, esos de las... patas. Creo que son patas.

—No, no puedo—respondió Schmendrick—. Y ahora, silencio. ¿Dónde está la calavera?

Lady Amaltea la observaba sonreír colgada en una de las columnas, del tamaño de un limón y tenue como la luna al amanecer, pero no dijo nada a los otros. No había vuelto a hablar desde que bajase de la torre.

—Ahí —dijo el mago.

Se acercó en dos zancadas y echó un largo vistazo a las cuencas oculares casi deshechas, asintiendo lentamente y emitiendo ruiditos solemnes. Molly Grue examinó la calavera con idéntica ceremonia, pero de vez en cuando miraba a Lady Amaltea. Al fin, Schmendrick dijo:

—De acuerdo. Apartaos un poco.

—¿Existen conjuros para hacer que una calavera hable? —preguntó Molly.

El mago estiró los dedos y le dedicó una leve y competente sonrisa.

—Existen conjuros para hacer que cualquier cosa hable. Los hechiceros maestros eran grandes oyentes y lograron desarrollar maneras de encantar cualquier cosa en el mundo, viva o muerta, para que les hablase. En gran medida, en eso consiste ser mago, en ver y escuchar. —Respiró hondo, apartó la mirada y se frotó las manos—. Lo demás es técnica. Allá vamos.

Se encaró con la calavera, posó una mano sobre la coronilla y le habló en tono grave y autoritario. Las palabras desfilaron desde su boca como soldados cuyos pasos resonasen imponentemente al cruzar la oscura distancia entre emisor y receptor, pero la calavera no reaccionó.

—Bueno, tenía que probarlo —dijo el mago.

Retiró la mano de la calavera y habló de nuevo. Esta vez, el hechizo sonaba conciliador y zalamero, casi quejumbroso. La calavera siguió muda, pero a Molly le pareció que cierta consciencia se instalaba un instante en aquella frente sin rostro, para a continuación desaparecer.

A la luz huidiza de las alimañas radiantes, el cabello de Lady Amaltea brilló como una flor. No mostraba interés por lo que estaba ocurriendo, pero tampoco parecía indiferente, sólo se mantenía en silencio como a veces queda en silencio un campo de batalla, atendía a cómo Schmendrick recitaba un encantamiento tras otro a aquel pedazo de hueso que seguía sin pronunciar una sola palabra, igual que ella. Cada hechizo era lanzado en un tono más desesperado que el anterior; la calavera se negaba a hablar. Y sin embargo Molly Grue estaba segura de que aquella cosa era consciente y escuchaba, y de que se estaba divirtiendo con la situación. Conocía de primera mano el silencio burlón y sabía que no había que confundirlo con la muerte.

El reloj dio las veintinueve. Al menos ese fue el número en el que Molly dejó de contar las campanadas que aún resonaban por todo el salón cuando Schmendrick, en un arrebato, sacudió ambos puños ante la calavera y gritó:

—¡Está bien, está bien, rótula con ínfulas! ¿Qué te parece si te arreo un puñetazo en el ojo?

Con la última palabra, la voz del mago desenmarañó toda la frustración y la ira en un gruñido.

—Estupendo —dijo la calavera—. Grita. Despierta a Haggard. —Sonaba como ramas secas crujiendo y entrechocando al viento—. Grita más fuerte. El viejo debe estar por aquí cerca. No duerme mucho.

A Molly se le escapó un gritito de satisfacción e incluso Lady Amaltea se acercó un paso. Schmendrick seguía con los puños en alto y sin dar muestra alguna de triunfo. La calavera dijo:

—Venga. Preguntadme cómo encontrar al Toro Rojo. Soy a quien debes pedir consejo. Soy el vigilante del rey, a quien se encargó velar por el acceso al Toro. Ni siquiera el príncipe Lír conoce el camino secreto. Pero yo sí.

Tímidamente, Molly Grue dijo:

—Si de verdad estás de guardia, ¿por qué no das la alarma? ¿Por qué te ofreces a ayudarnos en lugar de llamar a los hombres de armas?

La calavera trinó una risa.

—Llevo mucho tiempo en esta columna —dijo—. Antaño fui el jefe de los secuaces de Haggard, hasta que pidió que me cortasen la cabeza por ningún motivo en concreto. Fue en los tiempos en que se dedicaba a ser malvado sólo por comprobar si era aquello lo que lo haría feliz. Resultó que no, pero pensó que, ya puestos, podría dar algún uso a mi cabeza, así que la colgó aquí para que le hiciese de centinela. Dadas las circunstancias, digamos que no soy tan leal al rey como debería.

—Contesta, pues —dijo Schmendrick—. Dinos cómo llegar hasta el Toro Rojo.

—No —respondió la calavera, que a continuación se echó a reír como loca.

—¿Por qué no? —gritó Molly, furiosa—. ¿A qué juego...?

La malévola carcajada aumentó en intensidad, sin que la cerosa mandíbula de la calavera se moviese en ningún momento del largo rato que pasó castañeteando. Incluso las revoltosas criaturas nocturnas quedaron en pausa un tiempo, varadas en su acaramelada nueva luz, hasta que la risa cesó.

—Estoy muerto —dijo la calavera—. Estoy muerto y paso los días a oscuras y vigilando las propiedades de Haggard. Mi único entretenimiento es sacar de quicio a los vivos y pocas veces puedo hacerlo. Es una pena, porque en mis tiempos tenía un carácter bastante exasperante. Pero estoy seguro de que me perdonaréis que me regale un poco. Probad mañana. Quizá entonces os diga lo que queréis saber.

—¡Pero no nos queda tiempo! —suplicó Molly. Schmendrick le dio un codazo; la mujer se acercó rápidamente a la calavera y la miró a los ojos vacíos—. No nos queda tiempo. Puede que ya sea tarde, de hecho.

—A mí sí me queda tiempo —respondió la calavera, reflexiva—. No es algo tan positivo como parece. Prisas, carreras, desesperación, que si falta esto, que si me he dejado aquello, que si esto otro es demasiado grande para entrar en ese hueco tan pequeño... Así es como se supone que debe ser la vida. Se supone que debes llegar tarde a algunos sitios. No te preocupes por ello.

Molly hubiese seguido discutiendo, pero el mago le agarró un brazo y tiró de ella para hacerla a un lado.

—¡Basta! —dijo con ferocidad—. Ni una palabra más. Ni una. La maldita cosa ha hablado, ¿no? Puede que ese fuera el único requisito del acertijo.

—No lo es —informó la calavera—. Hablaré cuanto te plazca, pero no pienso decir nada. Qué malo soy, ¿verdad? Deberías haberme visto cuando estaba vivo.

Schmendrick hizo caso omiso.

—¿Dónde está el vino? —preguntó a Molly—. A ver qué podemos hacer con él.

—No lo encontré —dijo Molly, nerviosa—. Busqué por todas partes, pero no creo que haya una sola gota en todo el castillo. —El mago le dedicó un silencioso gesto reprobatorio—. De verdad que lo he buscado.

Schmendrick alzó despacio ambos brazos y luego los dejó caer de golpe.

—Está bien —dijo—. Se acabó, entonces. Tengo mis trucos, pero no puedo convertir el aire en vino.

La calavera rechinó y cloqueó con otra risa.

—La materia no se crea ni se destruye —señaló—. No a manos de la mayoría de magos, al menos.

De uno de los pliegues de su vestido, Molly extrajo un pequeño frasco que destelló levemente en la oscuridad.

—Pensé que con un poco de agua... —dijo.

Tanto Schmendrick como la calavera le lanzaron la misma mirada muerta en respuesta.

—Bueno, lo hecho, hecho está —se excusó Molly—. Es una manera de no tener que crear algo de la nada. Nunca te hubiese pedido algo así.

Oyéndose, miró de reojo a Lady Amaltea. Schmendrick le arrebató el frasco y lo estudió pensativo, dándole vueltas y murmurando algunas sílabas frágiles para sí.

—¿Por qué no? —dijo—. Tienes razón, es un truco bastante estándar. Hubo un tiempo en el que llegó a ponerse de moda, si no recuerdo mal, aunque ahora ya parezca un poco caduco.

Realizó un lento pase de manos sobre el frasco y pronunció una sola palabra.

—¿Qué estás haciendo? —preguntó la calavera, suspicaz—. ¡Eh! Hazlo más cerca. No veo nada desde aquí.

El mago se dio la vuelta, apretándose el frasco contra el pecho. Se dobló con una reverencia y susurró un cántico que, a oídos de Molly, sonó como el crepitar del fuego al extinguirse, después de que la última brasa se haya consumido.

—Entenderás que no sea nada muy exquisito —dijo el mago—. *Vin ordinaire,* en el mejor de los casos.

Molly asintió.

—Normalmente es demasiado dulce —dijo Schmendrick—. Y no tengo ni la menor idea de cómo voy a hacer que se lo beba.

Retomó el encantamiento, susurrando ahora incluso más bajo, mientras la calavera se quejaba de que no podía ver u oír nada. Molly dijo algo esperanzador a Lady Amaltea, que no reaccionó ni respondió.

Schmendrick dejó de cantar y levantó el frasco a la altura de los labios. Lo olió y dijo:

—Débil, muy débil. Sin buqué apenas. Nadie ha sido nunca capaz de hacer buen vino con magia.

Entonces inclinó el frasco para beber de él... Lo sacudió, lo miró fijamente y, a continuación, lo puso bocabajo mientras componía una pequeña y horrible sonrisa. No cayó nada. Nada en absoluto.

—Está hecho —dijo, de forma casi alegre, mientras se pasaba la lengua por los labios—. Está hecho. Se acabó.

Sin dejar de sonreír, hizo ademán de arrojar el frasco al otro extremo del salón.

—¡No, espera! ¡Eh! ¡No!

La calavera protestó con tanto entusiasmo que Schmendrick se detuvo antes de soltar el frasco. Molly y él se volvieron al unísono para prestar atención al cráneo, cuya angustia era tan grande que había empezado a retorcerse en sus colgaduras y daba fuertes golpes con el gastado occipucio contra la columna, como si tratase de liberarse.

—¡No lo hagas! —protestó—. Estáis locos. Mira que desperdiciar el vino de esa manera... ¡Dámelo a mí, si no lo quieres, pero no lo tires!

La calavera se revolvió en el pilar y lloriqueó. Un deje soñador y asombrado cruzó el rostro de Schmendrick como una nube cargada de lluvia sobrevolaría un campo seco.

—¿Y para qué quieres tú el vino? —preguntó el mago—. No tienes lengua con la que probarlo, paladar con el que saborearlo ni garganta con la que tragarlo. Llevas muerto cincuenta años, ¿es posible que aún lo recuerdes?, ¿que aún lo desees?

—Cincuenta años muerto, sí. ¿Qué otra cosa voy a hacer sino recordar? —La calavera dejó de retorcerse; la frustración le había vuelto la voz casi humana—. Lo recuerdo. Recuerdo el vino y algunas cosas más. Dame un trago, sólo eso. Un sorbo. Lo apreciaré como tú nunca podrías, aunque tengas carne y papilas y órganos internos. He tenido todo el tiempo del mundo para pensar en ello. Ahora conozco el vino más allá de su sabor. Dame un poco.

Schmendrick sacudió la cabeza y mostró los dientes apretados.

—Elocuente... Pero estos días me siento un poco rencoroso.

Volvió a alzar el frasco, a punto de lanzarlo. La calavera gimió con un lamento mortecino.

Por lástima, Molly Grue empezó a decir:

—Pero no es...

El mago le dio un pisotón.

—Claro que, si por casualidad recordases dónde está la entrada a la caverna del Toro Rojo tan bien como recuerdas cómo es el vino —dijo Schmendrick, sosteniendo el frasco con dos dedos—, quizá podríamos llegar a un acuerdo.

—¡Hecho! —gritó la calavera al instante—. ¡Trato hecho, por un trago, pero dámelo ya! Siento más sed ahora al pensar en el vino de la que tuve jamás en vida, cuando tenía una garganta que pudiese secarse. Dame un sorbito ahora y luego te contaré todo lo que quieras saber.

Rozó las desgastadas mandíbulas de lado a lado; los dientes le temblaban y se separaban.

—Dale un poco —susurró Molly a Schmendrick.

Temía que las cuencas oculares vacías empezasen a llenarse de lágrimas en cualquier momento. Pero el mago negó con la cabeza de nuevo.

—Te daré el frasco entero —dijo a la calavera—, después de que nos cuentes cómo llegar hasta el Toro.

La calavera suspiró, pero no titubeó.

—El acceso está atravesando el reloj —dijo—. No tenéis más que atravesarlo. Y ya está. ¿Me das el vino?

—Atravesando el reloj.

El mago miró hacia el rincón de la enorme sala en el que se encontraba el gran carillón. Era un armatoste alto, negro y estrecho, como la sombra de un reloj de verdad a la luz de la puesta de sol. El vidrio de la esfera estaba roto y le faltaba la manecilla de las horas. Tras una cubierta de cristal gris, el mecanismo, que apenas resultaba visible, se movía y giraba inquieto como un pez. Schmendrick dijo:

—O sea, que cuando dé la hora correctamente, el reloj se abrirá y detrás habrá un túnel o unas escaleras...

Dudó al hablar, ya que el reloj parecía demasiado estrecho como para poder esconder tal pasaje.

—No es eso —respondió la calavera—. Si esperáis a que el reloj dé la hora correcta, vais a estar aquí hasta quedaros tan calvos como yo. ¿Por qué complicar tanto un simple secreto? Se atraviesa el reloj y el Toro está al otro lado. Ahora, dame el vino.

—Pero el gato dijo...

Schmendrick se interrumpió y anduvo hasta el reloj. La oscuridad hizo que pareciese que descendía una colina, lo empequeñecía y estrechaba. Al llegar al aparato, no se detuvo. Siguió andando como si, en efecto, lo que había en aquel rincón no fuese sino una sombra. Pero se dio de morros contra el carillón.

—Esto es una estupidez —dijo, regresando donde se encontraba la calavera—. ¿Así es como creías que nos ibas a engañar? Quizá la forma de llegar hasta el Toro tenga que ver con atravesar el reloj, pero debe haber algo más. Dímelo o derramo todo el vino en el suelo, para que puedas olerlo y seguir recordándolo tanto como te apetezca. ¡Dímelo ahora mismo!

La calavera rio una vez más, ahora con un ruido casi soportable.

—Recuerda lo que te he dicho sobre el tiempo —espetó—. Cuando estaba vivo, creía, como crees tú, que el tiempo era al menos tan real y sólido como yo mismo, puede que incluso más. Decía «es la una en punto» como si pudiese verlo, y «lunes» como si fuese algo que podría localizar en un mapa. Y así fui metiéndome prisa de minuto en minuto, de día en día y de año en año, como si, de hecho, me estuviese desplazando entre un sitio y otro. Como todos, habitaba una casa hecha de segundos, minutos, fines de semana y días de año nuevo, y no salí de ella hasta que fallecí, porque no había otra puerta más que esa. Ahora sé que podría haber atravesado las paredes.

Molly parpadeó con furia. Schmendrick, sin embargo, asintió.

—Sí —dijo—. Así es como lo hacen los magos. Pero entonces, el reloj...

—Ese reloj nunca dará la hora correcta —dijo la calavera—. Haggard descompuso el mecanismo hace mucho, un día que estaba intentando agarrar el mismísimo paso del tiempo. Pero lo importante es que entiendas que no importa si el reloj señala menos diez, las siete o las quince en punto. Cada uno puede dar su propia hora, empezando a contar desde donde le plazca. Una vez comprendas esto... Para ti cualquier momento será el momento correcto.

Justo entonces, el reloj dio las cuatro. Aún no se había desvanecido la última campanada cuando un ruido, en respuesta, se alzó de algún punto bajo el suelo del gran salón. No se trataba del salvaje gruñido que el Toro Rojo emitía al soñar, sino de un sonido grave, inquisitivo, como si la bestia se hubiese despertado al notar algo nuevo materializándose en mitad de la noche. Cada baldosa siseó como una serpiente y la misma noche pareció estremecerse cuando las pequeñas criaturas brillantes corrieron en todas direcciones a refugiarse. Molly supo, de pronto y sin un resquicio de duda, que el rey Haggard andaba cerca.

—Dame el vino —dijo la calavera—. Ya he cumplido con mi parte del trato.

Schmendrick dio la vuelta al frasco vacío sobre aquella boca vacía. La calavera gorgoteó, suspiró y chascó.

—Ah... —exclamó—. ¡Eso es! ¡Qué buen vino! Eres mejor mago de lo que pensaba. ¿Entiendes ya lo que te he contado sobre el tiempo?

—Sí —respondió Schmendrick—. Creo que sí.

El Toro Rojo emitió de nuevo aquel curioso sonido y la calavera tembló en la columna.

—O no. No lo sé —dijo Schmendrick—. ¿No hay otro camino?

—¿Cómo podría haberlo?

Molly oyó pasos; a continuación, nada; luego, el cauto flujo y reflujo de una respiración. No podía precisar de dónde provenía. Schmendrick la miró, con el rostro como iluminado desde el interior, como un farolillo, por el miedo y la confusión. Había también ahí una tercera luz, que hacía que el farolillo del alma del mago se sacudiese como en mitad de una tormenta.

—Creo que lo entiendo —dijo Schmendrick—. Pero no estoy seguro. Lo probaré.

—Sigo creyendo que es un reloj de verdad —dijo Molly—. Pero bueno... Puedo atravesar un reloj de verdad. ¿Por qué no?

En parte, había dicho aquello para llevar la contraria, pero sintió ella también un brillo en su interior cuando se dio cuenta de que estaba hablando en serio.

—Sé dónde tenemos que ir —dijo—. Eso es tan útil como saber qué hora es y...

—Voy a añadir al trato un humilde consejo —interrumpió la calavera—, ya que el vino era tan bueno. —Schmendrick esbozó una mueca de culpabilidad. La calavera prosiguió—. Rompedme. Tiradme al suelo y hacedme añicos. No preguntéis por qué, simplemente hacedlo —dijo con calma, casi musitando.

Schmendrick y Molly dijeron a la par:

—¿Qué? ¿Por qué?

Y la calavera repitió la petición.

—¿Qué estás diciendo? —Reclamó Schmendrick—. ¿Por qué diablos te romperíamos?

—¡Hazlo! —insistió la calavera—. ¡Hazlo!

El sonido de respiración se les acercaba desde todas direcciones, aunque se desplazaba únicamente sobre un par de pies.

—No —dijo Schmendrick—. Estás loco.

Se dio la vuelta y fue por segunda vez hacia el oscuro reloj. Molly tomó una de las ateridas manos de Lady Amaltea y lo siguió, tirando de la muchacha como del hilo de una cometa.

—Está bien —dijo la calavera—. Os lo advertí.

Su voz cambió de repente, ahora convertida en granizo precipitándose con violencia contra una plancha de hierro al gritar:

—¡Socorro, mi señor! ¡A mí la guardia! ¡Hay aquí ladrones, bandidos, bandoleros, secuestradores, allanadores, asesinos, difamadores, plagiarios! ¡Rey Haggard! ¡A mí, rey Haggard!

Sobre las cabezas y alrededor del trío sonó el taconeo de las botas y el silbido de las voces de los viejos hombres de armas al correr. No hubo destello de antorchas, pues no se podía encender ninguna luz en el castillo a menos que el rey lo ordenase y, por el momento, Haggard seguía en silencio. Los tres ladrones estaban petrificados, sin saber qué hacer, y desamparados frente a la calavera.

—Lo siento —dijo ésta—. Así soy. Traicionero. Pero intenté... —Se interrumpió cuando vio a Lady Amaltea. Entonces, algo en sus cuencas vacías creció y brilló, por imposible que resultase. —Oh, no. Tú no. Soy un traidor, pero no hasta ese punto.

—¡Corre! —gritó Schmendrick, tal como hiciese tiempo atrás al ser legendario y salvaje, del color de la espuma de mar, al que acababa de liberar.

Huyeron por el gran salón mientras los hombres de armas tropezaban en la oscuridad y la calavera chillaba:

—¡Unicornio! ¡Unicornio! ¡Haggard, Haggard! ¡Está yendo hacia el Toro Rojo! ¡Vigila el reloj! ¡Haggard! ¡Dónde estás? ¡Un unicornio!

La voz del rey resonó entre el súbito estruendo.

—¡Estúpido traidor! ¿Por qué tenías que decírselo?

Sus rápidos pasos parecían estar acercándose, así que Schmendrick decidió detenerse y plantar cara; pero entonces oyó un gruñido, un chirrido y algo que se rompía, luego el crujido de huesos rebotando sobre la piedra. El mago siguió corriendo.

Cuando estuvieron delante del reloj, ya no contaban con margen para dudar sobre nada o tratar de comprender lo que fuese. Los hombres de armas habían entrado al salón y sus carreras produjeron un eco de pasos de una pared a la de enfrente, mientras el rey Haggard silbaba y maldecía. Lady Amaltea ni siquiera pensó. Fue contra el reloj y desapareció como la luna tras las nubes, oculta pero no en su interior, sola y a millones de kilómetros.

«Como si fuese una dríade», pensó Molly, «y el tiempo nada más que un árbol». Podía ver los pesos y el péndulo a través de la cubierta de cristal empañado y, tras ellos, las campanas oxidadas; el conjunto oscilaba y ardía al mirarlo. No había ninguna puerta que Lady Amaltea hubiese podido cruzar, sólo una avenida de mecanismos gastados que llevaban al ojo fuera, hacia la lluvia en el exterior. Los pesos se corrieron hacia los lados como algas.

El rey Haggard gritaba:

—¡Detenedlos! ¡Romped el reloj!

Molly fue a volver la cabeza, queriendo decir a Schmendrick que creía saber a qué se refería la calavera; pero el mago se había desvanecido junto con el gran salón del castillo. El reloj tampoco estaba y ahora la mujer se encontraba de pie junto a Lady Amaltea, en un lugar helado.

La voz del rey les llegó desde muy lejos; no tanto oída como recordada. Molly acabó de volverse y se encontró con el príncipe Lír a su espalda. Tras él, una neblina fluorescente temblaba como las aletas de una carpa, algo totalmente distinto a los corroídos mecanismos del reloj. No había ni rastro de Schmendrick.

El príncipe Lír hizo un gesto a Molly, pero habló primero a Lady Amaltea.

—Y pensar que os habríais marchado sin mí —dijo—. No habéis escuchado nada de lo que os he estado diciendo.

Aunque no había sido capaz de hablar con Molly o con el mago, la muchacha respondió al príncipe.

—Hubiese regresado —dijo en voz clara y serena—. No sé por qué estoy aquí, ni sé quién soy. Pero hubiese regresado.

—No —dijo el príncipe—. No hubieseis vuelto.

Antes de que el chico pudiese añadir nada más, y para sorpresa incluso de ella misma, Molly se echó a llorar.

—¿Y eso qué más da? —sollozó—. ¿Dónde está Schmendrick?

Los otros dos la miraron como si les sorprendiese que hubiese alguien más en el mundo capaz de hablar y la mujer sintió un escalofrío que la recorrió de pies a cabeza.

—¿Dónde está? —repitió—. Iré a buscarlo yo misma...

Y, de nuevo, se dio la vuelta. Entonces, el mago surgió de entre la neblina, caminando con la cabeza gacha como si avanzase contra una fuerte ventisca. Con una mano se tocaba una sien y, cuando la retiró, ésta chorreó un poco de sangre.

—No pasa nada —dijo cuando vio que la sangre estaba manchando las manos de Molly—. No pasa nada. No es una herida profunda. No hubiese podido cruzar si lo fuese. —Hizo una reverencia al príncipe Lír—. Me había parecido que era usted quien cruzaba conmigo, Majestad. Dígame, ¿cómo ha podido atravesar el reloj con tanta facilidad? La calavera dijo que no conocía usted este acceso.

El príncipe parecía confuso.

—¿Qué acceso? —preguntó—. ¿Qué tenía que conocer? Vi dónde iba ella y la seguí, nada más.

La repentina carcajada de Schmendrick se frotó hasta quedar en carne viva contra las nudosas paredes que les eran reveladas conforme los ojos de los cuatro se acostumbraban a las nuevas tinieblas.

—Cómo no —dijo el mago—. Algunas cosas cuentan, por naturaleza, con su propio tiempo.

Rio de nuevo, sacudiendo la cabeza, lo que hizo que la sangre volviese a manar de la herida en la sien. Molly desgarró una tira de tela de su vestido.

—Esos pobres hombres —prosiguió Schmendrick—. No querían hacerme daño, y yo no les hubiese hecho daño de haber podido. Nos estuvimos esquivando mutuamente y pidiéndonos perdón mientras Haggard gritaba, y estuve chocando una y otra vez contra el reloj. Sabía que no era real, pero lo sentía como si lo fuese y no podía dejar de pensar en ello. Entonces apareció Haggard con su espada y me golpeó. —Cerró los ojos mientras Molly le vendaba la herida—. Haggard... empezaba a caerme bien. Creo que aún me cae bien. Parecía tan asustado...

Las tenues voces del rey y sus hombres parecían sonar ahora un poco más fuerte.

—No lo entiendo —dijo el príncipe Lír—. ¿Asustado? ¿Mi padre? ¿Qué fue lo que...?

Pero justo entonces oyeron un berrido de triunfo al otro lado del reloj, acompañado del estruendo de una pelea. La neblina fluorescente se desvaneció y el grupo quedó envuelto en un silencio negrísimo.

—Haggard ha destruido el reloj —dijo Schmendrick—. Ya no podemos regresar. Sólo podremos salir de aquí como lo hace el Toro.

Empezó a soplar un lento y denso viento.

XIII

El sendero era lo bastante amplio como para andar a la par, pero lo recorrieron en fila de a uno. Lady Amaltea iba delante, tal como ella misma había querido. La seguían el príncipe Lír, Schmendrick y Molly Grue, quienes contaban con la guía del cabello de la muchacha mientras ésta se orientaba en la completa oscuridad y avanzaba por ella con tanta facilidad como si ya hubiese estado allí antes.

No sabían dónde se encontraban realmente. El viento parecía real, así como el hedor que lo cabalgaba, y la oscuridad los dejaba pasar con mayor reticencia aún que el reloj. El camino en sí era lo bastante real como para herirles los pies y ser estrangulado en algunos puntos por rocas y tierra reales que se habían desprendido de las muy reales paredes de la caverna; sin embargo, su curso parecía obedecer a la imposible lógica de un sueño: se inclinaba y sesgaba y volvía sobre sí mismo; ahora descendía casi en picado y luego parecía ascender de nuevo con una leve cuesta; ahora parecía conducir lejos y a lo profundo y luego daba la sensación de estar corrigiéndose para llevarlos, quizá, de regreso al gran salón en el que el rey Haggard aún debía estar rabiando frente a los restos de un reloj destrozado y una calavera temblorosa. «Cosa de brujas», pensó Schmendrick. «Y nada hecho por una bruja puede ser real, en última instancia. En última instancia... Claro... Ésta es nuestra última instancia. Debe serlo. Y, si no lo es, acabará resultando más que real».

Mientras avanzaban, Schmendrick contó rápido al príncipe Lír el relato de sus aventuras, empezando por su propia historia y su extrañísima condena; siguió con la debacle de la Feria de Medianoche y su huida junto a la unicornia, el encuentro con Molly Grue, el viaje hasta Hagsgate y cómo Drinn les informó de la doble maldición que pesaba sobre el pueblo y sobre el castillo. Se detuvo en aquel punto, pues lo que seguía era la noche en la que se enfrentaron al Toro Rojo: una escaramuza que se saldó, para bien o para mal, con magia... Y con una chica desnuda que luchaba contra su cuerpo como una vaca sumergida en arenas movedizas. Esperaba que el príncipe estuviese más interesado en saber de su propio nacimiento heroico que de los orígenes de Lady Amaltea.

Lír sintió una suerte de fascinación suspicaz, algo difícil de gestionar.

—Hace mucho que sé que el rey no es mi padre —dijo—. Y aun así he intentado, por todos los medios posibles, ser un hijo para él. Me he enemistado con cualquiera que conspirase en su contra y hará falta algo más que el parloteo de una vieja bruja para hacer que sea yo quien lo derroque. En cuanto al resto de lo que cuentas, no creo que existan ya los unicornios, y sé que Haggard nunca ha visto uno. ¿Cómo podría alguien que hubiese visto un unicornio, no digamos miles de ellos cada vez que sube la marea, estar tan triste como lo está mi padre? Yo mismo, con sólo haber visto una vez...

Dejó de hablar, de repente confundido; sentía que aquella conversación estaba derivando hacia una pena de la que nunca se recuperaría. Los hombros y la nuca de Molly Grue revelaban que estaba escuchando. Si también Lady Amaltea podía oír lo que los dos hombres estaban diciendo, no dio muestras de ello.

—Y, sin embargo, el rey posee alguna traza de alegría en alguna parte, escondida dentro de sí —señaló Schmendrick—. ¿No se ha dado cuenta? ¿Nunca ha visto un pequeño rastro de ella en el fondo de sus ojos? Yo sí. Piénselo.

El príncipe guardó silencio y el grupo siguió internándose en la negrura. No siempre podían precisar si estaban ascendiendo o descendiendo; tampoco, en ocasiones, si el pasaje giraba, hasta que la nudosa cercanía de la piedra con respecto a sus hombros se volvía un golpe de rastrillo contra la cara. No oían a la bestia y no había el mínimo atisbo de luz en ninguna parte; pero cuando Schmendrick se tocó la cara húmeda, sus dedos olían al Toro Rojo.

Lír dijo:

—Alguna vez, al subir a lo alto de la torre, hubo algo en su rostro. No exactamente un brillo; más bien una claridad. Es lo más que recuerdo. Era un niño y a mí nunca me había mirado así. Ni a mí ni a ninguna otra cosa. Entonces tuve un sueño. —Aminoró el paso y empezó a arrastrar los pies—. Solía tener un sueño, el mismo una y otra vez. En él, estaba de pie frente a la ventana de mi cuarto, en mitad de la noche, miraba cómo el Toro... El Toro Rojo...

—Cómo el Toro Rojo empujaba a los unicornios hacia el mar —finalizó Schmendrick por él—. No era un sueño. Haggard los ha encerrado a todos en la marea por puro capricho. A todos menos a uno. —El mago respiró hondo—. Ese que le falta es Lady Amaltea.

—Sí —dijo el príncipe Lír—. Lo sé.

Schmendrick lo miró fijamente.

—¿Qué? ¿Lo sabe? —preguntó indignado—. ¿Cómo es posible que sepa que Lady Amaltea es una unicornia? Ella no se lo puede haber contado. No lo recuerda. Desde que se enamoró usted de ella, ha creído que era una mujer humana. —Sabía perfectamente que lo sucedido era en realidad lo contrario, pero en aquel momento aquello no suponía ninguna diferencia—. ¿Cómo lo ha descubierto? —volvió a preguntar.

El príncipe dejó de andar. Estaba demasiado oscuro y Schmendrick no veía más que un ligero brillo lechoso en los ojos, abiertos de par en par, de Lír.

—No he sabido qué era hasta ahora mismo. Pero la primera vez que la vi, sospeché que había en ella algo más de lo que aparentaba. Unicornia, sirena, lamia, hechicera, gorgona... Llámala como quieras; ni me sorprende ni le temo. Amo a quien amo.

—Es un sentimiento precioso —dijo Schmendrick—, pero cuando la devuelva a su verdadera forma para que pueda enfrentarse al Toro Rojo y liberar a los suyos...

—Amo a quien amo —repitió Lír con firmeza—. Y tú no tienes ningún poder sobre eso.

Antes de que el mago pudiese responder, Lady Amaltea apareció entre ellos, aunque ninguno de los dos la había visto u oído acercarse. En mitad de la oscuridad, relucía sinuosa como agua fluyendo.

—No voy a seguir —dijo.

Se había dirigido al príncipe, pero fue Schmendrick quien respondió:

—No tenemos opción. Sólo podemos ir hacia delante.

Molly se unió al trío. De ella apenas se veía un ojo inquieto y el pálido contorno de un pómulo.

—Sólo podemos ir hacia delante —repitió el mago.

Lady Amaltea ni siquiera se dignó a mirarle.

—No quiero que me transforme —dijo al príncipe Lír—. No permitas que haga su magia conmigo. Al Toro no le importan los seres humanos. Podríamos pasar a su lado y no se enteraría. Lo único que quiere es un unicornio. No dejes que me transforme en un unicornio.

El príncipe hizo crujir los dedos. Schmendrick dijo:

—Eso es cierto. Así escapamos del Toro y bien podríamos hacerlo otra vez ahora. Pero entonces todos los unicornios del mundo seguirán siendo prisioneros de Haggard. Salvo uno, que morirá. Envejecerá y morirá.

—Todo muere —dijo Lady Amaltea al príncipe Lír—. Y es bueno que así sea. Quiero morir cuando llegue mi hora. No dejes que me hechice. No permitas que me haga inmortal. No soy una unicornia, ni ninguna otra criatura mágica. Soy humana y te quiero.

—No sé mucho sobre hechizos —respondió el príncipe—, salvo cómo romperlos. Pero sí sé que ni siquiera los mejores magos cuentan con el poder suficiente para oponerse a dos personas que se quieren. Y éste no es más que el pobre Schmendrick. No temas. No temas nada. Fueras lo que fueses antes, ahora eres mía. Estoy contigo.

La muchacha se volvió hacia Schmendrick, e incluso en la oscuridad el mago pudo apreciar el miedo en su mirada.

—No —dijo Lady Amaltea—. No somos lo bastante fuertes. Me transformará y, pase lo que pase después, no volveremos a estar juntos. Cuando sea una unicornia, no te amaré, y tú me amarás sólo por no poder evitarlo. Seré más bella que cualquier otra cosa en el mundo y viviré durante toda la eternidad.

Schmendrick fue a decir algo, pero se contuvo, ya que su solo aliento hizo que la muchacha se encogiese como la exigua llama de una vela.

—No lo permitiré —dijo Lady Amaltea—. No pienso permitirlo. —Se dirigía alternativamente a Lír y a Schmendrick, tratando de mantener la voz entera como si juntase los bordes de una herida—. Si queda una pizca de amor en mí cuando me transforme, lo sabréis porque dejaré que el Toro me lleve al mar junto a los demás. Así al menos estaré cerca de ti.

—No es necesario tanto drama —dijo Schmendrick, aligerando el ambiente—. Dudo que pudiese volver a transformarte, aunque quisieses. Ni siquiera el mismísimo Nikos pudo devolver su forma a un unicornio tras convertirlo en humano. Y tú ya eres completamente humana. Eres capaz de amar, de temer y de indignarte porque las cosas sean como son. Y de exagerar. Dejemos que nuestra aventura acabe aquí, pues. ¿Acaso el mundo es peor por haber perdido a los unicornios? ¿Sería mejor si éstos volviesen a ser libres? Que haya una sola mujer buena más en el mundo vale más que todos los unicornios. Pongamos fin a esto. Cásate con el príncipe y vivid felices y comed perdices.

El pasaje pareció aclararse y Schmendrick imaginó al Toro Rojo acercándose a ellos con sigilo, grotescamente cauto, de puntillas sobre sus pezuñas como una garza. El fino contorno del pómulo de Molly Grue desapareció cuando la mujer se dio la vuelta.

—Sí —dijo Lady Amaltea—. Eso es lo que deseo.

Pero, al mismo tiempo, el príncipe Lír espetó:

—¡No!

La palabra salió propulsada de su boca como un estornudo, en forma de chirrido inquisitivo en la voz de un joven al que mortificase la vergüenza al recibir un regalo suntuoso y terrible.

—No —repitió.

Ahora sonó con una voz distinta, digna de un rey. No de alguien como Haggard, no de alguien que se lamenta por aquello que no puede tener sino de quien lo hace por aquello que no puede dar.

—Mi señora —dijo—. Soy un héroe. No es más que un oficio, como tejer o destilar alcohol y, como tal, tiene sus trucos y peculiaridades. Existen formas de detectar a una bruja y de saber si un riachuelo es venenoso; todos los dragones tienen determinados puntos débiles y todos los extraños encapuchados plantean determinada clase de acertijo. Pero el verdadero secreto de los héroes consiste en conocer el orden de las cosas. El criador de cerdos no puede haberse casado con la princesa antes de emprender su aventura, como el niño no puede ir a llamar a la puerta de la bruja si ésta se encuentra de vacaciones. El tío malvado no puede ser descubierto y detenido antes de que cometa sus fechorías. Todo debe suceder a su debido tiempo. Las aventuras no pueden abandonarse sin más, las profecías no pueden obviarse hasta que se pudran como fruta sin recolectar y quizá los unicornios puedan pasar una temporada presos, sin que venga nadie a rescatarlos, pero no pueden estar así para siempre. El final feliz no puede llegar a mitad del cuento.

Lady Amaltea no contestó. Schmendrick preguntó:

—¿Y por qué no? ¿Quién lo dice?

—Los mismos héroes —respondió Lír con tristeza—. Los héroes saben de orden y saben de finales felices. Saben que unas cosas son mejores que otras. Los carpinteros saben de vetas y de tablas y de líneas rectas. —Tendió una mano a Lady

Amaltea y avanzó un paso en su dirección. La muchacha no reculó, pero tampoco lo miró; en su lugar, alzó la cabeza y ahora fue el príncipe quien apartó los ojos de ella—. Lo aprendí de ti. Cada vez que te miro, veo la dulzura que une al mundo y la pena por cuanto se estropea en él. Me convertí en un héroe para serviros a ti y a todo lo que es como tú. También como forma de iniciar una conversación...

Pero Lady Amaltea no apreció esa última broma.

Una claridad blanca como la cal se extendió por la caverna. Ahora podían verse los unos a los otros, grasientos y extrañados por el miedo. Incluso la belleza de la muchacha pálida resultaba marchita bajo aquella luz y la hacía parecer todavía más mortal que los otros tres.

—El Toro se acerca —dijo el príncipe Lír.

Retomó la marcha por el pasaje, ahora con él en cabeza y a enérgicas zancadas de héroe. Lady Amaltea lo siguió como se anima a caminar a las princesas, con pasos livianos y orgullosos. Molly Grue se quedó junto al mago y tomó su mano del mismo modo en que solía tocar a la unicornia cuando se sentía sola. Schmendrick le sonrío con expresión de estar más que orgulloso de sí mismo.

—Deja que se quede como está —dijo Molly—. Déjala en paz.

—Eso díselo a Lír —respondió el mago—. ¿Acaso he sido yo quien ha defendido que el orden es lo más importante? ¿He sido yo quien ha asegurado que la unicornia debería desafiar al Toro Rojo porque es lo más adecuado y cabal? No tengo ninguna potestad sobre los rescates según ordena el reglamento y la forma oficial de los finales felices. Eso es cosa de Lír.

—Pero tú le has obligado a decir esas cosas —replicó la mujer—. Sabes que lo que más desea en el mundo es que su amada renuncie a su misión y se quede con él. Y se hubiese conformado con ello, pero le recordaste que es un héroe y ahora tiene que hacer lo que, como tal, cree que debe hacer. La ama, y tú le has engañado.

—Yo nunca haría eso —dijo Schmendrick—. Y ahora, calla, que te va a oír.

Molly empezaba a sentirse mareada, atontada por la cercanía del Toro. La luz y el olor se estaban aliando para volverse un mar pegajoso en el que luchaba por mantenerse a flote como lo hacían los unicornios, con desespero y por una eternidad. El camino descendía a las profundidades de las que provenía el brillo y, muy por delante de la mujer y el mago, el príncipe Lír y Lady Amaltea marchaban hacia el desastre con la serenidad de las candelas al consumirse. Molly Grue rio entre dientes.

—También sé por qué lo has hecho —dijo—. No puedes volverte mortal hasta que no la transformes de nuevo. ¿No es así? No te importa lo que le pase, o lo que nos ocurra a los demás, mientras por fin logres ser un mago de verdad. ¿No es así? Pero nunca serás un mago de verdad, ni aunque transformes al Toro Rojo en una rana toro, porque, de hacerlo, no sería más que un truco. Sólo te importa la magia, ¿y qué clase de mago es ése?... Schmendrick... No me encuentro bien. Necesito sentarme.

El mago debía llevar un rato cargando con ella, porque Molly cayó en la cuenta de que no estaba caminando y que los ojos verdes de él zumbaban en su cabeza.

—Tienes razón —dijo Schmendrick con voz dura y triste—. Sólo me importa la magia. Cazaría yo mismo a los unicornios para el rey Haggard con tal de aumentar mi poder, aunque fuese medio gramo. Es cierto. No tengo amigos ni soy leal a nadie. Sólo cuento con la magia.

—¿De verdad? —preguntó la mujer, meciéndose soñolienta con el terror que le inducía el resplandor que fluía por la cueva—. ¿De verdad eres así?

—No. No es verdad. Si fuese así, ¿iba a tener la cantidad de problemas que tengo? Venga, Molly, tenemos que seguir andando. Vamos, un poco más.

Lo primero que vio la mujer fueron los cuernos. Su luz la obligó a cubrirse el rostro, pero el brillo lánguido de aquellas astas le atravesó las manos y los párpados y se grabó en el fondo de su mente. Vio al príncipe Lír y a Lady Amaltea ante la bestia, mientras el fuego surgía de las paredes y se elevaba en la oscuridad. Lír había desenvainado su espada, que empezó a arder en sus manos, así que la dejó caer y ésta se hizo trizas en el suelo como si estuviese hecha de hielo. El Toro Rojo dio un pisotón y los cuatro se tambalearon y cayeron.

Schmendrick suponía que encontrarían al Toro esperándolos en su guarida o en cualquier otro lugar con el suficiente espacio como para permitir la lucha. Pero la bestia había ascendido en silencio por el pasaje para sorprenderlos y ahora ocupaba por completo el campo de visión de los cuatro, no sólo de pared llameante a pared llameante, sino a través y más allá de ellas, expandiéndose hacia la infinitud. Y aun así no se trataba de un espejismo o una ilusión; seguía siendo el Toro Rojo, enfadado, resoplando y sacudiendo la cabeza. Sus mandíbulas masticaban el propio aliento con un terrible sonido de satisfacción.

«Es el momento. Tanto si voy a provocar la ruina absoluta como si voy a llevar a cabo la mejor de las obras, debo hacerlo ahora. Aquí acaba todo». Despacio, el mago se puso en pie, ignoró al Toro y no prestó atención a nada más que a sí mismo, como si se hubiese encerrado en una concha. Sin embargo, ningún poder lo atravesó o habló por él; lo único que escuchaba era el vacío en sus oídos, tal como debía oírlo el viejo rey Haggard día y noche, sin espacio para más sonido. «No va a acudir. Nikos se equivocaba. Soy exactamente lo que aparento».

Lady Amaltea se había echado a un lado para apartarse del camino del Toro, pero ahora volvía a tenerlo delante y lo miraba en silencio mientras el monstruo piafaba y lanzaba grandes resoplidos por las fosas nasales. Parecía desconcertado ante la muchacha de un modo casi estúpido. No bramó. Lady Amaltea se irguió y echó la cabeza hacia atrás para contemplar a la bestia en su totalidad. Sin volverse, alargó una mano hacia el príncipe.

«Está bien. No puedo hacer nada. Y me alegro. El Toro la dejará pasar y ella huirá con Lír. Es una solución tan válida como cualquier otra. Sólo lo siento por los unicornios». El príncipe aún no había notado cómo Lady Amaltea le tendía la mano, pero enseguida se levantó él también y la vio, y así fue como tocó a la muchacha por primera vez. «Nunca sabrá a cuánto ha renunciado ella por él. Aunque ella tampoco». El Toro Rojo agachó la cabeza y embistió.

Lo hizo sin previo aviso, sin más sonido que el rascar de las pezuñas; y, de haber querido, podría haber aplastado a los cuatro con aquella única arremetida. Pero dejó que se dispersasen ante él y se pegasen a las arrugadas paredes, y la bestia siguió su camino sin hacerles ningún daño, aunque podría haber acabado con ellos fácilmente, ensartándolos mientras se encontraban en aquellos precarios refugios. Dúctil como el fuego, el Toro dio media vuelta donde parecía imposible que pudiese hacerlo para ir a por ellos de nuevo, con el hocico rozando el suelo y el cuello hinchado como una ola. Esta vez sí bramó.

Los cuatro salieron huyendo y el Toro los siguió, no tan rápido como cuando había cargado pero lo suficiente como para mantenerlos separados. El suelo se abrió bajo sus pies y los cuatro gritaron, pero no podían siquiera oírse. Cada bramido del Toro Rojo hacía que se desprendiesen rocas y tierra sobre ellos. Siguieron avanzando a duras penas, como insectos quebrados, y la bestia no dejó de perseguirlos. Entre los bramidos y los chillidos, se oyó otro sonido: el lamento profundo del castillo al tensar los cimientos, un batir como el de una bandera azotada por el torbellino de la ira del Toro. También, muy leve, ascendía por el pasaje el olor del mar.

«¡Lo sabe! ¡Lo sabe! Lo engañé una vez y no más. En forma de mujer o de unicornia, se la va a llevar al mar, tal como le han ordenado, y ni toda mi magia podrá impedírselo. Haggard ha ganado».

Eso fue lo que pensó el mago mientras huía, carente de toda esperanza por primera vez en su larga y extraña vida. El pasaje se ensanchó de repente y se encontraron en una gruta que sólo podía ser la guarida del Toro. El hedor de la bestia lo impregnaba todo, y era tan denso y antiguo que había adquirido un matiz dulce y repulsivo. La cueva estaba tomada por un color rojo semejante al de una garganta irritada, como si la luz se hubiese frotado contra las paredes hasta formar costras en las grietas y las rendijas. Al otro lado, el túnel seguía hacia el tenue brillo del mar.

Lady Amaltea cayó al suelo como una flor mustia, Schmendrick dio un salto a un lado y agarró a Molly Grue para arrastrarla con él. Ambos cayeron sobre un bloque de piedra tras el cual se agacharon mientras el Toro Rojo pasaba de largo, furioso y sin prestarles atención. Sin embargo, la bestia se detuvo súbitamente entre una zancada y la que iba a ser la siguiente; su repentina quietud —sólo quebrada por la respiración del propio Toro y el lejano sonido de desbaste del mar— hubiese parecido absurda, de no ser por lo que la causaba.

Lady Amaltea estaba tumbada sobre un costado, con una pierna doblada bajo el cuerpo. Se movía despacio y en silencio. El príncipe Lír se interpuso entre el Toro y el cuerpo de su amada, desarmado pero alzando ambos brazos como si sostuviese una espada y un escudo. Por enésima vez durante aquella noche interminable, dijo:

—No.

Su postura resultaba ridícula y estaba a punto de ser aplastado. El Toro Rojo no podía verlo y lo hubiese matado sin saber siquiera que el príncipe estaba en su camino. La fascinación, el amor y una gran pena hicieron presa entonces en Schmendrick el mago, lo atravesaron y lo llenaron, lo colmaron hasta el punto de hacer que se sintiese rebosante de algo que manaba de él y que no era ninguna de las tres emociones por separado sino una amalgama sublime. No lo creía posible, pero la magia había acudido a él de todos modos, tal como ya había hecho en dos ocasiones anteriormente, para dejarlo después más yermo que nunca. En aquella ocasión, se presentó en tanta abundancia que le era imposible contenerla: escapaba por los poros de su piel, manaba de los dedos de manos y pies, le brotaba de los ojos y del cabello y de los huecos en los hombros. Incontenible e inagotable. El mago rompió a llorar a causa del dolor de una codicia imposible. Pensó... O dijo... O cantó... «No sabía que estaba tan vacío, que hacía falta todo esto para llenarme».

Lady Amaltea seguía tumbada en el lugar en el que había caído y trataba de incorporarse, mientras Lír la protegía alzando las manos vacías contra la gigantesca masa que se cernía sobre ambos. La punta de la lengua del príncipe asomaba por una de las comisuras de la boca, lo que le hacía parecer tan serio como un niño pequeño mientras desmontaba un juguete. Años más tarde, cuando el nombre de Schmendrick llegó a ser más conocido aún que el de Nikos, y criaturas aún peores que los ifrit se rendían con sólo oírlo, aún era incapaz de hacer magia sin recordar a Lír, sus ojos entornados y la lengua asomando.

El Toro Rojo dio una patada en el suelo y el príncipe cayó de bruces. Al levantarse de nuevo, tenía sangre en la cara. El Toro gruñó y agachó la hinchada testa ciega como uno de los platillos de la balanza del juicio final. Lír sintió su valeroso corazón tendido entre las astas de la bestia, goteando de sus puntas, como si hubiese sido ya machacado, sus restos esparcidos por doquier; y al príncipe le tembló un poco el gesto, pero no se movió. El Toro sonaba cada vez más grave mientras sus cuernos descendían y descendían.

Entonces Schmendrick salió de su escondite y pronunció una ristra de palabras cortas, en las que no se distinguía melodía o aspereza y que ni el propio mago podía escuchar a causa del temible bramar del Toro. Pero sabía bien qué significaban y cómo decir cada sílaba, y también que a partir de entonces sería capaz de volver a decirlas cuando quisiese, del mismo modo o de otro completamente distinto. Pronunció con gracia y alegría y, al hacerlo, sintió que la inmortalidad se desprendía de él como piezas de una armadura. O como una mortaja.

Tras la primera palabra del conjuro, Lady Amaltea dejó escapar un agrio chillido. Llamó al príncipe Lír, pero éste le estaba dando la espalda, protegiéndola, y no la oyó. Molly Grue, abatida, agarró a Schmendrick por un brazo, pero el mago siguió hablando. Incluso cuando la magia la alcanzó de pleno —blanca como espuma de mar, blanca como espuma de mar y tan hermosa como poderoso era el Toro—, Lady Amaltea aún se aferró a sí misma durante un instante. Ya no se encontraba allí, y sin embargo su rostro flotaba como un aliento condensado en la fría y maloliente luz.

Hubiese sido mejor si el príncipe no se hubiese dado la vuelta hasta que la muchacha hubiera desaparecido por completo, pero lo hizo, y vio a la unicornia, que destelló ante él como hecha de cristal, y Lír dijo el nombre de la otra, de la náufraga, de Lady Amaltea. La voz de su amado acabó con ella: la muchacha se desvaneció como si el príncipe hubiese cantado para anunciar un nuevo día.

Todo ocurrió, al tiempo, rápida y lentamente, como sucede en los sueños, donde ambas velocidades son la misma. La unicornia se irguió, mirando en todas direcciones con ojos perdidos, como si pensase en otra cosa. Era aún más bella de lo que Schmendrick recordaba, ya que nadie puede mantener en la memoria la imagen de un unicornio durante un largo periodo; y, sin embargo, ya no era la de antes, como tampoco lo era él. Molly Grue hizo ademán de acercarse, hablándole con mansedumbre, pero la unicornia no parecía reconocerla. Su maravilloso cuerno seguía apagado.

Con un bramido que hizo que las paredes de la guarida se hinchasen como la carpa de un circo, el Toro Rojo cargó por segunda vez. La unicornia huyó hacia la oscuridad de la caverna. Por su parte, el príncipe Lír se había hecho a un lado para dejar pasar al animal y, antes de poder recuperar su posición, el Toro lo golpeó y lo dejó inconsciente y con la boca abierta.

Molly quiso ir en ayuda del príncipe, pero Schmendrick la agarró y la obligó a seguir al Toro y a la unicornia. Ya no podían ver a ninguna de las dos bestias, pero en el túnel tronaban los avances a la desesperada de ambas. Aturdida y perpleja, Molly tropezaba al paso de aquel extraño que la sostenía para que no cayese, pero que también tiraba de ella para que no aminorase. Podía notar cómo el castillo crujía y chirriaba a su alrededor como un diente suelto. La asaltó el recuerdo de la rima de la bruja.

Mas sólo alguien que haya nacido en Hagsgate debe
desafiar al destino
y atreverse a derribar el castillo, armado de un valor
que nunca habrá tenido.

De pronto, la arena refrenaba sus pies y el olor del mar, tan frío como el del interior de la caverna, pero agradable, tan amistoso, hizo que Molly y el mago se detuviesen y arrancasen a reír en voz muy alta. Por encima de ambos, en el acantilado, el castillo del rey Haggard se alzaba contra un verdoso cielo matutino salpicado de delgadas nubes viscosas. Molly estaba segura de que el mismo rey los observaba desde una de las torres, pero no podía verlo desde allí. Un puñado de estrellas aún parpadeaban en el cielo sobre el agua. La marea había reculado y la playa era del tono gris y húmedo de un molusco sin concha. En la lejanía, el mar se doblaba en arco, por lo que Molly supo que la resaca había alcanzado su máximo.

La unicornia y el Toro Rojo estaban frente a frente, con la primera dando la espalda al mar. El Toro avanzaba despacio, sin llegar a cargar, más bien empujándola casi suavemente, sin tocarla, hacia el agua. La unicornia no se resistía. Su cuerno seguía apagado y agachaba la cabeza, sometida al monstruo tal como lo había estado en el valle de Hagsgate, justo antes de convertirse en Lady Amaltea. Bien se podría estar repitiendo el mismo amanecer, de no ser por la presencia del mar.

Pero aún no había sido derrotada. Retrocedió hasta meter una de las pezuñas traseras en el agua; entonces dio un brinco ante el hosco gesto del Toro y echó a correr por la playa, tan rápida y ligera que su estela borraba las mismas huellas que dejaba en la arena. El Toro fue tras ella.

—Haz algo —conminó a Schmendrick una voz, tal como había hecho la de Molly meses antes.

El príncipe Lír llegó hasta el mago con la cara ensangrentada y los ojos desorbitados. Se parecía a Haggard.

—Haz algo —repitió—. Tienes mucho poder. Has vuelto a transformarla en unicornia... Ahora haz algo para salvarla. Te mataré si no lo haces.

Mostró los puños al mago.

—No puedo —dijo Schmendrick—. Ni toda la magia del mundo le serviría de ayuda. Si no va a luchar contra el Toro, debe acabar en el mar junto a los suyos. Ni hechizarla ni matarme le valen para nada.

Molly oyó cómo unas pequeñas olas rompían en la playa. La marea volvía a cambiar de rumbo. No vio unicornios en el agua, a pesar de buscarlos, esperando que estuviesen todos allí. «¿Y si ya es demasiado tarde? ¿Y si la última marea los ha arrastrado a lo más profundo del mar, donde ninguna embarcación se atreve a ir por no quedar a merced del kraken o de algún dragón marino, donde hay junglas de algas flotantes capaces de ahogar incluso a éstos? De ser así, nunca los encontrará. ¿Se quedará ella entonces conmigo?».

—¿Para qué sirve la magia, pues? —preguntó el príncipe Lír—. ¿Qué utilidad puede tener si no vale para salvar a una unicornia?

Agarró con fuerza uno de los hombros del mago para no caerse. Schmendrick, sin siquiera mirarlo y en un tono de triste burla, le dijo:

—Eso es cosa de héroes.

El enorme tamaño del Toro les impedía ver a la unicornia; pero, de repente, ésta regresó sobre sus pasos y corrió a toda prisa hacia ellos. Ciego y paciente como el mismo mar, el Toro Rojo la siguió; sus pezuñas abrían grandes zanjas en la arena húmeda y el humo y el fuego, el rocío y la tormenta, lo envolvían, sin que ninguno de los elementos se impusiese sobre los demás. El príncipe Lír asintió.

—Por supuesto —dijo—. Justo para esto están los héroes. Los magos no son capaces de marcar la diferencia, por eso dicen que nada importa. Pero un héroe está dispuesto a morir por una unicornia.

—Ese razonamiento se basa en una falacia —empezó a decir Schmendrick, indignado, aunque el príncipe no llegó a oírlo.

La unicornia pasó rauda junto a los tres, dejando ir un aliento blanco azulado y con la cabeza demasiado alta, y Lír se cruzó en el camino del Toro Rojo. En un parpadeo, desapareció como una pluma echada al fuego. El Toro lo atropelló y lo dejó tirado en el suelo. La mitad de su cabeza quedó hundida en la arena y una de sus piernas pateó el aire tres veces y luego se detuvo.

El príncipe falleció en el acto, sin un solo grito, y Schmendrick y Molly quedaron tan en silencio como él. La unicornia se giró. El Toro Rojo frenó su avance y dio una vuelta para situarla de nuevo entre él mismo y el mar. Avanzó como en un baile de pasos afectados, pero su rival le prestó tan poca atención que bien podría haber estado ejecutando la danza de cortejo de algún pájaro. La unicornia se mantuvo en su sitio, con la vista fija en el cuerpo contorsionado del príncipe Lír.

La marea subía resuelta y la playa ya se había hecho más estrecha. Olas orilleras y otras fofas, de cresta blanca, rompían al rayar el alba, y aun así Molly Grue seguía sin ver en ellas al resto de unicornios. Un cielo escarlata encapotaba el castillo, cuya torre más alta estaba ahora coronada por la silueta del rey Haggard, nítida y negra como un árbol en invierno. Molly podía ver la cicatriz perfectamente recta que era su boca y cómo sus uñas se oscurecían al asirse al parapeto. «Pero el castillo no puede derrumbarse. Sólo Lír podría haberlo echado abajo».

De pronto, la unicornia lanzó un grito que no se parecía en absoluto a la llamada desafiante que había proferido durante su primer encuentro con el Toro Rojo; ésta era una onda sonora de pura pérdida, de pena y de rabia, como ninguna otra criatura inmortal hubiese entonado jamás antes. El castillo se sacudió y el rey Haggard se encogió mientras se cubría el rostro con un brazo. El Toro Rojo dudó, arrastró las patas por la arena y mugió dubitativo.

La unicornia gritó de nuevo y se encabritó como una cimitarra. La curva del movimiento de aquel cuerpo obligó a Molly Grue a cerrar los ojos, pero los abrió de nuevo justo en el momento en que la unicornia, cuyo cuerno volvía a brillar con un fulgor trémulo, saltaba sobre el Toro y éste se apartaba bruscamente ante el embate.

La unicornia cargó una vez más, y de nuevo el Toro cedió terreno, totalmente perplejo aunque rápido como una anguila. Sus cuernos eran del color y la forma de relámpagos y la mínima sacudida de la cabeza de la bestia hacía que la unicornia se echase a temblar. Pero el Toro retrocedió y retrocedió, reculaba por la playa como antes había hecho ella; su rival se lanzaba una y otra vez contra él, con intención asesina, aunque no lograba acertarle, como si estuviese tratando de apuñalar a una sombra o un recuerdo.

Y así se fue retirando el Toro Rojo, sin presentar batalla, mientras la unicornia lo empujaba hasta la orilla del mar. Ahí se detuvo, con las olas caracoleando tras él y la arena desapareciendo bajo sus pezuñas. No lucharía ni huiría, y la unicornia sabía que no sería capaz de destruirlo. Aun así, se preparó para embestir una vez más, mientras el Toro farfullaba sorprendido en un tono gutural.

El mundo se detuvo en aquel momento para Molly Grue. Como si se encontrase en una torre aún más alta que las del castillo de Haggard, echó una mirada desde arriba hacia una estrecha franja de tierra en la que un hombre y una mujer de juguete observaban con sus ojos de botón las figuras de un toro de arcilla y un pequeño unicornio de marfil. Había allí abandonados también un muñeco a medio enterrar y un castillo de arena con un rey hecho de palitos coronando una de las inclinadas torres. La marea lo arrastraría todo en cualquier momento y en la playa no quedarían más que los flácidos pájaros, dando saltos en círculos.

Schmendrick la sacudió para hacerla regresar a la realidad mientras gritaba su nombre.

—¡Molly!

Desde mar adentro, se aproximaba un contingente de olas encrespadas: crestas largas y pesadas se rizaban sobre sus verdes y blancas paredes; rompían como humo en los bancos de arena y las viscosas rocas y tomaban la playa con un sonido de salvas. Los pájaros las sobrevolaban en bandadas chillonas, pero su indignada estridencia se perdía como alfileres en el furor del oleaje.

En aquella blancura, floreciendo del agua, unos cuerpos se arqueaban en los huecos marmóreos de las olas, crines y colas y las frágiles barbas de los machos ardían a la luz del sol, iban apareciendo ojos negros y ensortijados como el fondo del mar... Y el brillo de los cuernos... ¡Aquellos cuernos brillaban como conchas pulidas!... Cuernos que se aproximaban a la orilla como los mástiles irisados de una flota de barcos de plata.

Pero los unicornios no pisarían tierra firme mientras el Toro se hallase allí. Piruetearon en los bajíos, se apiñaron desquiciados como peces muertos de miedo cuando se recogen las redes, dando ya el mar por perdido. Cientos de ellos eran lanzados en el aire con cada oleada y topaban con aquellos que ya estaban luchando por evitar ser empujados a la orilla, quienes, a su vez, arremetían desesperados, se encabritaban, tropezaban y estiraban los largos cuellos nublos tan hacia atrás como podían.

La unicornia agachó la cabeza una última vez y arremetió contra el Toro Rojo. Si la bestia hubiese sido de verdadera carne o un fantasma de partículas en el aire, el golpe lo hubiese reventado como fruta podrida, pero ésta simplemente se dio la vuelta, ilesa, y se internó lentamente en el mar. Los unicornios en el agua forcejearon salvajemente para dejarla pasar, rasgando el oleaje hasta hacer él una niebla embravecida que sus cuernos transformaron en un arcoíris. En la playa, en lo alto del acantilado y de un extremo a otro del reino de Haggard, la tierra suspiró al librarse del peso del Toro Rojo.

La bestia anduvo un largo trecho antes de empezar a nadar. Las olas más altas no llegaban a mojar más arriba de sus corvejones y la marea retrocedía de nuevo ante ella. Cuando al fin se sumergió mar adentro, tras el Toro Rojo se alzó una gran masa de agua, una crecida verde y negra, profunda y fluida y resuelta. Se hinchó en absoluto silencio y se plegó a lo largo de la línea del horizonte hasta esconder tras ella los jorobados hombros y la espalda caída de la bestia. Schmendrick alzó en brazos el cadáver del príncipe y corrió junto a Molly hasta llegar al pie del acantilado. La inmensa ola tocó tierra como un chaparrón de cadenas.

Entonces, los unicornios abandonaron el mar.

Molly no alcanzó a verlos claramente. Fueron una luz que la asaltaba y un grito que la deslumbró. Y la mujer era lo bastante inteligente como para saber que ningún mortal podía contemplar sin más el majestuoso espectáculo de todos los unicornios del mundo reunidos en un mismo sitio, por lo que trató de localizar a la suya y sólo mirarla a ella. Pero eran demasiados y excesivamente hermosos. Ciega como el Toro, fue en su encuentro con los brazos estirados.

Los unicornios, que corrían enloquecidos de súbita libertad, podrían haberla aplastado en estampida, como había hecho el Toro Rojo con el príncipe Lír. Sin embargo, Schmendrick habló y éstos fluyeron a derecha e izquierda de Molly, Lír y él mismo, algunos incluso les saltaron por encima, tal como el mar se hace pedazos contra las rocas y luego se arremolina de nuevo. En torno a Molly floreció una luz tan imposible como nieve que se hubiese prendido fuego, y miles de pezuñas hendidas batían como platillos. La mujer se quedó muy quieta, indecisa entre llorar o reír, ya que su alegría era demasiado enorme y su cuerpo no podía contenerla.

—Mira —dijo Schmendrick—, el castillo se está derrumbando.

Molly se volvió y vio que las torres se deshacían conforme los unicornios escalaban el acantilado y corrían rodeándolas, exactamente como si fuesen de arena y el mar las estuviese barriendo. El castillo se desplomó en grandes pedazos fríos que se deshacían y perdían el color al girar en el aire hasta desaparecer. Se desmoronó sin ruido alguno y sin dejar escombros ni en tierra ni en la memoria de las dos personas que lo vieron caer. Un minuto más tarde, no podían ya recordar que hubiese estado allí ni qué aspecto tenía.

Pero el rey Haggard, que sí era real, se precipitó entre los restos de su castillo encantado como un cuchillo que cruzase las nubes. Molly lo oyó reír una vez, como si el hombre estuviese esperando que aquello sucediera. Muy pocas cosas sorprendían al rey Haggard.

XIV

Una vez el mar hubo borrado sus huellas en forma de diamante, no quedó más testimonio de su paso por allí, como no quedó resto del castillo de Haggard. Lo único distinto era que Molly sí recordaba a los unicornios.

—Está bien que se haya marchado sin decir adiós —se dijo a sí misma—. Me hubiese comportado como una tonta. De hecho, voy a comportarme como una tonta de todos modos, pero está bien que ella no esté aquí para verlo.

Entonces un aliento cálido como un rayo de sol le rozó la mejilla y le movió el cabello. La mujer se volvió y se abrazó al cuello de la unicornia.

—¡Estás aquí! —dijo— ¡Sigues aquí!

Como había previsto, estuvo a punto de comportarse como una tonta y preguntar si se quedaría con ella, pero la unicornia se escurrió con delicadeza y fue hacia donde yacía el príncipe Lír, cuyos ojos ya habían perdido todo el color. Se quedó junto a él, como resguardándolo, tal como él mismo había protegido a Lady Amaltea.

—Puede resucitarlo —dijo Schmendrick con suavidad—. El cuerno de un unicornio es capaz de curar la mismísima muerte.

Molly observó atentamente al mago, como hacía mucho que no lo miraba, y vio que al fin éste había alcanzado su máximo potencial y que su vida empezaba ahora. No sabía cómo lo sabía, ya que no ardía en él un esplendor glorioso ni se había pronunciado aún profecía alguna sobre su persona. Era el mismo Schmendrick el mago y, sin embargo, otro completamente nuevo.

La unicornia estuvo largo rato junto al cadáver del príncipe antes de tocarlo con el cuerno. A pesar de que su aventura había resultado en un final feliz, se veía fatigada y había en su belleza una cierta tristeza de la que Molly nunca antes había sido testigo. Daba la impresión de que la pena que sentía la unicornia no era por Lír, sino por la muchacha perdida a la que no había podido salvar; por Lady Amaltea, quien podría haber vivido feliz para siempre con su príncipe. La unicornia inclinó la cabeza y su cuerno acarició la barbilla de Lír con la torpeza de un primer beso.

El muchacho se incorporó al instante y quedó sentado en el suelo, sonriendo.

—Padre —dijo en voz asombrada—. Padre, he soñado una cosa.

Al ver a la unicornia, se puso en pie y la sangre que tenía en el rostro volvió a brillar y manar.

—Estaba muerto —dijo.

La unicornia lo tocó una segunda vez, ahora sobre el corazón, dejando el cuerno apoyado ahí un momento. Ambos temblaban. El príncipe Lír alargó ambas manos hacia la unicornia, que dijo:

—Te recuerdo. Me acuerdo de todo.

—Mientras estuve muerto... —empezó a decir el príncipe, pero la unicornia ya se había separado de él y se marchaba.

Ni una piedra se sacudió siquiera, ni un arbusto se movió, cuando escaló a brincos hasta lo alto del acantilado, tan ligera como la sombra de un pájaro. Al mirar atrás, con una pata alzada y el sol rodeándola, la cabeza y el cuello frágiles de un modo absurdo, como sucumbiendo al peso del cuerno, cada una de las tres personas que la observaban desde la playa la llamó, doloridas. La unicornia ignoró los gritos y desapareció; pero Molly Grue sabía que sus voces se habían clavado en la criatura como flechas y deseó no haber abierto la boca, incluso más de lo que deseaba que la unicornia se quedase con ella.

—En cuanto la vi, supe que había muerto —dijo el príncipe Lír—. Igual que pasó cuando estaba con mi padre y vi cómo llegabais al castillo.

Levantó la mirada y contuvo la respiración. Fue la única muestra de duelo que ningún ser vivo dedicó jamás al rey Haggard.

—¿He sido yo? —susurró—. La maldición decía que sería yo quien derribase el castillo, pero no me creía capaz. Haggard no fue bueno conmigo, pero sólo porque yo no era lo que él quería. ¿Su caída es culpa mía?

—Si no hubieseis tratado de salvar a la unicornia, ella no se hubiese enfrentado al Toro Rojo hasta echarlo al mar —respondió Schmendrick—. Fue el Toro quien provocó el desbordamiento que liberó a los unicornios, y fueron ellos los que destruyeron el castillo. Sabiendo esto, ¿preferiríais que hubiese sido de otro modo?

El príncipe Lír negó con la cabeza y no contestó.

—Pero ¿por qué huyó de ella el Toro Rojo? —preguntó Molly—. ¿Por qué no le plantó cara?

Cuando miraron hacia el mar, no había ya señal alguna de la bestia, a pesar de que era demasiado enorme para haber nadado hasta perderse en tan poco tiempo. Ya fuese porque había alcanzado la otra orilla o porque el agua se lo hubiese tragado, la cuestión es que ninguno de los tres lo volvió a ver hasta mucho después, y no volvió a aparecer nunca más por aquel reino.

—El Toro Rojo no lucha —dijo Schmendrick—. Se impone, pero no lucha.

El mago se volvió hacia el príncipe Lír y le puso una mano sobre un hombro.

—Ahora usted es el rey —dijo.

Puso la otra mano en el hombro de Molly, dijo unas palabras en un tono que era poco más que un silbido y los tres flotaron como penachos de algodoncillo hasta lo alto del acantilado. Molly no tuvo miedo. La magia la elevó con tanta delicadeza como si fuese una nota musical; aunque sintió que aquella fuerza estaba cercana a resultar salvaje y peligrosa, lamentó un poco que la volviese a depositar en el suelo.

Del castillo no quedó ni una sola piedra, ni una cicatriz; la tierra no estaba siquiera decolorada allí donde se había alzado la inmensa mole. Cuatro muchachos jóvenes, embutidos en armaduras oxidadas, vagaban por los extintos pasillos y daban vuelta y más vueltas por lo que antes había sido el gran salón. Al ver a Lír, se arrodillaron y dijeron al unísono:

—¡Su Majestad! ¡Larga vida al rey Lír!

El chico se ruborizó y trató de obligarlos a ponerse en pie.

—No, por favor —dijo—. Esto no es necesario. ¿Quiénes sois? —Echó un buen vistazo a cada uno de aquellos rostros—. Un momento... Os conozco. Claro que os conozco. Pero ¿cómo es posible?

—Es cierto, Majestad —dijo alegremente el primero de los muchachos—. Somos los hombres de armas del rey Haggard, los mismos que le han estado sirviendo durante todos estos largos y fríos años. Abandonamos el castillo cuando cruzó usted el reloj, ya que el Toro Rojo estaba bramando y las torres temblaban y nos acobardamos. Sabíamos que al fin iba a completarse la antigua maldición.

—Una gran ola se llevó el castillo —dijo el segundo hombre de armas—, tal como predijo la bruja. Vi cómo subía por el acantilado y, la verdad, no sé por qué no nos arrastró a nosotros también.

—La ola se dividió y nos rodeó —dijo otro de los muchachos—. Nunca he visto nada igual. Era un agua extraña, más bien como el fantasma de una ola, y hervía con una luz con los colores del arcoíris. Por un momento me pareció que... —Se frotó los ojos, se encogió de hombros y sonrió—. No sé. Fue como un sueño.

—Pero ¿qué os ha pasado? —preguntó Lír—. Ya erais unos ancianos cuando nací y ahora parecéis más jóvenes que yo. ¿Qué clase de milagro es éste?

Los tres muchachos que habían hablado hasta el momento sonrieron nerviosos y avergonzados. El cuarto respondió por sus compañeros:

—Es el milagro de cumplir con la palabra dada. Una vez le dijimos a Lady Amaltea que rejuveneceríamos si así lo deseaba, y supongo que estábamos en lo cierto. ¿Dónde se encuentra? Iremos en su ayuda, aunque eso signifique enfrentarse al mismísimo Toro Rojo.

—Se ha ido —dijo el rey Lír—. Encontrad mi caballo y ensilladlo. Id por él.

Sonó áspero y ávido, y los cuatro hombres de armas corrieron a obedecer a su nuevo señor. Pero Schmendrick, a su lado, dijo:

—No puede ser, Majestad. No debe seguirla.

De repente, el rey se parecía muchísimo a Haggard.

—¡Es mía, mago! —Hizo una pausa y cambió el tono y la expresión a unos más amables, casi suplicantes—. Me ha devuelto de entre los muertos dos veces, ¿qué me espera, sin ella, salvo una tercera muerte? —Agarró a Schmendrick por ambas muñecas tan fuerte como para pulverizar sus huesos, pero el mago no se movió—. No soy el rey Haggard. No quiero capturarla sino pasar mi vida siguiéndola, a kilómetros, leguas e incluso años de distancia, quizá sin volver a verla jamás, pero satisfecho. Tengo derecho. Un héroe tiene derecho a su final feliz, cuando éste se presenta.

—Esto no es el final —dijo Schmendrick—, ni para usted, ni para ella. Ahora es rey de una tierra baldía en la que nunca ha reinado otra cosa que el miedo. Su verdadero cometido empieza ahora y es posible que en el resto de vuestra vida no sepáis si habéis tenido éxito, salvo que fracaséis. De eso sí seréis consciente. En cuanto a ella, es una historia sin final, sea feliz o triste. No puede pertenecer a algo lo bastante mortal para desearla.

De forma inesperada, rodeó al rey con los brazos y lo apretó contra sí.

—Pero podéis estar contento, mi señor —dijo en voz baja—. Nadie ha disfrutado jamás de su gracia como lo ha hecho usted, y nadie más que usted será bendecido con su recuerdo. La habéis amado y servido. Alegraos y sed un buen rey.

—¡Pero eso no es lo que quiero! —gritó Lír.

El mago lo miró sin responder. Unos ojos azules se clavaron en unos ojos verdes; un rostro que se había vuelto delgado y señorial se enfrentó a uno que ni resultaba tan atractivo ni reflejaba tanta valentía. El rey entrecerró los ojos; luego parpadeó como si estuviese mirando directamente al sol y, finalmente, bajó la vista al suelo y musitó:

—Así sea, pues. Me quedaré y gobernaré solo a un pueblo desgraciado en una tierra que odio. Pero ser rey me proporcionará tanta felicidad como le proporcionó al pobre Haggard.

Un gatito ceniciento y con una oreja deforme apareció, salido de la nada, y bostezó ante Molly. La mujer lo agarró y se lo apretó contra una mejilla, y el animal le enredó las garras en el pelo. Schmendrick sonrió y dijo al rey:

—Ahora debemos marcharnos. ¿Vendréis con nosotros y nos escoltaréis, como amigo, hasta el límite de vuestros dominios? Hay mucho que ver entre aquí y allí... Y os prometo que encontraremos el rastro de algún que otro unicornio.

El rey Lír solicitó de nuevo que le trajesen su caballo y sus hombres se apresuraron a dar con el animal. Y, aunque en principio no había ninguna montura para Schmendrick y Molly, cuando los hombres de armas volvieron con el caballo, lo hicieron acompañados de otros dos corceles, uno negro y uno marrón, ambos ya ensillados y embridados. Schmendrick se quedó con el negro y cedió el marrón a Molly, quien, en un primer momento, se mostró recelosa.

—¿Son tuyos? —preguntó al mago— ¿Los has hecho aparecer? ¿Ahora puedes... hacer aparecer cosas?

El rey replicó el asombro de la mujer entre susurros.

—Los he encontrado —dijo el mago—. Sólo que, para mí, «encontrar» no significa lo mismo que para ti. No preguntes.

La ayudó a montar en la silla y luego subió a su propia montura.

Juntos, los tres cabalgaron mientras los hombres de armas los seguían a pie. Ninguno miró atrás, ya que no había nada que ver allí.

—Resulta extraño haber crecido en un sitio y que luego éste desaparezca y todo cambie... Y, de repente, uno es rey. ¿Acaso nada fue real? ¿Soy yo real?

Schmendrick no respondió.

El rey Lír quería ir más rápido, pero Schmendrick le convenció de montar al paso y dando un rodeo. Cada vez que Lír pedía acelerar, se le recordaba que sus hombres iban a pie y se le pedía que los tuviese en consideración, aunque en ningún momento del largo viaje aquellos muchachos mostraron síntomas de cansancio. Molly Grue entendió enseguida que el mago estaba retrasando el avance para que el rey tuviese oportunidad de contemplar su reino atentamente y con calma. Para su sorpresa, merecía la pena detener el ojo en aquellas tierras.

Lentamente, la primavera iba llegando a lo que habían sido los dominios de Haggard. Alguien ajeno a ellos no hubiese notado la diferencia, pero Molly pudo comprobar que la tierra marchita era tomada por un verdor tenue como un barniz. Algunos árboles achaparrados y nudosos, que nunca antes habían tenido oportunidad de florecer, empezaban a mostrar capullos del mismo modo en que un ejército envía a sus exploradores a nuevos territorios; algunos arroyos, que siempre habían estado secos, empezaban a ser recorridos por los susurros del agua; y algunas de las más pequeñas criaturas se lanzaban cánticos de apareamiento las unas a las otras. Los olores llegaban retazo a retazo: hierba pálida y lodo negro, miel y nueces, menta y heno y madera de manzano esperando a ser quemada en los ahumaderos; incluso el sol de la tarde desprendía un aroma delicado, que provocaba estornudos y que Molly hubiese reconocido en cualquier parte. La mujer cabalgaba al lado de Schmendrick y contemplaba el agradable advenimiento de la primavera y pensaba en cómo ésta le había llegado a ella también, con retraso pero duradera.

—Los unicornios han pasado por aquí —dijo al mago—. ¿Es por eso que la tierra está cambiando? ¿O porque Haggard y el Toro Rojo ya no están? ¿Qué está pasando, realmente?

—De todo. Está pasando de todo al mismo tiempo. No es sólo una primavera, sino cincuenta de golpe; y no sólo han desaparecido uno o dos terrores, sino miles de pequeños miedos, sombras mínimas que se han desprendido de este lugar. Espera y verás.

Elevando la voz para que Lír lo oyese, Schmendrick añadió:

—No es la primera primavera por la que pasa este reino. Hace mucho fue un sitio fértil y sólo necesita un buen rey para volver a serlo. Observa cómo se ablanda ante nosotros.

El rey no dijo nada, pero no podía evitar mirar a izquierda y derecha y observar lo rápido que brotaba todo a su alrededor. Incluso el valle de Hagsgate, de infausto recuerdo, rebosaba de flores silvestres: aguileñas, campánulas, lavandas, lupinos, digitales y milenrama. Las huellas del Toro Rojo estaban cubiertas de malvas.

Sin embargo, cuando a última hora de la tarde llegaron a Hagsgate, encontraron un paisaje extraño y violento. Los campos labrados habían sido arrasados y los ricos huertos y viñedos habían sido aplastados sin dejar una sola pérgola o soto en pie. La ruina era tan devastadora que parecía provocada por el mismísimo Toro Rojo; a Molly Grue le dio la impresión de que cincuenta años de calamidades evitadas habían azotado el pueblo a la vez, tal como cincuenta primaveras estaban calentando de una el resto del reino. La tierra asolada parecía cenizas al anochecer.

—¿Qué ha pasado aquí? —preguntó el rey Lír.

—Sigamos adelante, su Majestad —respondió el mago—. Vamos.

El sol se estaba poniendo cuando cruzaron las puertas derribadas del pueblo y condujeron sus caballos, despacio, por calles repletas de tablones, cristales rotos y objetos personales, obstruidas con los restos de paredes y ventanas, chimeneas, sillas, utensilios de cocina, tejados, bañeras, camas, repisas y tocadores. Cada una de las casas en Hagsgate había sido derribada; todo aquello que pudiese romperse estaba roto. Parecía que algo colosal hubiese descargado un pisotón sobre el pueblo entero.

Los vecinos de Hagsgate estaban sentados en sus portales; si acaso, teniendo en cuenta el destrozo, podían encontrar cuál había sido su casa. Eran gente que en todo momento había mantenido un porte pobre, incluso cuando nadaba en la abundancia, y aquella desgracia muy real los hacía parecer casi aliviados, ni un ápice más miserables. Prácticamente no habían reparado en que era Lír quien pasaba a su lado a caballo, hasta que dijo:

—Soy el rey. ¿Qué ha pasado aquí?

—Un terremoto —dijo un hombre en tono ensoñado.

Pero enseguida otro hombre lo contradijo:

—De eso nada... Una tormenta. Del nordeste. Directa desde el mar. Hizo trozos el pueblo. Cayó granizo del tamaño de naranjas.

Un tercer hombre defendió que había sido una poderosa marejada lo que había barrido el pueblo; una ola gigante, blanca como el cornejo y dura como el mármol, que no ahogó a nadie, pero lo aplastó todo. El rey Lír escuchó a los tres sonriendo con amargura.

—Escuchad —dijo cuando hubieron acabado—. El rey Haggard ha muerto y su castillo ha caído. Soy Lír, hijo de

Haggard, abandonado al nacer para así evitar que la maldición de la bruja se completase, para evitar que esto tuviese lugar. —Extendió un brazo para señalar hacia las casas derruidas—. Estúpidos... Los unicornios han regresado. Aquellos a los que visteis cómo el Toro Rojo daba caza y, de los que, a pesar de ello, os desentendisteis. Fueron ellos los que acabaron con el castillo, así como con el pueblo. Pero son vuestra codicia y vuestro miedo lo que os han destruido.

La mayoría de los lugareños suspiró con resignación, salvo por una mujer de mediana edad, que dio un paso adelante y dijo, con cierto desafío:

—Disculpe, mi señor, pero me parece un poco injusto. ¿Qué hubiésemos podido hacer para salvar a los unicornios? El Toro Rojo nos daba pavor. ¿Qué íbamos a hacer?

—Quizá hubiese bastado con una palabra —respondió el rey Lír—. Ya nunca lo sabremos.

Estaba a punto de dar marcha atrás y dejar allí a aquella gente y sus cuitas cuando una voz débil y ronca lo llamó.

—Lír... Mi pequeño Lír... Mi hijo, ¡mi rey!

Molly y Schmendrick reconocieron al hombre que apareció arrastrando los pies y con los brazos abiertos, resoplando y cojeando como si fuese mayor de lo que era. Se trataba de Drinn.

—¿Y quién eres tú? —solicitó el rey—. ¿Qué quieres?

Drinn se acercó, manoseo los estribos del caballo de Lír y acarició sus botas con la nariz.

—¿No me reconoces, hijo mío? No, claro, ¿cómo ibas a hacerlo? ¿Cómo iba a merecer que me reconocieses? Soy tu padre. Tu pobre padre. Rebosante de alegría al verte. Soy quien te abandonó en la plaza del mercado aquella noche de invierno... Hace tanto ya... Y quien facilitó tu destino heroico. Fue algo tan inteligente, pero he estado tan triste por ello... ¡Pero qué orgulloso estoy ahora! ¡Hijo mío! ¡Mi niño!

El hombre no era capaz de verter lágrimas sinceras, pero le goteaba la nariz.

Sin mediar palabra, el rey Lír tiró de las riendas de su caballo y lo hizo alejarse de la multitud. El viejo Drinn dejó caer ambos brazos.

—¡Ten hijos para esto! —chilló—. Desagradecido... ¿Vas a desentenderte de tu padre cuando más te necesita, cuando ese mago que tienes por mascota podría arreglar el pueblo con un solo gesto? Ódiame si quieres, pero parte del mérito de que estés donde estés es mío. ¡No te atrevas a negarlo! ¡Los villanos también tenemos derechos!

El rey siguió alejándose, pero Schmendrick le tocó un brazo y se inclinó para hablarle al oído.

—Eso es cierto. De no ser por él, por todos ellos, la historia hubiese sido muy distinta. Quién sabe si su final hubiese resultado tan feliz como éste. Debe usted ser su rey, ejercer como tal y gobernar como si vuestros súbditos fuesen mucho más valientes y fieles de lo que son, ya que forman parte de vuestro destino.

Entonces Lír alzó una mano en dirección a los lugareños, que se dieron empellones y codazos pidiendo silencio los unos a los otros.

—Debo partir y acompañar a mis amigos durante un trecho —dijo—, pero dejaré aquí a mis hombres de armas para que os ayuden con la reconstrucción. A mi regreso, que será pronto, yo mismo vendré a ayudaros también. No empezaré a construir mi castillo hasta que Hagsgate vuelva a estar en pie.

Algunos se quejaron y argumentaron que Schmendrick podría resolverles el trabajo en un segundo con su magia. El mago les respondió:

—No podría aunque quisiese. Las artes mágicas se rigen por unas reglas, como ciertas leyes rigen el paso de las estaciones y los vaivenes del mar. La magia os hizo prosperar mientras otros en el mismo reino caían en la pobreza, pero vuestros días de abundancia han llegado a su fin y ahora debéis empezar de cero. Lo que en tiempos de Haggard era un páramo ahora reverdecerá y será fecundo de nuevo, pero la vida en Hagsgate será tan miserable como miseria alberguen los corazones de sus habitantes. Podéis replantar vuestras parcelas y volver a organizar vuestros huertos y viñedos, pero nunca volverán a crecer como solían. No, hasta que aprendáis a disfrutar de ellos sin motivo.

Miró a los silenciosos vecinos con lástima, sin rastro de ira en los ojos.

—Si estuviese en vuestro lugar, procuraría tener hijos —dijo; luego se volvió hacia Lír—. ¿Qué le parecería a su Majestad que pasásemos la noche aquí y retomásemos el camino al amanecer?

Pero el rey azuzó a su caballo y se alejó de las ruinas de Hagsgate tan rápido como pudo. Molly y el mago tardaron en alcanzarlo. Aún mucho más tarde, se detuvieron para dormir.

Pasaron días viajando por los dominios del rey Lír y durante cada uno de ellos descubrieron lo poco que sabían del lugar y se deleitaron con lo que vieron. La primavera los precedía con la velocidad de un incendio y vestía todo aquello que encontraba desnudo, abría lo que encontraba cerrado y acariciaba la tierra como la unicornia había acariciado a Lír. Toda clase de criaturas, desde los osos a los escarabajos, aparecían retozando, arrastrándose o escurriéndose, y el altísimo cielo, que solía ser tan árido como el mismo suelo, ahora se poblaba de pájaros que volaban en manadas tan compactas que daba la impresión de que las horas de luz eran una puesta de sol eterna. Los peces chapoteaban y titilaban en los arroyos y las flores silvestres ascendían y descendían las colinas como reos fugados. El reino entero resonaba de pura vida, pero lo que mantenía despiertos durante la noche a los tres viajeros era el silencioso júbilo de aquellas flores.

Los habitantes de los pueblos los recibían con cautela y con algo menos de adustez de cómo se habían mostrado con Schmendrick y Molly cuando pasaron por allí la primera vez. Únicamente los más ancianos habían contemplado antes una primavera, y muchos temían que aquel verdor rampante estuviese causado por alguna clase de plaga o infestación. El rey Lír informó de la muerte de Haggard y la marcha del Toro Rojo, invitó a que lo fuesen a ver una vez hubiese erigido su castillo y siguió adelante.

—Necesitarán un tiempo para acostumbrarse a las flores —dijo.

Allí donde se detuviesen, daba su palabra de que todos los forajidos serían perdonados. Molly esperaba que aquella noticia llegase a oídos del capitán Cully y sus hombres. Como así fue, y todos los miembros de la banda renunciaron a la vida en los bosques salvo Jack Jingly y el propio Cully, que decidieron dedicarse a ser trovadores ambulantes y, dicen, acabaron resultando muy populares en las provincias.

Una noche, los tres durmieron en la frontera del reino, acostados sobre la hierba alta. El rey se despediría de los otros dos por la mañana y regresaría a Hagsgate.

—Me sentiré muy solo —dijo en la oscuridad—. Preferiría ir con vosotros y no ser rey.

—Acabará tomándole el gusto —respondió Schmendrick—. Los jóvenes más aguerridos del pueblo acudirán a vuestra corte y usted les enseñará a ser caballeros y héroes. Los ministros más sabios le ofrecerán sus consejos y los músicos y malabaristas y cuentacuentos más habilidosos se presentarán en busca de sus atenciones. En algún momento, tendrá una princesa, ya sea una muchacha que huye de sus terriblemente malvados padre y hermanos, o una que busque justicia en nombre de éstos. O quizá oiga hablar de alguna encerrada en una torre inexpugnable y con una simpática araña por única compañía que...

—Nada de eso me importa —interrumpió Lír, que a continuación quedó en silencio durante tanto rato que Schmendrick llegó a pensar que se había dormido. Al fin añadió—: Ojalá pudiese verla una vez más y decirle lo que siento... Nunca sabrá lo que sentía por ella realmente... Me prometiste que volvería a verla.

—Le prometí que encontraríamos algún rastro de los unicornios, y así ha sido —dijo el mago—. Vuestro reino ha sido bendecido más allá de lo que merece ningún país porque lo han atravesado en libertad. En cuanto a usted, su corazón, las cosas que haya dicho y las que no haya tenido oportunidad de decir... la unicornia recordará todo eso aun cuando la humanidad no sea más que un cuento de hadas escrito por conejos. Piense en ello y confórmese.

El rey no volvió a hablar después de aquello, y Schmendrick se arrepintió de sus palabras.

—Le tocó dos veces —dijo un poco después—. La primera caricia fue para devolverle la vida, pero la segunda fue sólo para usted.

Lír tampoco respondió a esto, por lo que el mago no llegó a saber si le habría oído.

Schmendrick soñó que la unicornia acudía a él tras alzarse la luna. La frágil brisa nocturna le peinaba las crines y recitaba su nombre, y la cabeza reflejaba la poca luz como si estuviese hecha de copos de nieve. El mago sabía que no era más que un sueño, pero se alegraba de verla.

—Qué hermosa eres... No creo habértelo dicho nunca.

Hubiese despertado a los otros dos, pero los ojos de la unicornia lo disuadieron al cantar como dos pájaros asustados; si se movía para avisar a Molly y a Lír, la criatura se desvanecería.

—Creo que ellos te aman más que yo —dijo—, pero hago lo que puedo.

—Por eso —dijo la unicornia, y el mago no supo determinar a qué estaba respondiendo con ello.

Se quedó muy quieto, esperando poder recordar luego la forma exacta de las orejas de la unicornia.

—Ahora eres un mago mortal auténtico, como siempre habías deseado —dijo ella—. ¿Estás contento?

—Sí. No soy como Haggard, mi corazón no va a perder ímpetu sólo por haber obtenido lo que quería. Pero hay magos y magos; existen la magia negra y la magia blanca e infinitos tonos de gris entre una y otra... Y ahora sé que todo da igual. Si decido ser lo que los hombres consideran un mago sabio y bueno, que ayuda a los héroes, contraría a las brujas y a los nobles malvados y a los padres poco razonables, que hace llover, cura el carbunco y la meningitis, baja a los gatos de los árboles... O si opto por las retortas llenas de elixires y esencias, los polvos y las hierbas y los venenos, los libros con candado y los grimorios encuadernados en pieles innombrables, la niebla densa oscureciendo mi laboratorio y la dulce voz que cecea en la oscuridad... No importa. La vida es corta. ¿Y a cuántos puedo ayudar o hacer algún mal? Al fin cuento con mi poder, pero el mundo es demasiado pesado como para que lo mueva yo, piense lo que piense mi amigo Lír.

Rio en sueños, de forma algo triste.

—Eso es cierto —dijo la unicornia—. Eres un hombre. Y ningún hombre es capaz de marcar la diferencia. —Su voz sonaba extrañamente lenta y apesadumbrada—. Pero ¿qué escogerás?

El mago rio una vez más.

—Oh, sin duda la magia buena. Es lo que tú querrías. Dudo que vuelva a verte jamás, pero trataré de hacer algo de lo que estarías orgullosa si fueses testigo de ello. Y tú... ¿dónde estarás durante lo que me quede de vida? Suponía que a estas alturas ya habrías vuelto a tu bosque.

La unicornia se alejó un poco y el brillo de las estrellas en sus hombros hizo que al mago le supiesen a arena todas aquellas palabras sobre magia que acababa de pronunciar. Polillas, mosquitos y otros insectos nocturnos demasiado pequeños para ser nada en concreto bailotearon alrededor del brillante cuerno, lo cual no hacía que la criatura pareciese ridícula sino aún más bella por cómo estaban celebrando su presencia allí. El gato de Molly se frotaba contra sus patas delanteras.

—Los otros se han ido —dijo la unicornia—. Se han repartido por los bosques de los que provenían, cada uno por su cuenta, y se ocultarán con aún más empeño que cuando estaban recluidos en el mar. Yo también regresaré a mi bosque, pero no sé si viviré satisfecha allí, o en cualquier otra parte. He sido mortal y una parte de mí sigue siéndolo. Me colman las lágrimas, el hambre y el miedo a la muerte, pero no puedo llorar, carezco de deseos y soy inmortal. Ya no me parezco a los otros, ya que no existe unicornio capaz de sentir remordimientos. Yo sí. Siento remordimientos.

A pesar de ser el gran mago que era, Schmendrick agachó la cabeza como un niño pequeño.

—Lo siento —farfulló—. Lo siento. Te he hecho tanto daño como Nikos le hizo a aquel unicornio, aunque haya sido con la mejor voluntad. Y, como él, tampoco puedo enmendarlo. Mamá Fortuna, el rey Haggard y el Toro Rojo fueron más amables contigo que yo.

La unicornia respondió con dulzura:

—Los míos están sueltos por el mundo de nuevo. Ningún remordimiento me durará tanto como la alegría ante este hecho... Salvo por uno, un solo remordimiento, por el cual debo darte las gracias. Adiós, mago. Vuelvo a mi hogar.

La unicornia se marchó en silencio y Schmendrick comprobó que estaba despierto. El gatito de la oreja deformada maullaba desconsolado. Al girar la cabeza, el mago vio la luna temblando en los ojos abiertos del rey Lír y Molly Grue. Los tres siguieron en vela hasta la madrugada sin dirigirse la palabra.

Al amanecer, Lír se levantó y ensilló su caballo. Antes de montar, dijo a Schmendrick y Molly:

—Me gustaría que volvieseis a visitarme algún día.

Ambos le aseguraron que lo harían. El rey seguía sin decidirse a partir. Se enredó una y otra vez las riendas en los dedos.

—Anoche soñé con ella —dijo.

—¡Yo también! —gritó Molly.

Schmendrick abrió mucho la boca y la volvió a cerrar.

—Por la amistad que nos une, os pido que me contéis qué os dijo —pidió Lír, soltando las riendas y agarrando una mano a cada uno de los otros dos con un apretón helado y doloroso.

—Mi señor —dijo Schmendrick, sonriendo—, pocas veces recuerdo lo que he soñado. Creo que discutimos de forma muy solemne sobre algunas tonterías, como suele pasar en estos casos... Algún sinsentido muy serio pero vacío y efímero...

El rey le soltó la mano y miró a Molly.

—No pienso decírselo —dijo la mujer, algo asustada y sonrojada—. Lo recuerdo, pero no pienso contárselo nunca a nadie, aunque me amenacen de muerte. Ni siquiera a ti, mi señor.

No parecía dirigirse a Lír sino a Schmendrick.

El rey montó en la silla con tanta fiereza que su caballo se encabritó contra el amanecer y berreó como un ciervo. Lír no tuvo problemas para seguir sentado y dirigió a Molly y Schmendrick una mirada tan funesta, escorada y hundida que daba la impresión de llevar siendo rey tanto tiempo como lo había sido Haggard.

—A mí no me dijo nada —susurró—. ¿Lo entendéis? Nada. Absolutamente nada.

Su expresión se suavizó, tal como la de Haggard se podía llegar a suavizar cuando observaba a los unicornios en el mar. Por un instante, fue de nuevo el joven príncipe al que le gustaba pasar el rato con Molly en la trascocina.

—Me miró —dijo—. En el sueño. Me miró, pero no dijo nada.

Echó a cabalgar sin despedirse y Schmendrick y Molly lo vieron alejarse hasta desaparecer tras las colinas: un jinete erguido y triste, camino a convertirse en rey,

—Pobre hombre —dijo Molly—. Pobrecito Lír.

—No le ha ido tan mal —replicó el mago—. Los grandes héroes necesitan grandes aflicciones y pesares; de no ser así, la mitad de su grandeza pasaría desapercibida. Forma parte de los cuentos de hadas. —Había cierta duda en su voz cuando rodeó los hombros de la mujer con un brazo y dijo—: No puede ser una desgracia haber amado a una unicornia. Seguro que es una de las mejores suertes que alguien puede correr, aunque el precio a pagar sea grande.

Poco a poco, la fue alejando de sí hasta que sólo pudo tocarla con la yema de los dedos.

—¿Me contarás ahora qué te dijo en tu sueño? —preguntó.

Molly Grue sonrió y negó con la cabeza hasta que el cabello se le escapó del lazo en el que se lo había recogido. Parecía incluso más bella que Lady Amaltea.

—Muy bien —dijo el mago—. Entonces iré en busca de la unicornia y quizá me lo cuente ella misma.

Silbó para llamar a sus dos caballos. La mujer no dijo nada mientras Schmendrick ensillaba la montura negra, la de él, pero cuando hubo acabado y le tocó el turno a la de ella, le puso una mano en un brazo.

—¿Crees que...? —dijo Molly—. ¿De verdad crees que la encontraremos? Olvidé decirle una cosa.

Schmendrick la miró por encima del hombro. A la luz matutina, sus ojos parecían tan alegres como la hierba, pero cuando, de tanto en tanto, caía sobre él la sombra de uno de los caballos, éstos adquirían un verdor distinto, más profundo, como el de las agujas de pino, con un leve matiz amargo.

—Espero que no —dijo—. Por su propio bien. Significaría que ahora ella también es una vagabunda, y eso es un destino para seres humanos, no para unicornios. Pero una parte de mí conserva la esperanza, claro. —Sonrió y agarró la mano de Molly—. Sea como fuere, ya que tú y yo debemos escoger un camino a seguir entre los muchos que, en última instancia, conducen al mismo lugar, bien podría ser éste el mismo que tomó ella. Puede que jamás la volvamos a ver, pero sabremos dónde habrá ido. Vamos. Acompáñame.

Y así fue como dio comienzo su nuevo viaje, que los llevó de hito en hito por la mayor parte de los pliegues del dulce, malvado y arrugado mundo y, finalmente, a cumplir los designios de su extraño y maravilloso destino. Pero aquello no sucedió hasta muchísimo después. De primeras, a los diez minutos de haber abandonado el reino de Lír, se encontraron con una doncella que se les acercó corriendo. Su vestido estaba desgarrado y tiznado, pero aún podía apreciarse lo suntuoso de su confección, y aunque su cabello estaba revuelto y enzarzado, los brazos llenos de arañazos y el rostro sucio, no cabía duda alguna de que se trataba de una princesa en tremendos apuros. Schmendrick se apeó del caballo para consolarla y ella le agarró la cabeza con ambas manos como si sostuviese un pomelo.

—¡Auxilio! —le gritó—. ¡Auxilio! *¡Au secours!* Si sois vos caballero de entereza y amabilidad, ayudadme. Se me conoce como la princesa Alison Jocelyn, hija del buen rey Giles, quien fuese asesinado por su pérfido hermano, el duque Wulf, quien ha prendido a mis tres hermanos, los príncipes Corin, Colin y Calvin, y los ha arrojado a un calabozo como rehenes, a fin de obligar a que me case con su orondo hijo, Lord Dudley, más he sobornado a uno de los guardias y aplacado a los perros para...

Schmendrick alzó una mano y la muchacha quedó en silencio y lo miró con un asombro absoluto que rebosaba sus grandes ojos violeta.

—Bella princesa —dijo el mago, solemne—, el hombre al que estáis buscando acaba de marcharse por allí. —Señaló en la dirección del reino que habían dejado atrás hacía sólo un momento—. Tomad mi caballo y lo alcanzaréis mientras vuestra sombra aún se proyecte detrás de vos.

Ahuecó las manos para ayudar a la princesa Alison Jocelyn a montar. La muchacha se encaramó a la montura aún asombrada y algo cansada. Schmendrick dio la vuelta al caballo mientras decía:

—Daréis pronto con él, pues cabalga lento. Es un buen hombre, y un héroe mayor de lo que merece cualquier causa. Le confiaría cualquier princesa. Su nombre es Lír.

Golpeó la grupa del caballo para enviarlo en la dirección en la que el rey se había marchado. A continuación, rompió a reír durante tanto tiempo que quedó demasiado débil para montar con Molly y tuvo que ir andando junto al caballo durante un trecho. Cuando recuperó el aliento, empezó a cantar. La mujer se le unió.

Esto fue lo que cantaron mientras se alejaban de este cuento y se internaban en otro:

«No soy un rey, ni soy un señor,
tampoco soy ningún soldado», dijo él.
«No soy más que un arpista bastante malo,
pero he venido a casarme con usted».

«Si fuese usted señor, sería mi señor
y lo mismo si fuese usted un ladrón», dijo ella.
«Y como es usted arpista, será usted mi arpista,
pues no entiendo de oficios, signos o estrellas,
no, no entiendo de oficios, signos o estrellas».

«¿Y si resulta que no soy arpista,
que sólo he mentido por el amor de una doncella?».
«Entonces le enseñaré a usted a cantar y tocar,
pues me encanta que me toquen el arpa», dijo ella.

FIN

SOBRE EL AUTOR

Apenas tenía cuatro años cuando mi madre, maestra de escuela primaria, me llevó un día a su clase y acabé contando a sus alumnos un cuento sobre unicornios. Al finalizar, según ella, me puse muy serio y les dije: «Gracias. Ya volveré en otra ocasión para contaros más sobre ellos». Me gusta pensar que, al escribir El último unicornio *un par de décadas más tarde, estaba cumpliendo aquella promesa.*

PETER S. BEAGLE

Peter S. Beagle nació en 1939 y se crio en el Bronx, a pocas manzanas del cementerio Woodland, lugar que sirvió de inspiración para su primera novela, *Un lugar agradable y tranquilo*. A día de hoy, gracias a obras clásicas como *El último unicornio*, *Tamsin* y *The Innkeeper's Song*, es considerado el autor vivo de género fantástico más importante de los Estados Unidos y su habilidad en el uso del lenguaje, los personajes y la narración mágica le han hecho ganar millones de aficionados en todo el mundo.

Además de novelas y relatos, Peter ha escrito numerosos guiones para cine y televisión, que incluyen los de las adaptaciones animadas de *El señor de los anillos* y *El último unicornio,* además de «Sarek», uno de los episodios más celebrados de la serie *Star Trek: La nueva generación*. Su único libro de no ficción, *I See by My Outfit,* en el que cuenta un viaje en ciclomotor recorriendo los Estados Unidos en 1936, es ya un clásico de la literatura de viajes estadounidense. Es también un poeta galardonado, escritor de letras de canciones y cantautor.

Más información sobre su carrera y próximas publicaciones en: beagleverse.com.

Esta obra se imprimió y encuadernó
en el mes de abril de 2025,
en los talleres de Romayà Valls, S.A.,
que se localizan en la Plaça Verdaguer, 1
C.P. 08786, Capellades (España).